Evelyn Koch

Winterkinder

spielberg

2. Auflage 2021

Lektorat: Sigrid Müller
Umschlaggestaltung: © Ria Raven, *www.riaraven.de*
Coverbilder: © Shutterstock.com

Printed in Europe

ISBN: 978-3-95452-721-2

www.spielberg-verlag.de

Für Hanna, Lewin und Paul.

Und für alle Kinder, die sich für die Geschichte und das Leben ihrer Großeltern und Urgroßeltern interessieren – und aus dieser Geschichte die gewaltige Mahnung heraushören: Nie wieder Krieg, nie wieder Nationalsozialismus.

Wallis Weg

1.

Obgleich es schon Ende Februar war und die Tage wieder länger und heller wurden, hatte der Winter den Bayerwald noch fest in seinem eisigen Griff. Lang waren die Winter hier – lang, kalt und voller Schnee. Der Junge dort am Waldrand von Lichtenthal, der bis über die Knie im weichen Pulverschnee stand, war etwa zehn Jahre alt. Da er um Hals und Kopf einen dicken, grob gestrickten Schal gewickelt hatte, sah man von seinem Gesicht nur die von der Kälte geröteten Backen. Eine zu große, braune Jacke reichte ihm bis weit über die Hüften. Mit einem langen Stock klopfte er Schnee von den Ästen der hohen Fichten, die sich unter ihrer schweren Last zu ducken schienen. Der Schnee staubte und glitzerte im diesigen, hellgrauen Licht. Tief hing der Himmel über den Bergen. Mit seinem Stock schlug der Junge gegen einen dicken Ast hoch über ihm. Vom Gewicht befreit, schnellte der Ast auf einmal nach oben und der Schnee staubte dem Jungen ins Gesicht und in den Nacken, auf den Kopf und die Schultern. Prustend wischte er sich die kalte, nasse Masse aus dem Gesicht, hielt inne und sah nach oben. Überall wirbelten schimmernde Schneekristalle, die Luft um ihn herum war voller kleiner, glitzernder Sterne. Er streckte die Arme nach oben und sah zu, wie der Sternenstaub um ihn herumtanzte.

In diesem Moment kamen zwei Jungen, die etwa im selben Alter waren, den Abhang zu ihm hinunter gestürmt.

»He, Walli, Waaa-lliii!«, riefen sie schon von weitem. Der größere der beiden Jungen hatte eine viel zu große Mütze mit Ohrenklappen, die wie Dackelohren aussahen, auf. Seine Jacke war an vielen Stellen geflickt und an den Ärmeln zu kurz. Über die Hosenbeine hatte er Wollstrümpfe gezogen, die Füße steckten in klobigen Lederstiefeln. Der kleinere Junge neben ihm war ebenfalls so warm wie möglich gekleidet, mit einer dicken, wollenen Pudelmütze auf dem Kopf und einem grünlichen, lodenähnlichen Umhang. Da dieser ihm viel zu groß war, hatte er ihn mit einem Gürtel am Bauch zusammengebunden. Schnaufend kamen sie bei Walli an.

»Was machst du denn da?«, fragte der Größere mit den Dackelohren.

»Grüß dich, Anton. Ich helf' dem Frühling!«, entgegnete Walli grinsend.

Verwundert schauten die beiden anderen Buben nach oben, auf die teilweise abgeklopften Bäume und dann zu ihrem schneebedeckten Freund.

»Was machst du?«, fragte Anton noch immer verwirrt.

»Na, ich mach schon mal den Schnee von den Bäumen. Dann geht es vielleicht schneller mit dem Schmelzen. Und die Bäume sind bestimmt froh, wenn sie nicht mehr so schwer zu tragen haben.« Stirnrunzelnd sahen die beiden den Freund an. Ob Bäume froh sein konnten, darüber hatten sie noch nie nachgedacht. Aber das waren sie schon gewohnt von Walli: Seine verrückten Einfälle, seine komischen Gedanken, die keiner so recht verstand. Aber schlau war er, ihr Freund, und mutig. Mit einem Kopfschütteln taten sie die Sache mit dem Frühling ab.

»Der Reichert Willi hat zum Geburtstag einen Schlitten

bekommen. Einen richtigen. Mit gebogenen Kufen und richtig mit Eisen unten dran!«, rief nun der Kleinere aufgeregt.

»Ach, Hans, was geht mich der Schlitten vom Reichert an?«, entgegnete Walli.

»Aber heut ist doch Sonntag!«

»Ja, und?«

»Sonntags muss der Reichert doch immer Klavier spielen. Da kommt extra so eine Frau zu ihm ins Haus und dann hat er Klavierstunde.«

»Und wer Klavier spielen muss, kann nicht rodeln!«, ergänzte der Junge, den Walli Anton genannt hatte, triumphierend.

»Ja, und wenn er gerade eh nicht rodeln kann…«

»Ja?«

»Also, da dachten wir, so ein schöner Schlitten, und steht nur im Schuppen… Wir würden ihn ja nur kurz ausleihen, nur so zum Ausprobieren.«

»Hm«, Walli überlegte bereits. »Im Schuppen ist der Schlitten?«

»Ja ja, genau!« Hans, der Kleinere, freute sich schon, den Freund überredet zu haben.

»Das ist Mist! Um zum Schuppen von den Reicherts zu gelangen, muss man an den Fenstern von ihrer Stube vorbei. – Hm. Glaubt ihr, dass der Willi gern Klavier spielt?«

»Ne, weiß nicht, ich glaube nicht, also keine Ahnung – wieso denn?«, fragte Hans verwirrt.

»Na, wer nicht gern Klavier spielt, schaut gern aus dem Fenster, oder?«

Dieser Logik war nicht viel entgegenzusetzen. Und das

Klavier war nun mal in der guten Stube. Walli stapfte bereits langsam los, Hans und Anton hinterdrein.

Der Reichert Willi war der Sohn wohlhabender Geschäftsleute aus Zwiesel. Am Stadtplatz hatten die Eltern vor dem Krieg einen Lebensmittelladen gehabt und damit eine Menge Geld verdient. Jetzt hatten sie zwar nicht viel zu verkaufen, aber irgendwie schafften sie es doch, zumindest für sich selbst, genügend zu essen zu haben. Der Willi hatte keine geflickten Jacken und immer ein riesiges Butterbrot in der Schule dabei, er grinste oft dämlich und machte sich lustig über die Leute, die zu große Mützen aufhatten. Auf der Theke von Frau Reicherts Laden stand ein Glas mit Schokoladenbonbons, Pralinen nannte sie die, da kostete eine 10 Pfennig. 10 Pfennig, das war richtig viel Geld. Für 10 Pfennig hatte Walli im vergangenen Herbst, im ersten Herbst nach Ende des Zweiten Weltkriegs, also 1945, den ganzen Nachmittag Pilze suchen und diese der Mutter heimbringen müssen. Dann hatte er helfen müssen, sie mit einem Messerchen zu putzen, in Scheiben zu schneiden und mit einer dicken Stopfnadel aufzufädeln. Die Pilzscheiben auf den Fäden waren quer durchs Zimmer gespannt worden und hatten da eine Woche trocknen müssen. Dann waren sie in eine Papiertüte gepackt worden. Am Samstagmorgen hatte Walli zu Fuß mit seiner Mutter bis zum Markt am Stadtplatz gehen und sich die Füße in den Bauch stehen müssen, um die Tütchen zu verkaufen. Dabei hatte man dauernd zu allen freundlich sein müssen, hundert Mal gequält grinsend »Guten Morgen« sagen müssen und hoffen, dass jemand für 10 Pfennige ein Tütchen kaufte. Hatte man genug Tütchen verkauft, konnte man dafür dann Brot und Kartoffeln besorgen und heimbringen. So viel Arbeit für 10 Pfennige! Und dann kostete eine Praline, ein einziger himmlisch süßer Bissen, auch 10 Pfennige. Unfassbar.

Die drei Buben waren vor dem Gartenzaun der Familie Reichert angekommen. Deren Wohnhaus stand etwas zurückgesetzt vom Stadtplatz in der Jahnstraße. Vorsichtig lugten sie an einem Busch vorbei und blickten ratlos zwischen Schuppen und Fenstern hin und her.

»Oh, Mist!«

Durchs Fenster gut zu sehen und ganz unverkennbar, saß dort, mitten in der Stube am Klavier, der dicke Willi neben einer grauen, sehr geraden älteren Dame und – blickte aus dem Fenster.

»Krötenschleim.«

»Ohrschmalzdreck.«

In ihrer Ratlosigkeit verfielen die Jungen erst einmal in eines ihrer Lieblingsspiele, eines das immer gut war, um Zeit zu gewinnen. Zum Nachdenken. Oder wenn man in der Patsche saß. Oder wusste, dass man sicher daheim geschimpft wurde. Oder auch einfach so, weil man Lust darauf hatte: Schimpfwörter erfinden. Neue, schreckliche Schimpfwörter. Schlimm mussten sie sein und sie mussten richtig fies klingen. Sie mussten schon beim Aussprechen wie ein richtig böses Wort klingen. Aber auch nicht zu verboten schlimm. Nicht so, dass man ein schlechtes Gewissen bekam, weil man sicher war, dass Mutter entsetzt wäre. Nein, das auch wieder nicht. Die richtige Mischung aus schlimm aber nicht verboten schlimm, das war‘s.

»Entenfurz.« Obwohl eigentlich schon fast verboten

schlimm, war die bildliche Vorstellung dieses Wortes so lustig, dass sie losprusten mussten.

»Wenn das so hinter der Ente losblubbert, oder gerade beim Abtauchen...« Der kleine Hans kicherte so, dass er sich verschluckte.

»Leise!« Anton stieß ihm grinsend den Ellbogen in die Seite.

»Brennnesselsuppe«, kam es von Walli.

»Hä?«

»Kennt ihr was Schlimmeres?«, fragte Walli todernst.

»Ne, eigentlich nicht.« Walli dachte an die ungeheuerliche Tatsache, dass, wenn es wirklich einmal etwas richtig Leckeres zu essen gab, wie etwa Fingernudeln oder Pfannkuchen, Mutter ihn mit dieser Gemeinheit im letzten Sommer und Herbst regelmäßig erpresst hatte. Sogar an seinem letzten Geburtstag, als er sich Pfannkuchen gewünscht hatte, hatte es davor diese abscheuliche, wässrige, grünliche Suppe gegeben. Mutter behauptete, sie wäre gesund. Wahrscheinlich sollte einem davon so übel werden, dass man nicht mehr viele Pfannkuchen essen konnte.

»Und was machen wir jetzt?«, unterbrach Anton Wallis Gedanken.

»Da kommen wir nie vorbei, ohne gesehen zu werden«, grübelte Hans.

»Hm. Gib mir einen Knopf von deiner Joppe, Hans«, flüsterte Walli nach einer Weile.

»Was – spinnst du? Wofür brauchst du jetzt meinen Knopf? Die Mutter...«

»Los, gib schon her.«

»Nein, nimm doch einen vom Anton!«

»Ne, du hast die schöneren.«

»Sag mal, geht's noch, was um alles in der Welt...?«

»Jetzt gib dem Walli schon den Knopf, los jetzt!«, Anton zischte Hans an.

»Ist ja gut, wartet...« Der kleine Hans zerrte so lange an einem der Knöpfe seines Umhangs, bis dieser absprang.

»Hört zu«, flüsterte Walli nun den Freunden seinen Plan zu, »ich gehe hin und läute. Wenn es an der Tür klingelt, schauen doch bestimmt alle zum Flur. Und wenn der Willi meine Stimme hört, erst recht. Da müsst ihr dann schnell sein und den Schlitten holen. Ihr müsst euch beeilen. Ich versuche, sie so lange wie möglich abzulenken. Wir treffen uns hinterm Sportplatz. Da können wir dann durch die Hafnerstadt zum Einsiedeleiberg. Klar?«

»Und, was ist mit meinem...?«

Aber Walli schlenderte schon los, am Zaun entlang. Er nahm seinen Schal vom Kopf und fuhr sich durch seine etwas lockigen, blonden Haare, die nun recht verstrubbelt nach allen Seiten abstanden. Er zog seine Handschuhe aus und versuchte die Haare so gut wie möglich zu glätten. Seine Freunde, die wie die meisten Jungen der Gegend braune Augen und dunkle, kurze Haare hatten, fanden, dass Walli mit seinen hellen Haaren und den blauen Augen aussah, wie sie sich König Löwenherz vorstellten. Am Gartentor bückte er sich. Überlegte kurz, blickte hin und her, ging schließlich zur Haustüre und klingelte.

Nach einer Weile öffnete Frau Reichert. Walli tat recht verschüchtert und etwas einfältig grinsend, sagte er stotternd: »Schönen Guten Tag, Frau Reichert ... ich ... entschuldigen Sie bitte die Störung ... also, ich ging da eben an Ihrem

Gartentor vorbei ... und also ... ähm, da sah ich diesen Knopf im Schnee liegen … und ich dachte, falls jemand aus Ihrer Familie den vielleicht verloren hat?«

»Nein, du bist aber ein guter Junge, grüß dich. Das ist aber sehr anständig von dir, da nachzufragen. Nein, wirklich so ein netter Junge. Du bist wohl ein Schulfreund von unserem Willi, oder?«

»Jawohl, Frau Reichert, ich bin der Kretschmer Walter, aus Lichtenthal.«

»Zeig mal her, den Knopf – ja, richtig, der sieht aus wie von einer alten Jacke von meinem Mann. Das ist ja schön, dass du mir den bringst. Der Willi kann leider gerade nicht kommen, der hat Klavierstunde.«

»Ach, schade, naja, vielleicht ein anderes Mal. Auf Wiedersehen, Frau Reichert.«

»Nein, wart noch schnell, Junge!« Sie huschte mit dem Knopf in der Hand zurück in den Hausflur, kam gleich darauf wieder, drückte dem verdutzten Walli eine Schokoladenpraline in die Hand und schloss die Tür.

Walli starrte fassungslos auf die Praline, steckte sie schließlich vorsichtig in seine Jackentasche und lief dann schnell weg. Als er zum Treffpunkt kam, sah er Hans und Anton grinsend auf dem Schlitten sitzen. Der Knopf war vergessen. Hans rief Walli vergnügt entgegen: »Toll Walli, hat prima geklappt, juchu! Los jetzt!«

Anton sprang auf, warf Hans fast vom Schlitten und lief los. Rasch gingen sie durch die Anlagen, über die Hafnerstadt zur Einsiedelei. Hier war ein prima Rodelberg und sie zogen gemeinsam den Schlitten hoch.

»Wartet mal.«

Als sie oben waren, zog Walli seinen Handschuh aus, langte vorsichtig in seine Jackentasche und zog die Praline heraus.

»Ui, ja Walli, wo hast du die denn her?« Hans starrte die Praline an.

»Von der Reicherten. Aber eigentlich, eigentlich hab ich sie ja angelogen. Und ausgeschmiert.«

»Na und? Wie oft hat der Willi uns schon verpfiffen? Das ist doch wohl völlig egal!«, entrüstete sich Anton.

»Ne, ist es nicht. Nehmt ihr sie. Du kannst sie mit deinem Taschenmesser ja teilen, Anton.«

»Bist du bescheuert? Warum willst du die denn nicht essen? So was kriegen wir nicht oft!«

»Ich will sie nicht. Da nimm. Ich fahr schon mal runter!«

»Verstehst du das, Anton?«, fragte Hans leise.

»Nein, das versteht keiner. Der spinnt doch! Auch recht. Da Hans, nimm.« Anton hatte mit seinem Messer die kleine Praline gewissenhaft geteilt.

»Ich weiß nicht...«

»Spinnst du jetzt auch? Nimm schon, wer weiß, wann wir wieder mal an Schokolade kommen.«

»Ach, iss ruhig, Anton. Ist ja eh nicht viel. Ich lauf mal dem Walli entgegen.« Hans flitzte den Berg hinunter und Anton blieb kopfschüttelnd zurück, überlegte kurz und schob sich dann die beiden Pralinenhälften in den Mund. Er schloss die Augen, grinste verzückt und schluckte ganz, ganz langsam die cremige Schokoladenmasse hinunter.

Verschwitzt und mit roten Backen hielten die Jungen etwa eine Stunde später unten am Berg inne. Mit dem Schlitten konnte man wunderbar fahren, er sauste durch den Schnee und wurde bei jeder Fahrt schneller. In ihrem Vergnügen war ihnen die Zeit viel zu schnell vergangen. Die Sonne, nur als milchiger Fleck hinter den Wolken zu erahnen, war hinter dem Berg untergegangen, es dämmerte bereits.

»Wir müssen heim, Walli. Es wird bald finster. Was machen wir mit dem Schlitten?«

»Wir lassen ihn einfach vorm Gartenzaun stehen«, schlug Anton vor.

»Nein, ich bring ihn zurück in den Schuppen.« Walli packte schon die Schnur und marschierte los. »Ihr könnt ruhig schon heimgehen, ich mache das schon.«

»Warte Walli, wenn sie dich aber sehen...«

»Ach was, es wird ja schon dunkel, mich sieht jetzt keiner mehr. Los, lauft schon.«

Walli war schon losgegangen und kam wenig später zum Haus der Familie Reichert. Vorsichtig schlich er am Gartenzaun entlang, spähte zum Haus. In der Stube war kein Licht.

Zum Glück, sie sitzen alle schon beim Abendbrot, dachte er. Langsam ging er weiter, schaute kurz nach allen Seiten, huschte zum Gartentor hinein und lief so schnell er konnte zum Schuppen, den Schlitten hinter sich herziehend. Vorsichtig schob er die Schuppentür auf, hielt inne, lauschte. Alles war still. Er stellte den Schlitten in den Schuppen, trat hinaus und zog die Tür hinter sich zu. Da sah er plötzlich den Lichtkegel der geöffneten Haustür im Schnee, mitten in seinem Fluchtweg. Er überlegte einen Moment, riss die Tür wieder auf und sprang zurück in den Schuppen, die Tür vorsichtig zuziehend. Dunkelheit umfing ihn. Mit klopfendem Herzen lauschte er. Alles blieb still. Vorsichtig zog er sich weiter zurück in den

Schuppen. Er ertastete das aufgestapelte Brennholz, den Schlitten, ein Fahrrad, einen Hauklotz. Dahinter verkroch er sich. Horchte in die nachtschwarze Dunkelheit.

Langsam gewöhnten sich seine Augen an die Finsternis, seine Beine taten ihm in der gehockten, verkrampften Stellung weh. Gerade wollte er sich aufrichten, da hörte er sich nähernde, knirschende Schritte im Schnee. Sein Herz klopfte heftig gegen die Brust, seine Beine schmerzten immer mehr. Die Tür zum Schuppen wurde aufgezogen, gegen den grauen Himmel sah Walli eine massige Gestalt mit einem Korb hereintreten. Seine eingeschlafenen Beine taten so weh, dass er glaubte, es keinen Moment länger aushalten zu können. Das Blut sauste in seinen Ohren. Die Gestalt, Herr Reichert, wie Walli annahm, stellte den Korb auf den Hauklotz, direkt neben Walli, der den Atem anhielt. Der Mann packte mehrere Hände voll Brennholz in seinen Korb, nahm ihn dann, ging hinaus und zog die Schuppentür hinter sich zu.

Walli konnte sein Glück kaum fassen. Der Mann hatte ihn nicht gesehen. Vorsichtig streckte er seine schmerzenden Beine aus, atmete tief durch und langsam beruhigte sich sein Herzschlag. Er wartete noch eine Weile, tastete sich schließlich zur Tür und öffnete diese langsam. Nichts regte sich. Nur graues Dämmerlicht umgab ihn. Spät war es geworden, er würde zu Hause Ärger bekommen. Die Mutter wollte nicht, dass er im Finstern nach Hause kam und er musste noch ein ganzes Stück laufen, bis er daheim war. Die Fenster im Haus der Reicherts waren alle dunkel, die Haustür geschlossen. Walli huschte hinaus, durchs Gartentor und die Straße hinunter. Er lief ein kleines Stück den Stadtplatz hinauf, bog dann ab in die Frauenauerstraße, lief weiter, bis er an einem Steg den Kleinen Regen überquerte, und gelangte dann hinaus nach Lichtenthal – ein kleiner Weiler am Ortsrand von Zwiesel, wo er mit seiner Mutter und den beiden älteren Schwestern in einem kleinen Häuschen wohnte. Der Vater war im Krieg geblieben. Vermisst, sagte die Mutter. Abgeschossen, sagten die Leute. Ohne anzuhalten, lief er, bis er in der Ferne das Häuschen sah, hingeduckt am Waldrand, eingefasst von großen Holunderbüschen, die ihre kahlen Zweige in den immer dunkleren Himmel streckten. Eine fahle Mondsichel war hinter dem Haus am Himmel aufgegangen, der Wald wurde schwarz, die Bergkuppen um ihn herum rückten enger zusammen. Walli mochte die Berge. Der Rachel und der Falkenstein hielten hinter seinem Haus Wache. Abends rückten sie zusammen, als wollten sie das kleine Haus beschützen. Rauch stieg aus dem Kamin. Mutter hatte eine Kerze ins Fenster gestellt, die ihn willkommen hieß.

Sorgfältig stampfte Walli sich vor der Haustüre den Schnee von den Schuhen, klopfte sich ab und trat ein. Greta, die jüngere Schwester, saß am Tisch und schien noch Schularbeiten zu machen. Seine Mutter hatte irgendetwas zum Flicken im Schoß liegen.

»Da bist du ja endlich, Junge!«. Erleichtert stand die Mutter auf, trat ihm entgegen, zog ihn kurz an sich und schimpfte dann los. »Du weißt doch, dass du nicht so spät heimkommen sollst, ich mache mir...«

»Ja Mutter, entschuldige. Ich musste noch etwas zurückbringen, das hat etwas länger gedauert, als ich dachte. Ich wollte nicht so spät kommen.«

»Bist du aber, und das hättest du dir auch vorher überlegen können. Was musstest du denn zurückbringen?«

»Ich weiß, es tut mir leid. Ich...«

»Nun zieh dich erst einmal aus, Walli. Du bist ja ganz nass. Komm, ich mach die Suppe noch mal warm.«

Die Mutter nahm ihm die nasse Jacke, den Schal und die Handschuhe ab und Walli ging in das Zimmer, das er sich mit Greta teilte. Die Stube, in der Mutter jetzt hantierte, war das größte Zimmer des Häuschens und Küche, Esszimmer und Wohnzimmer zugleich. Von der längeren Seite des Raumes gingen drei Türen ab, die hinterste war die Speisekammer, die anderen führten in die beiden Schlafkammern. Die eine teilten sich Mutter und seine älteste Schwester Helene, in der anderen schliefen Walli und Greta. Helene war bereits 17 Jahre alt, Greta 15. Gegenüber der Eingangstür, an der Stirnseite des Raumes, befand sich noch eine schmale Tür, die in den kleinen, engen Waschraum führte. Hier waren die Toilette und ein Waschbecken. Das Wasser, das aus dem Hahn kam, war so eisig, dass einem beim Zähneputzen alle Zähne wehtaten und die Hände ganz rot wurden, wenn man sich waschen musste. Eine Badewanne oder Dusche gab es nicht. Wenn sie sich baden mussten, trug Mutter einen großen Waschzuber aus Zinn in die Stube und erhitzte auf dem Herd Wasser. Dann musste man sich in den Zuber hocken oder knien und konnte sich so waschen. Auch die Wäsche wurde in diesem Zuber gewaschen.

Nur die Stube konnte beheizt werden. Hier stand ein schöner, weißer Wamslerherd, der mit Holz zu heizen war und auf dem auch gekocht wurde. Die anderen Räume hatten keine

Öfen und waren im Winter oft eiskalt, sodass man sich darin tagsüber gar nicht aufhielt und abends ganz schnell unter die dicken Federbetten kroch.

Das Fenster in Wallis Zimmer war mit Eisblumen überzogen. Schnell zog Walli sich in dem kalten Raum aus, sein Atem war als weißes Wölkchen zu sehen. Er zog sich trockene Socken, Hose und Hemd an, nahm seine Sachen und ging rasch in die Stube zurück. Über dem Ofen befand sich eine Holzstange um die Kleidung zu trocknen, dort hängte Walli seine nassen Sachen auf. Er setzte sich auf die gemütliche Eckbank zu seiner Schwester und seine Mutter stellte einen dampfenden Teller vor ihn. In der Suppe schwammen Graupen, ein paar Kartoffel- und Möhrenstücke, hauptsächlich jedoch bestand sie aus heißem Wasser.

Walli lächelte die Mutter an: »Danke, Mama.«

»Nun iss, Junge. Brot haben wir leider keins. Vielleicht bringt ja Helene noch etwas mit. Sie ist noch in der Stadt.«

Walli löffelte seine Suppe, die ihn zwar aufwärmte, aber das nagende Hungergefühl kaum bekämpfen konnte. Doch die wohlige Wärme des heißen Wassers und des Holzofens tat ihm gut. Warm und müde sah er Greta zu, die mit ihren Rechenaufgaben zu kämpfen schien, blickte zu seiner Mutter, die einen verhassten, kratzenden Schafwollstrumpf stopfte, holte sich schließlich sein Buch aus der Schulbücherei, machte es sich gemütlich und versenkte sich in die Geschichte des ›Robinson Crusoe‹.

2.

»Los Walli, Greta, aufstehen, ihr müsst euch beeilen! Ab in die Schule!«

Die beiden Kinder hatten an diesem Montagmorgen Glück, denn die Lichtenthaler Glasbläser, die zur Frühschicht in die Schottwerke gingen, hatten schon einen Pfad in den Schnee getrampelt. So kamen die Geschwister rasch vorwärts und waren nicht allzu nass, als sie in der Schule ankamen. Es gab auch Tage, da mussten sie sich ohne Weg durch den Schnee kämpfen, oftmals war dieser fast einen halben Meter hoch. Dann kamen sie mit roten Backen, erschöpft, durchweicht und oftmals auch verspätet in der Schule an. Greta ging in die siebte Klasse, Walli war in der vierten Klasse der Volksschule. Hatten sie Herrn Brehmer in der ersten Stunde, war Walli froh. Der ließ ihn die durchweichte Zeitung herausziehen, mit der die zu großen Schuhe ausgestopft waren, damit sie etwas besser wärmten, und die nassen Schuhe an den Ofen im Klassenzimmer stellen. Schwester Emalie jedoch, eine Nonne, herrschte den Jungen nur immer an, wenn er zu spät hereinschlich, scheuchte ihn an seinen Platz und ließ ihn dort in seinen nassen Sachen sitzen.

Heute aber waren sie rechtzeitig da. Walli rannte hoch in sein Klassenzimmer, wo auch die meisten Schulkameraden schon waren. Anton und Hans begrüßten den Freund. Hans sah ihn aufgeregt an: »Und, ging gestern noch alles gut, Walli?«

»Was denn ...? Achso. Ja. Jaja, alles in Ordnung, kein Problem.«

»Du, Walli«, rief Anton, »der Rehmbichler hat uns heut

Nachmittag alle eingeladen, zum Einsiedeleiberg, sein Vater hat ihm Skier gekauft. Wir sollen alle zuschauen. Vielleicht dürfen wir die dann sogar auch mal ausprobieren...«

»Nein Anton, dich hab ich eingeladen, den da nicht!« Der Rehmbichler Josef stand auf einmal neben den beiden und starrte Walli giftig an. »Und außerdem kann der eh nicht Skifahren!«

»Der Walli ist unser Freund, wenn wir kommen sollen, muss er auch mitdürfen!«, mutig hatte sich der kleine Hans neben Walli gestellt. Hans hatte ein sehr schmales Gesicht, aus dem die dunkelbraunen, schönen Augen nun zu blitzen schienen. Seine schwarzen Haare waren ganz kurz geschnitten. Er war ein hübscher, schmalgliedriger Junge, der zwar manchmal darunter litt, deutlich kleiner zu sein als die anderen Buben in seiner Klasse, aber sich trotzdem nichts gefallen ließ und sich nun auch tapfer zu Wort meldete. Meist hatte er auch das Glück, dass sein Freund Anton in der Nähe war: Der war groß und kräftig, sodass sich keiner mit ihm anlegte. Anton hatte ein rundes Gesicht mit etwas zu großen Ohren und einer etwas zu breiten Nase. Er war zwar wie alle Kinder sehr mager, aber trotzdem wirkte er viel breiter gebaut, auch hatte er große, kräftige Hände. Seine braunen Haare hatten oft einen etwas seltsamen Schnitt, denn seine Mutter schnitt sie ihm einfach mit der Küchenschere ab, wenn sie zu lang wurden. Manchmal wirkte er etwas tölpisch und schien nicht so recht zu wissen wohin mit seinen noch zu langen Armen und Beinen, aber im Grunde war er ein sehr gutmütiger, geradliniger Kerl, auf den sich seine Freunde verlassen konnten.

Walli schaute Josef nun ernst an, dieser aber grinste nur.

»Du kannst ja bei dem bleiben, Hans, keiner hat gesagt, dass wir dich dabeihaben müssen, wenn du lieber zu dem hältst ... Dann kannst meine Skier aber gewiss nie ausprobieren, wenn du heut nicht kommst, überleg dir's gut!« Josef schaute Hans wütend an, dieser blickte Hilfe suchend zu Anton. Der kuckte verlegen auf seine Füße, kramte in seiner Schultasche, als ob er etwas suchen würde.

»Anton, ...«

»Lass nur, Hans«, meinte Walli leise, »ich kann heut sowieso nicht, muss der Mutter helfen, Holz machen.«

Hans blickte zu Walli, der begann seine Schulbücher auszupacken, dann zu Anton, schließlich zu Josef: »Ich kann heut leider auch nicht, Josef«, meinte er dann langsam, »ich hab ganz vergessen, dass die Mutter ja gesagt hat, dass ich heut die Stiefel vom Schuster holen muss.«

Walli sah zu dem kleinen Kerl, schüttelte fast unmerklich den Kopf und setzte sich dann auf seinen Platz. Hans aber starrte weiter Anton an, schien zu warten, dass der Freund etwas sagte. Auch Josef schaute ihn an.

»Ich, also ich weiß nicht ... warum kann denn der Walli nicht...«

»Darum eben, weil ich meine Skier nicht jedem Dahergelaufenem leih. Was ist jetzt mit dir? Kommst du oder nicht?«

»Geh ruhig, Anton, das ist schon in Ordnung«, murmelte Walli leise.

»Ja also, ich würd schon recht gern kommen«, hilflos sah Anton zu Walli, der lächelte ihm aufmunternd zu. Nur Hans starrte ihn wütend an, drehte sich um, ging an seinen Platz und sprach den ganzen Morgen kein Wort mehr.

»Ein Feigling ist er, der Anton!«, zornig stapfte Hans in den Schnee im Pausenhof.

»Nein Hans, ist er nicht. Lass ihn, du weißt doch, wie gern er mal auf Skiern stehen möchte. Den ganzen Winter spricht er doch schon davon.«

»Ja und? Du würdest doch auch gern, oder?«

»Ja schon, geht eben nicht. Da kommt er ja, der Anton.«

»Soll er doch, mit dem rede ich heute kein Wort mehr. Ich muss noch aufs Klo.« Hans drehte sich rasch um und lief hinein, ohne Anton eines Blickes zu würdigen.

»Walli, ich ... es tut mir leid ... also...«

»Schon gut, Anton.«

»Hier, ich hab heut zwei Pausenbrote dabei, nimm eins.«

»Du hast doch nie zwei Pausenbrote dabei, Anton?«

»Heut schon. Da, nimm schon«, er grinste den Freund an.

»Rehmbichler, Reichert oder von der Ziller?«, fragte Walli grinsend zurück.

»Och, ich dachte, heute mal Rehmbichler. Der hat schließlich immer zwei dabei!«

Walli nahm das dicke Butterbrot und biss hungrig hinein.

»Ich geh noch mal ein bisschen raus, Mama, ja?«

»Wo willst du denn wieder hin, Walli? Bist du denn mit den Schularbeiten fertig?«

»Ja freilich, Mama, alles fertig. Ich treff mich noch mit ein paar Jungen aus meiner Klasse.«

»Na schön, Walli. Ich bin ja froh, wenn du dich gut mit allen verstehst. Ein Glück. Aber komm nicht mehr so spät, hörst du?«

»Ja ja, ist schon recht. Bis dann, auf Wiedersehen, Mutter!«

Walli hatte seinen Aufsatz recht schnell hinter sich gebracht, seine Gedanken waren immer wieder beim Einsiedeleiberg gewesen. Schließlich hatte er beschlossen, dort doch hinzugehen. Allerdings so, dass er von niemandem gesehen wurde. Er wollte durch das kleine Wäldchen von der anderen Seite her an den Hang gelangen und hoffte im Schutz der jungen Fichten, die am Rande standen, nicht gesehen zu werden. Außerdem war am Waldrand ein versteckter Jägersitz, von dort, dachte er, hatte man wohl einen recht guten Überblick. Und dorthin wollte er. Er musste einen großen Umweg gehen, um von hinten, durch das Wäldchen hoch, zur Einsiedelei zu gelangen, aber das machte ihm nichts. Eifrig stapfte er vor sich hin, den kalten Wind bemerkte er kaum, schnell wurde ihm warm vom Laufen im Schnee. Im Wald angekommen, kam er rascher vorwärts, hier drinnen lag der Schnee nicht so hoch. Er kannte sich gut aus im Wald und ging zügig hindurch, dorthin, wo er den Jägerstand wusste. Als er dort ankam, hörte er schon das Lachen und Schreien der anderen Buben, die wohl schon alle am Schlitten- und Skifahren waren. Rasch stieg er die Leiter des Jägerstandes hoch. Kurz bevor er ganz oben war, zuckte er zusammen und erschrak. Damit hatte er nun überhaupt nicht gerechnet: Genau auf Höhe seiner Nase, mitten im Jägersitz, starrte er auf ein Paar Stiefel. Diese kamen ihm jedoch bekannt vor.

Er kletterte noch eine Sprosse höher und flüsterte: »Hans?«

Eine dicke Pudelmütze und rote Backen beugten sich über die Öffnung: »Huch, oh hallo, Walli, ähm ... also ... ich kam hier gerade so vorbei ... vom Schuster...«

»Rutsch mal, ich kam auch gerade so zufällig vorbei.«

Die beiden Buben grinsten sich an. Hans machte Platz und sie drückten sich beide auf das kleine Bänkchen im Jägersitz.

»Klasse Sicht von hier oben, was?«

»Hervorragend. Und, was war schon los? Ist der Anton schon gefahren?«

»Nö, ich konnte ihn noch gar nicht sehen. Aber der Rehmbichler ist schon ein paar Mal runter. Sein Vater ist auch dabei, kuck, da hinten ist er.«

»Und, hat's ihn hoffentlich schon ordentlich hingeschmissen?«

»Ne, leider noch gar nicht, der hat's schon richtig drauf. Sein Vater zeigt ihm dauernd, was er machen soll ... und ... psst. Hörst du das?« Hans flüsterte nur mehr ganz leise.

Walli lauschte. Tatsächlich, er hörte es nun auch. Ganz deutlich. Es knirschte, man hörte, wie sich etwas durch den Schnee und die dichten Fichten kämpfte. Plötzlich war alles wieder still. Aber nun konnte man deutlich jemand schnaufen hören. Laut und angestrengt. Walli ließ sich auf den Boden nieder und schaute vorsichtig durch die Leiteröffnung nach unten – direkt auf eine dicke Mütze mit Dackelohrklappen. Leise pfiff er. Anton, mit zwei langen Brettern im Arm, schaute nach allen Seiten.

»He, hier oben« rief Walli leise.

»Wusst ich's doch!« Anton grinste die beiden an. »Los, kommt runter!«

Walli kletterte als Erster hinunter.

»Was hast du denn dabei?« Walli deutete auf die langen Bretter und Hans sprang zu ihnen.

»Na, was wohl?«, Anton lachte seine beiden Freunde triumphierend an, »Skier natürlich!«

Hans und Walli schauten sich die Bretter genauer an, und tatsächlich, in der Mitte war ein wirrer Haufen Lederriemen zu sehen, die hinteren Enden schienen etwas verkohlt und leicht hochgebogen. »Skier?«, Hans starrte die Bretter erstaunt an.

»Jawohl, Skier! Ich hab mittags dem Schäffler geholfen und dauernd an ihn hingeredet, bis er mir schließlich diese Skier gemacht hat. Mit dem Brenneisen. Dafür muss ich ihm jetzt noch drei Samstage beim Rindenschälen helfen.«

»Und wie sollen diese Dinger funktionieren?«, etwas zweifelnd schaute Hans auf die kaum gebogenen Spitzen. »Damit spießt man doch garantiert gleich ein. Und dann – wumm!«

»Ach was, alles eine Frage der Technik!«

»Und wie macht man die dran?«

»Na, hier, man wickelt sich einfach die Lederriemen um die Stiefel!« Anton war voller Begeisterung, Hans und Walli schauten noch etwas zweifelnd auf seine Skier.

»Aber – warum bist du eigentlich nicht beim Josef? Du wolltest doch so gerne ... Jetzt wird der dich auch nicht mehr...«

»Ach was, ich wollte ja eigentlich nur Skifahren, und das können wir jetzt auch! Und müssen nicht darauf warten, bis der Rehmbichler mir seine Angeberski gnädigerweise mal für eine Fahrt überlässt. Und dann zeigen wir denen mal, wie man richtig den Berg runterfährt. Los jetzt, kommt mit. Auf geht's!« Stolz trug Anton seine Skier auf den Schultern und stapfte den Berg hoch, genau auf die anderen Jungen zu.

»He, grüßt euch!«

»Ja, grüß dich Anton, kommst ja doch noch!«

»Ja, freilich. Und der Hans und der Walli kommen auch.«

Josef trat auf ihn zu und starrte ihn zornig an. »Ich hab dir gesagt, dass wir mit denen nichts zu tun haben wollen. Die sollen abhauen. Die haben ja beide nicht einmal einen Vater, kein Wunder, dass die sich nie im Leben Skier leisten können. Die wollen wir hier nicht dabeihaben.«

Anton starrte zurück, überlegte nur einen kurzen Moment und antwortete dann: »Von wegen, keine Skier. Schau, ich hab sie nur raufgetragen. Das sind die Skier vom Walli. Und der Berg gehört dir ja schließlich nicht, oder? Hier kann ja wohl jeder runterfahren, der genug Schneid hat!«

Wütend starrten sich die beiden Jungen an. In dem Moment trat Josefs Vater zu ihnen: »Na, da haben wir ja noch einen Skifahrer. Grüß dich. Zeig mal her, deine Skier. Hm aber, ... naja, wird schon gehen. Musst aber unten gut bremsen, da ist ein kleiner Graben.«

»Grüß Gott, Herr Rehmbichler. Ja, wird schon gehen.« Walli und Hans waren inzwischen auch oben angekommen, die anderen Jungen standen alle um sie herum.

»Da Walli, deine Skier. Los, mach sie dran, ich helf dir. Und dann werden wir ja sehen, wer besser runterfährt.«

Verwundert sah Walli seinen Freund an, der ihm kurz zuzwinkerte. Anton half Walli die Holzbretter an seinen Stiefeln festzumachen, hielt ihn dann am Ellbogen fest und flüsterte ihm zu: »Zeig's ihnen, den ganzen eingebildeten Pinkeln. Los, Walli.«

»Na, Josef, dann schau mal gut zu, dass du was lernst!«, lachte Anton, ließ Wallis Ellbogen los und schon glitten die Holzbretter los, den steilen Abhang hinunter. Walli merkte, wie schnell er wurde, viel schneller als auf dem Schlitten, er duckte sich, versuchte irgendwie die Beine zusammenzulassen und das Gleichgewicht zu halten. Die Skier sausten über den Schnee, der Wind pfiff ihm um die Ohren, seine Augen tränten und die Geschwindigkeit war ungeheuerlich. Walli hatte keine Angst. Er genoss die rasende Fahrt, alles fiel von ihm ab. Er war nicht mehr das arme Flüchtlingskind, das von den anderen ausgelacht wurde, er war frei, er flog über den Schnee.

»Walli, Walli, Walli!«

Weit weg hörte er die Anfeuerungsrufe der Buben hoch oben am Hang. Er jauchzte, das Leben war herrlich! Im Auslauf des Hanges sah er den kleinen Graben kommen, aber er konnte weder seine Richtung ändern, noch bremsen. Er hoffte, genug Schwung zu haben, um irgendwie darüber zu kommen und sauste darauf zu. Am anderen Ufer des Grabens spießten Wallis Bretter jedoch ein und im hohen Bogen überschlug er sich, rollte auf dem Schnee weiter und blieb dann reglos liegen. Josefs Vater lief los, den Hang hinunter. Die Buben rannten hinterher. Alle wollten sehen, was mit Walli los war. Herr Rehmbichler kniete bei ihm nieder und die Jungen sahen, wie er Walli auf seinen Schoß zog und ihm das Gesicht mit Schnee einrieb.

»Komm schon, Junge, wach auf, es ist alles vorbei, du bist in Ordnung!« Walli öffnete die Augen, dann sah er Josefs Vater an, lächelte still und flüsterte: »Ich bin geflogen.«

»Ja, ordentlich geflogen bist du. Mit Überschlag! Tut dir was weh?«

»Ich glaube nicht. Sind die Skier…?«

Herr Rehmbichler lachte. »Das sind ordentliche Planken, die haben gehalten. Die Lederriemen sind wohl abgegangen, aber die wirst du wieder annageln können. Für deine erste Skistunde.«

Walli sah ihn erstaunt an.

»Na, ich finde, ich sollte dir etwas Unterricht geben. Damit du außer Schuss fahren auch lenken und bremsen lernst!«

Walli strahlte ihn an: »Das würden Sie machen?«

»Nun, nächsten Sonntag. Hier. Nach dem Mittagessen. Abgemacht?«

»Abgemacht. Und der Anton und der Hans?«

»Sind das deine Freunde?«

»Ja.«

»Na, dann sollen die eben auch kommen!«

»Ich möcht auch so nen Vater haben, wie der Rehmbichler.«

Hans sammelte die kleinen Holzspreißel, die er gerade auseinandergehackt hatte vom Boden auf und legte sie auf den Haufen zu den anderen.

»Ach was, der ist bestimmt auch nicht immer so nett. Oder auch nur zu anderen Kindern. Vielleicht versohlt der dem Josef daheim auch den Hintern.«

Anton nahm sich ein neues Holzscheit von dem Stapel hinter sich, stellte es hochkant auf den Hackstock und schlug mit der Axt darauf, um kleine Holzspäne abzuhacken.

»Na und«, erwiderte Hans hitzig, »immer noch besser als gar kein Vater.«

»Mir wäre manchmal gar kein Vater lieber«, brummte Anton.

»Red nicht solchen Unsinn, Anton. Dein Vater ist wieder daheim und hat meistens Arbeit. Und ihr habt genug Geld. Und genug Essen.«

»Jaja. Aber wenn er keine Arbeit hat und daheim rumhängt und mit Mutter streitet...«

»Ich weiß, dass ich keinen Vater mehr habe«, erwiderte Hans traurig, »auch wenn Mutter das nicht glauben will. Der Bürgermeister war bei ihr und hat ihr erklärt, dass sie eine Kriegerwitwenrente bekommen würde, wenn sie Vater für tot erklären lässt. Aber das macht sie nicht. Da geht sie lieber putzen bei den Amis und Wäschewaschen und was weiß ich noch alles. Abends kommt sie todmüde heim und trotzdem reicht das Geld oft hinten und vorne nicht.«

»Ich kann deine Mutter verstehen«, mischte sich Walli ein. »Sie glaubt, wenn sie ihn für tot erklären lässt, kommt er wirklich nicht mehr. Als hätte sie ihn aufgegeben. So, wie wenn jemand bewusstlos im Krankenhaus liegt und man spricht trotzdem mit ihm, obwohl alle Ärzte sagen, dass er es nicht hören kann. Aber man hält trotzdem seine Hand und spricht mit ihm und glaubt daran, dass er wieder aufwacht. In dem Moment, wo man damit aufhört, stirbt er tatsächlich. So aber hält ihn eine unsichtbare Schnur am Leben fest und er kann wieder zurückkehren. Und dann ist es so, dass er nur wieder aufgewacht ist, weil man fest daran geglaubt hat.« Walli blickte auf seine Freunde, die ihn verwundert ansahen. »Ich glaube auch fest daran, dass mein Vater noch lebt. Er muss uns nur finden. Irgendwann kommt er heim.«

»Aber woher soll er wissen, dass ihr jetzt hier im Bayerischen Wald seid?«

»Mutter war in den größeren Städten, hier beim Bürgermeister, in Deggendorf und in Regen, und hat dort unsere Adresse hinterlegt. Irgendwann wird er uns hier suchen und dann kann er ja da nachfragen.«

Keiner erwiderte etwas. Stumm arbeiteten die Jungen weiter, jeder hing seinen Gedanken nach, bis Anton aufstöhnte: »Meine Finger sind so kalt, ich kann die blöde Axt gar nicht mehr halten!«

Er versuchte seine klammen Finger auszustrecken. Sie mussten ohne Handschuhe arbeiten, denn mit ihren dicken Fäustlingen konnten sie die Axt erst recht nicht halten. Sie saßen beim Schäffler im Schuppen und arbeiteten Antons Skischulden ab. Dass die anderen beiden Buben Anton dabei halfen, war Ehrensache. Und zu dritt wurde der große Haufen Holzscheite, den der alte Schäffler ihnen hingelegt hatte, auch recht schnell kleiner. Sie sollten daraus lauter dünne Späne zum Ofenanheizen hacken und diese ordentlich gebündelt im Schuppen stapeln. Eine langwierige und auch anstrengende Arbeit, von der den Buben die Arme und auch der Rücken schmerzten.

»Wie schaut's aus?« Hans wollte die Freunde aufmuntern und versuchte die Unterhaltung in eine andere Richtung zu lenken, »morgen ist Sonntag – gehen wir zum Einsiedeleiberg?«

»Ich geh auf alle Fälle – das heißt, wenn ihr mitkommt!«, fragend schaute Walli die Freunde an. »Anton? Es sind ja deine Skier.«

»Ach, wir haben ja jetzt alle Holz gehackt«, lachte Anton, »also gehören sie uns allen. Klar gehen wir zur Einsiedelei. Die erste Skistunde lassen wir uns bestimmt nicht entgehen!«

Hans legte endlich die letzten Spreißel zu den anderen, stand auf, reckte und streckte sich. »Ich muss heim, Freunde. Dann sehen wir uns morgen. Am Berg. Und diesmal macht keiner mehr so einen Umweg, oder?« Die Buben lachten sich an, verabschiedeten sich und gingen auseinander.

3.

In der Nacht hatte es wieder geschneit. Das erste Morgenlicht ließ den neuen, pulvrigen Schnee aufleuchten. Nur ein paar Hasenspuren waren auf der unberührten Schneedecke zu sehen. Klirrende Kälte herrschte an diesem Morgen und langsam färbte sich der Himmel im Osten rot, als würden die Berge, die vom schwarzen, alten Wald eingehüllt waren, glühen.

Walli drehte sich noch einmal um und zog sich die Decke bis ans Kinn. Er genoss es noch etwas liegen bleiben zu können. Unter der Woche musste er so früh aufstehen, dass draußen immer noch völlige Dunkelheit herrschte.

Er hatte keine Lust, das warme Bett verlassen zu müssen. Seine Füße stießen an den Ziegelstein, den Mutter ihm gestern Abend mit ins Bett gegeben hatte, damit er ihn wärme. Abends legte sie die Ziegelsteine auf den Herd, und wenn sie heiß waren, wickelte sie sie in ein Laken und gab sie den Kindern mit ins Bett.

In der Stube hörte er schon Stimmen. Mutter war schon am Werkeln, Helene war wohl auch schon auf.

»Das hat doch keinen Sinn, Mutter!« Helene schien aufgeregt auf die Mutter einzureden.

»Leise, Helene, lass die Kinder noch schlafen.«

»Warte doch wenigstens bis zum Frühjahr. So eine weite Strecke, bei dem hohen Schnee. Es ist unvernünftig, Mutter.

Wenn es etwas Neues geben würde, hätte man uns doch informiert.«

»Das glaube ich eben nicht. Wer würde denn bis hier rausgehen, um Flüchtlingen eine Nachricht oder ein Schreiben zu bringen? Eher würden sie es zum Ofenanschüren benutzen.«

Mutter klang verbittert, so hatte Walli sie noch nie gehört. Vor ihm versuchte sie immer guten Mutes zu sein, sagte, man müsse die Einheimischen auch verstehen, war immer geduldig, mahnte Walli, keinen Streit anzufangen.

»Ach, Mutter. Dann warte wenigstens, bis nicht mehr so viel Schnee liegt.«

»Ist ja gut, Helene, sorg dich nicht.«

Greta, im Bett neben Walli, regte sich.

»Greta? Bist du wach?«, flüsterte Walli.

»Ja, einigermaßen«, murmelte sie.

»Wovon sprechen Mutter und Helene? Hast du sie gehört?«

»Ja, davon sprechen sie doch immer wieder. Mutter will nach Deggendorf gehen, wegen Vater. Sie hat erfahren, dass sich ein Arzt in Deggendorf niedergelassen hat, dessen Bruder angeblich auch in den Beskiden war. Also dort, wo auch Vater im Krieg eingesetzt war. In Polen. Sie will die Adresse herausbekommen und ihn aufsuchen. Seit sie das von dem Arzt gehört hat, ist sie ganz unruhig.«

»Ob der etwas vom Vater weiß?«

»Keine Ahnung. Los komm, wir stehen auf.«

»Ich muss nach Deggendorf gehen.«

Walli hatte die Skier den Berg hochgeschleppt und ließ sie nun zu Boden fallen.

»Was willst du?« Hans sah den Freund erstaunt an.

»Ich muss nach Deggendorf gehen, da ist einer, der weiß vielleicht was von meinem Vater.«

»Spinnst du, da brauchst du drei Tage, bei dem Schnee vier. Und was machst du nachts? Red' keinen Blödsinn und hilf mir die Riemen festzumachen.« Anton bückte sich bereits um seine Skier anzulegen.

»Das ist Unsinn, Walli. Du kannst nicht zu Fuß bis Deggendorf«, Hans sah Walli besorgt an.

»Ich weiß. Ich muss mir etwas einfallen lassen.«

»Aber nicht jetzt, jetzt wollen wir Skifahren. Schau, da kommt ja der Rehmbichler.«

Anton richtete sich auf, hielt sich an Hans fest und stand recht wackelig auf seinen Skiern.

»Wäscht deine Mutter noch für die Amis, Hans?« Walli sah den kleinen Hans an.

»Ja freilich, jeden Mittwoch und Sonntag.«

»Ja? Prima! Hört mal, ihr müsst heute mal ohne mich fahren. Könnt mir ja morgen in der Schule davon erzählen. Sagt dem Rehmbichler bitte, ich hab dringend weg müssen. Bis morgen!«

Walli lief schon den Hang hinunter. Verdutzt starrten die beiden hinter ihm her und Anton schüttelte nur noch den Kopf.

Die Mutter von Hans, Frau Zellner, wohnte in der Einsiedeleistraße, in der Hafnerstadt. Das war unterhalb des Stadtplatzes, am Kleinen Regen. Dort hatte sie eine kleine Wohnung zugewiesen bekommen, wo sie nun mit Hans und seiner älteren Schwester Maria lebte. Der Wohnungsbesitzer, ein reicher Mann aus Zwiesel, hatte kein Mitleid mit den

Armen. Hans hatte erzählt, dass er nichts Eiligeres zu tun gehabt hatte, als aus dem Badezimmer die Badewanne zu entfernen, bevor sie eingezogen waren.

Walli klopfte an die Haustüre. Vorsichtig öffnete er die Tür. Hans' Mutter war zu Hause. Sie hatte einen großen Kessel auf dem Holzofen stehen, aus dem es mächtig dampfte. Frau Zellner stand auf einem Stuhl vor dem Kessel, die Ärmel zurückgekrempelt, die Haare mit einem Kopftuch zusammengebunden. Vom heißen Wasserdampf durchnässt, rührte sie mit einem großen Holzlöffel um.

»Grüß Gott, Frau Zellner!«

»Ja Walli, grüß dich. Ist dem Hans was passiert?«, erschrocken hielt die Frau inne, starrte Walli furchtsam an.

»Nein nein, Frau Zellner. Gar nichts. Der ist beim Skifahren, mit den anderen Buben. Ich wollte, also, nun, ich wollte fragen, ob ich ihnen helfen darf. Ich meine, könnte ich vielleicht ihre Wäsche zu den Amerikanern bringen?«

Erstaunt schaute Frau Zellner den Jungen an, stieg von ihrem Stuhl, schob dann den Kessel etwas nach hinten, weg von der Herdplatte. Sie fuhr sich mit dem Ärmel über ihr nasses, gerötetes Gesicht und sah nachdenklich zu Walli.

»Setz dich mal her, Walli. Ich glaube, du solltest mir mal die ganze Geschichte erzählen.«

Der Junge zog sorgsam seine Stiefel aus und setzte sich an den Tisch. Und dann erzählte er Hans' Mutter alles. Von seinem vermissten Vater, dem Arzt in Deggendorf, seiner Mutter und seinem Wunsch, mit den amerikanischen Besatzungssoldaten Bekanntschaft zu machen, um irgendwie nach Deggendorf zu gelangen. Als er fertig war, saßen sie eine ganze Weile schweigend am Tisch. Frau Zellner schien in ihre eigenen Gedanken versunken. Schließlich wischte sie sich noch einmal über das Gesicht, anscheinend war es noch immer feucht vom Wasserdampf.

»Nun Walli, vielleicht ist es wirklich eine Möglichkeit, und wenn sie auch noch so gering ist, eine Spur deines Vaters zu finden. Ja, die Wäsche vom Mittwoch bringe ich immer am Sonntagvormittag zurück, die ist bis dahin trocken und fertig, und die Wäsche, die ich gerade auskoche, nehme ich dann am Mittwoch mit. Du könntest also am Mittwochnachmittag zu mir kommen und diese hier zurückbringen. Hans geht bestimmt mit dir. Der kann auch schon ein paar englische Wörter.«

»Das wäre prima! Vielen, vielen Dank, Frau Zellner!«, voller Freude strahlte Walli die Frau an. Dann jedoch schaute er nachdenklich auf die Tischplatte. Nach einer Weile räusperte er sich und sah auf: »Frau Zellner, kann ich Sie noch was fragen?«

»Was denn, Walli?«

»Hm, ich weiß, dass das jetzt eine dumme Frage ist – aber ... warum sind eigentlich die Amerikaner da? Also, wie kommt es, dass amerikanische Soldaten hier bei uns in Zwiesel in der Villa sind?«

Frau Zellner atmete tief ein. »Das ist keine dumme Frage, Walli. Aber es dauert wohl etwas länger, um dir alles von vorne zu erklären.« Dann stand sie auf, ging aus der Wohnküche und kam gleich darauf mit einem Krug Milch zurück. Sie nahm eine große, geblümte Henkeltasse von einem Bord über der Bank und schenkte Walli ein.

»Hier, nimm erst mal einen Schluck. Also, du weißt ja bestimmt: Deutschland hat den Zweiten Weltkrieg angefangen.

Das war vor sieben Jahren, 1939. Da waren in Deutschland die Nationalsozialisten, die Nazis, an der Macht. Ihr Anführer war Adolf Hitler, ein sehr, sehr grausamer und verrückter Mann. Er hat viele Menschen umbringen lassen, nur weil sie eine andere Meinung hatten, anders aussahen, oder eine andere Religion hatten, als er. Hitler wollte, dass Deutschland zum mächtigsten Land in Europa wird.«

»Aber Frau Zellner, ich begreife einfach nicht, dass da niemand etwas dagegen gemacht hat. Wieso haben die Deutschen das alles zugelassen?«

»Ja, Walli, das versteht heute keiner mehr. Als man begann, all die unfassbaren, schrecklichen Verbrechen zu erahnen, da hatte Hitler schon so große Macht, dass er alle, die etwas gegen ihn sagten, einfach umbringen ließ. Da bekamen alle Angst. Jeder versuchte nur noch seine eigene Haut zu retten. Anfangs wusste man nicht, was er wirklich plante und tat. Er hatte versprochen, dass alle wieder Arbeit bekämen, jeder wieder genug verdiente, um sich und seine Familie gut versorgen zu können. Und da haben eben alle gehofft, dass das wirklich so wäre. Weißt du, damals, als Hitler begann sich in die Politik einzumischen, da ging es den Menschen in Deutschland nicht gut. Deutschland hat nur knapp 25 Jahre vorher bereits einen Krieg begonnen und verloren, den Ersten Weltkrieg, und die Kriegssieger verlangten von Deutschland hohe Geldsummen oder Maschinen als Strafe. Viele Deutsche waren arm, hungrig und ohne Arbeit. Und dann kam einer und versprach das Blaue vom Himmel. Natürlich haben wir ihm alle geglaubt. Wir dachten, er wolle nur das Beste für uns. Ja, das Beste. Und jetzt sieh uns an. So viele Menschen mussten sterben oder flüchten, sind für immer verstümmelt, das ganze Land ist zerbombt von all den Fliegerangriffen. Mein Mann und dein Vater sind vermisst. Wir haben alle nicht genug zu essen...«

»Aber, wie ging es weiter, als Hitler dann an die Macht kam?«

»Im Jahr 1939 ließ Hitler über das Radio Lügen verbreiten. Er behauptete, dass Polen, du weißt, unser Nachbarland im Osten, Deutschland angegriffen hätte. Aber das stimmte nicht. Er begann dann einen Krieg gegen Polen und behauptete, dass Deutschland sich ja nur verteidigte, dass Polen angefangen hätte. Damals glaubten ihm noch viele. Das war der Anfang des Zweiten Weltkriegs. Nach dem Beginn des Krieges gegen Polen ist Adolf Hitler dann gegen immer mehr Länder in den Krieg gezogen. Er wollte möglichst viele Gebiete erobern, damit Deutschland größer und reicher wird. Außerdem wollte Hitler, dass alle Menschen taten, was er befahl. In den ersten drei Jahren des Zweiten Weltkriegs haben die Nationalsozialisten, also die Leute, die unter Hitlers Führung waren, große Teile von Europa erobert. Dann aber begannen die Länder sich gegen Hitler zusammenzutun und bekämpften Deutschland von verschiedenen Seiten. Die deutschen Soldaten verloren immer mehr Schlachten. Der Krieg – und damit in erster Linie der Bombenkrieg – kam nach Deutschland.«

»Ja, daran kann ich mich noch genau erinnern. Dieses schreckliche Heulen des Fliegeralarms. Und wie wir alle in den Keller mussten. Und dann die Bomben hörten…«

»Ja, diese endlosen, angsterfüllten Nächte in Kellern und Bunkern. Nun, einige europäische Länder taten sich also zusammen, um Hitler gemeinsam zu besiegen. Schließlich haben auch die USA, also die Amerikaner, in den Krieg eingegriffen. Sie wollten den Ländern in Europa im Kampf gegen Deutschland helfen. Die USA haben sich mit Frankreich, England und Russland verbündet. Diese vier verbündeten Länder nennt man die Alliierten. Sie haben gemeinsam gegen Deutschland gekämpft und endlich, letztes Jahr im Mai, gelang es ihnen, Deutschland zu besiegen. Damit war dieser furchtbare Krieg vorbei. Sie besetzten das Land mit ihren Truppen, haben das besiegte Deutschland unter sich aufgeteilt. Und wir, hier in Bayern, fielen in den Bereich der Amerikaner.«

»Und warum sind sie jetzt immer noch da?«

»Nun, weil hier sonst alles wieder im Chaos versinken würde. Viele Wohnungen waren ausgebombt, Nahrungsmittel gab und gibt es ja kaum. Auch keine Wasser- oder Stromversorgung. Es gab keine Feuerwehr, kein funktionierendes Amt, keine Behörde. Zunächst wollen die US-Besatzer, also die amerikanischen Soldaten, das normale, alltägliche Leben wieder in geordnete Bahnen lenken. Dann wollen sie natürlich all die Nazi-Verbrecher finden, verurteilen und bestrafen. Schließlich wissen sie um alles Schreckliche, das die Deutschen verbrochen haben. Sie wollen sichergehen, dass hier nie wieder ein Krieg begonnen wird. Sie haben alle Waffen vernichtet und alle Deutschen werden befragt, ob sie in Hitlers Partei, also bei den Nazis, waren. Und wenn ja, so wird überlegt, wie sie bestraft werden. Ja, und deswegen sind sie da, hier bei uns, in der Villa Weigl. Da haben sie sich einquartiert.«

Frau Zellner sah Walli ernst an. Eine ganze Weile schwiegen dann beide. Schließlich sagte Walli leise: »Noch nie hat mir das jemand so genau erklärt. Auch Mutter nicht. Woher wissen Sie so viel über das alles, Frau Zellner?«

»Mein Mann, Walli, der war kein Nazi. Der hat schon ziemlich früh gemerkt, wie verrückt Hitler ist. Der hat ihm nicht geglaubt und geahnt, was da wohl auf uns zukommt. Er hat mit mir immer über alles geredet, hat mir viel erklärt. Hat versucht, seine Freunde zu überzeugen, was Hitler für einer ist. Nur geglaubt hat ihm damals keiner. Und dann wurde er einfach verhaftet.

Mitten in der Nacht haben sie ihn geholt und mitgenommen. Weil er den Leuten die Augen öffnen wollte. Aber da war schon alles zu spät. Heimgekommen ist er bis heute nicht. Ich habe seit mehr als drei Jahren nichts mehr von ihm gehört.«

Frau Zellner stand auf, wandte sich zum Herd, zog ein Taschentuch aus ihrer Schürze und schnäuzte sich. Nach einer Weile drehte sie sich wieder um, versuchte Walli zuzulächeln und rief: »So, Junge, jetzt lauf. Ich muss fertig werden mit der Wäsche. Und – ich wünsch dir viel Glück, mit den Amerikanern!«

Da es an diesem Nachmittag schon recht spät geworden war, lief Walli nicht mehr zum Einsiedeleiberg, sondern gleich nach Hause. Er hatte sowieso ein schlechtes Gewissen, weil er noch immer kein Holz geholt hatte. Mutter hatte schon gestern gesagt, dass im Gscheiberl, dem Wald am Fuße des Falkensteins, Holz gemacht worden war. Der Onkel von Hans, der Bruder von Frau Zellner, arbeitete als Holzfäller und Rindler für die Papierfabrik in Teisnach. Er hatte Wallis Mutter erzählt, dass zurzeit Fichten geschlagen wurden. Die

Bäume wurden gleich im Wald entrindet, und die Rindenstücke konnte man sich als Heizmaterial holen.

Als Walli daheim ankam, war seine Mutter gerade im Schuppen und spaltete dort Holz. Er sah sie da stehen, mit dem Rücken zu ihm, dem Hackklotz zugewandt. Er schaute ihr zu, wie sie mit dem Beil die Holzscheite spaltete. Nach jedem Schlag hielt sie kurz inne, als würde sie verschnaufen und schlug dann wieder zu, mit all ihrer Kraft. Walli sah seiner Mutter zu und es wurde ihm ganz warm ums Herz. Wie viel seine Mutter arbeiten musste, um für alle sorgen zu können. Ganz allein musste sie alles schaffen. Es war so schwierig für sie, Arbeit zu bekommen. Die Einheimischen waren nicht gut auf die ›Fremden‹, wie sie sie nannten, zu sprechen. Die Flüchtlinge. Die mit nichts außer einem Rucksack auf dem Rücken hatten fliehen müssen. Ihre Heimat verlassen, ihre schöne Stadt, die schöne Wohnung mit all den wunderbaren Möbeln, auf die sie so lange gespart hatten und auf die sie so stolz waren. Von einem Tag auf den anderen mussten sie flüchten, vor den feindlichen russischen Soldaten, die immer näherrückten, vor denen man große Angst hatte. Ganze Dörfer und Städte wurden verlassen. Mit Zügen, Kutschen, zu Fuß lief man vor den feindlichen Truppen davon. Wallis Mutter war mit den Kindern von Oberschlesien nach Bayern geflüchtet. Dort, so wusste man, war man in Sicherheit. In Sicherheit, ja, aber ohne Hab und Gut, arm und hungrig. Von einem Tag auf den anderen standen sie vor dem Nichts. Hatten alles aufgeben müssen und wurden nun in der neuen Heimat, die keine war, schief angesehen.

Walli wünschte sich oft, er wäre älter, größer, kräftiger, um seiner Mutter helfen zu können.

Aber nach Deggendorf, da komm' ich hin, Mutter, warte nur ab, dachte er bei sich.

»Hallo, Mama, da bin ich wieder. Soll ich jetzt die Rinde holen?«

»Grüß dich, Walli. Ja, das müsstest du bitte machen, nimm Greta mit, die soll dir helfen. Sie ist drinnen.«

Walli holte den Leiterwagen aus dem Schuppen, ging zum Fenster und klopfte.

»Greta, zieh dich an, wir sollen die Rinde holen. Los, komm!«

Während Walli kurz warten musste, bis Greta fertig war, überlegte er, ob er die Schwester in seinen Plan einweihen sollte. Er wollte die Amerikaner bitten, ihn mit ihren Jeeps mit nach Deggendorf zu nehmen. Es war bestimmt gut, mit Greta darüber sprechen zu können, sich zu beratschlagen.

Aber – wenn es nicht klappt? Wenn die Amis mich einfach auslachen? Rausschmeißen? Wenn ich mich gar nicht verständlich machen kann? Nein, ich sage es niemandem. Vielleicht erzählt Greta es der Mutter. Sie würde mich nie gehen lassen. Nein, ich erzähle es niemandem.

»Na, los, Walli, was stehst du noch herum und träumst? Auf geht's, ich bin fertig!« Die Kinder nahmen das Leiterwägelchen und machten sich auf den Weg zum Wald.

4.

»Walli, Waaalli, Walli! Bist du daheim?«, atemlos und völlig aufgelöst kam Hans bei Walli an. Der hatte ihn sogar von drinnen schon rufen gehört und öffnete nun die Haustür.

»Was ist denn los, Hans?«

»Ach Walli«, Hans schien beinahe mit den Tränen zu kämpfen, er schluckte und rief dann aufgebracht: »Walli, ich glaub, ich hab den Ganter umgebracht, den bösen, in der Hafnerstadt, ich … was soll ich nur machen?«

»Jetzt beruhig dich doch erst mal, Hans. Was ist denn passiert? Wart, ich hol mir bloß schnell meine Jacke. Setz dich erst mal.«

Hans setzte sich auf das kleine Bänkchen, das draußen neben der Haustüre, unter dem Dachvorsprung stand und Walli kam gleich darauf zurück und setzte sich neben ihn: »Also?«

»Die Mutter hat mich geschickt, ich solle von der Tante Berta Strickzeug und Wolle holen, die hat ganz viel Stricknadeln und Mutter will Strümpfe stricken, für die Amis, die sollen recht gut dafür zahlen. Und Tante Berta hat mir alles zusammengepackt, in so ein Netz, so eine Tasche zum Tragen, Schafwolle und Stricknadeln. Dann bin ich durch die Hafnerstadt gelaufen, und da sind doch die ganzen Gänse immer draußen, sogar jetzt im Winter. Und der große Ganter, der Gänserich, der ist so bös, der läuft immer auf einen zu, mit fürchterlichem Geschnatter und zischt und will einen beißen. Vor dem hab ich richtig Angst. Und heut kam er wieder so auf mich zu und ich traute mich gar nicht mehr weiter und dann kam er noch näher und streckte den Hals so vor und riss den Schnabel auf … und … und dann … also dann hab ich mit dem Netz nach ihm gehauen, ich wollt ihn ja nur verjagen … und dann«, Hans fing nun tatsächlich an zu weinen und schluchzte auf, »dann hab ich so mit Schwung zugehauen, und jedenfalls hab ich ihn so erwischt, dass eine Stricknadel quer in seinem Hals steckenblieb.«

»Was?«, Walli konnte kaum ein Grinsen unterdrücken, »und dann?«

»Ja, dann hat er nur noch gekrächzt, das konnte er noch.«

Jetzt musste Walli tatsächlich lachen. Die Vorstellung vom bösen Gänserich mit Stricknadel im Hals, der erstaunt aufkrächzte, fand er einfach komisch.

»Und dann bin ich weggelaufen. Zu dir. Glaubst du, an so was kann eine Gans sterben?«

»Nein, ich glaube nicht. Komm, wir laufen noch mal zurück und schauen nach, vielleicht müssen wir doch jemandem Bescheid sagen. Ich zieh mich nur noch schnell richtig an. Ich komme gleich.«

»Ach, danke, Walli!«, erleichtert lächelte Hans ihn an.

»Ist schon in Ordnung, das kriegen wir schon hin!«

Walli ging ins Haus, zog sich warm an und schon liefen die beiden Buben los, Richtung Hafnerstadt.

Als sie ankamen, hörten und sahen sie die Gänseschar schon von Weitem. Mit lautem Geschnatter kamen sie gleich heran, als die Buben näherkamen. Walli und Hans hielten Ausschau nach dem aufgespießten Ganter, konnten ihn aber nicht gleich entdecken. Hans hatte schon die schlimmsten Befürchtungen.

»Da, da hinten ist er, da, das muss er sein!« Walli hatte ihn entdeckt – allerdings hatte er keine Nadel mehr im Hals.

Ängstlich und nur zögerlich näherten sie sich dem Tier, das am Boden saß. Mit jedem Schritt rechneten sie damit, dass er gleich losstürmen und sie angreifen würde. Da schien der Ganter Hans zu erkennen. Mit lautem Geschrei sprang er auf und lief flügelschlagend vor den Buben davon. Jetzt musste auch Hans erleichtert auflachen, zumal der Gänserich quicklebendig aussah. Er schien nur auf einmal großen Respekt vor dem kleinen Hans zu haben und suchte schleunigst das Weite. Lachend standen die Buben mitten auf dem Weg und sahen ihm hinterher. Auf einmal bückte sich Walli – er hatte die Stricknadel entdeckt, die der Gänserich glücklicherweise wieder verloren hatte.

»Schau, da ist ja sogar deine Nadel wieder!«

»So ein Glück! Da bin ich jetzt aber froh! Vielen Dank, Walli, dass du mitgekommen bist!«

»Kein Problem! Ich bin auch froh, dass gar nichts passiert ist. Komm wir gehen. … Du … Hans? Ich hätte auch eine Bitte an dich.«

»Was denn?«

»Gehst du morgen mit mir zu den Amerikanern?«

»Klar, die Mama hat es mir schon erzählt. Ich weiß schon Bescheid. Und du glaubst, dass die dich mitnehmen, im Jeep, nach Deggendorf?«

»Ich weiß nicht, ich hoffe es eben. Vielleicht können wir mit einem reden…«

»Kannst du denn Englisch?«

»Nein, nur ein paar Wörter: Thank you, wash, with soap, hi!, goodbye und salamapetsch.« »Salamapetsch?«

»Ja, salamapetsch! Das muss ein Schimpfwort sein. Ich finde es toll. Ich hab es mal einen Soldaten sagen hören.«

»Salamapetsch…«, genüsslich ließ sich Hans das neue Wort im Munde zergehen, »klingt gut. So richtig … schlimm. Was heißt es denn?«

»Keine Ahnung. Vielleicht können wir ja mal fragen, wenn wir einen Soldaten kennengelernt haben.«

»Ja vielleicht.«

»Du, Hans, ich muss noch Schularbeiten fertigmachen, ich muss heim. Dann gehen wir morgen Nachmittag zur Villa Weigl, zu den Amis?«

»In Ordnung. Ausgemacht. Du kommst dann vorbei, nach den Hausaufgaben. Wir sehen uns ja in der Schule. Und – der Anton? Weiß der Bescheid?«

»Nein, noch nicht. Ich weiß nicht, ich will es ihm noch nicht sagen. Vielleicht erst, wenn es klappt. Wenn mich wirklich einer mit nach Deggendorf nimmt. Sag ihm noch nichts, bitte.«

»Hm. Und wenn er fragt, was wir morgen machen?«

»Mal sehen. Also, jetzt muss ich. Bis morgen, Hans!«

»Ja, servus Walli!«

5.

»Mama, ich geh noch ein bisschen zum Hans. Ich bin fertig mit den Hausaufgaben.«

»Ist recht, Walli. Komm aber bitte gegen vier Uhr heim. Wir gehen heut Abend alle noch zum Federnschleißen, zu den Sobalas. Die Frau Sobala hat uns eingeladen. Ich bin froh, dass sie uns Bescheid gesagt hat. Sie sind auch aus Oberschlesien, aus Hindenburg. Ich freue mich schon, sie kennenzulernen. Sie wohnen in der Flanitz. Das dauert schon eine Weile, bis wir da hinkommen. Ich möchte, dass ihr mitgeht, ihr könnt ja auch helfen.«

»Um vier schon? Aber … das wird so knapp … also…«

»Wieso, was habt ihr denn vor?«

»Ach naja, also … na gut, um vier bin ich da.«

Walli merkte, wie seine Wangen heiß wurden. Er wollte seine Mutter nicht anlügen, aber er konnte ihr auch nichts von seinem Plan erzählen. Sie war sicherlich dagegen, dass er zu den Amerikanern ging. Aber es war seine einzige Möglichkeit, um die fast 40 Kilometer bis nach Deggendorf zu überwinden. Schnell versuchte er die Mutter abzulenken.

»Was machen wir denn da überhaupt, bei diesen … Sobalas?«

»Wie gesagt: Federnschleißen. Das erzähl ich dir genauer, wenn du kommst. Also bis dann!«

Walli zog sich schnell an und lief los. Als er in den kleinen Weg zum Häuschen entlangkam, sah er Hans schon mit einem großen, grünen Wäschesack vorm Haus stehen.

»Grüß dich, Hans«, rief er atemlos. »Hast du schon alles beisammen?«

»Ja, freilich. Grüß dich. Die Mutter hat mir schon alles zusammengepackt.«

»Ach, das ist prima. Ich muss nämlich schon um vier wieder daheim sein…«

»Na, dann aber los. Das schaffen wir schon!«

Da öffnete sich die Haustür. Hans' Mutter hatte die Buben gehört.

»Na, dann, macht's gut, ihr zwei. Und – Walli: Viel Glück!«, sie lächelte ihn an und fuhr ihm schnell mit der Hand über den Kopf. Walli sah auf und freute sich über ihren freundlichen, aufmunternden Blick.

»Danke, Frau Zellner. Bis nachher!«

Schon liefen die beiden Buben los, den großen Sack hatte sich Hans über die Schulter geworfen und hielt ihn mit beiden Händen fest. Als sie am Stadtplatz von Zwiesel ankamen, tauschten sie und Walli übernahm den Sack. Jetzt mussten sie den Stadtplatz hochgehen bis zur Daimingerstraße und dann in die Frauenauer Straße abbiegen. Diese mussten sie ein ganzes Stück weit entlanglaufen, bis sie zur Villa Weigl kamen, wo die Amerikaner untergebracht waren. Vor dem Haus stand eine Fahnenstange mit der amerikanischen Flagge. Mit klopfendem Herzen stand Walli schließlich davor. »Und jetzt?«

»Ja, was wohl. Jetzt gehen wir rein.«

»Ja, und dann?«

»Dann musst du halt schauen, dass du mit einem sprichst. Die sind alle ganz nett, ehrlich!«

Walli atmete noch einmal tief durch, stieg dann die paar Stufen zu der großen Eingangstür hoch und klopfte zaghaft. Niemand öffnete, niemand schien ihn zu hören.

»Geh' einfach rein, Walli, da kommt man sowieso erst einmal in einen Flur, wie bei einem Wirtshaus«, riet ihm Hans.

Walli öffnete die Tür und stand in einem düsteren Flur. Rechter Hand war eine verschlossene Türe, links ging eine Stiege nach oben. Walli sah Hans etwas ratlos an. In dem dunklen Hauseingang wurde ihm immer mulmiger. Hans nickte zur Treppe.

»Wir müssen rauf«, flüsterte Hans.

Beklommen stieg Walli die Treppen nach oben. Von dort

hörte man nun Stimmengemurmel. Oben im Treppenhaus standen sie nun vor mehreren geschlossenen Türen. Zum Glück wurde es oben heller. Durch ein großes Fenster im oberen Gang fiel Licht ein. Walli fühlte sich etwas besser. Da ging Hans an ihm vorbei und klopfte zielstrebig an die erste Tür.

»Come in!«

Die Buben sahen sich an.

»Na los, Walli, geh schon!«

Walli wäre am liebsten die dunkle Treppe schnell wieder hinuntergesprungen und weg, nur weg – aber er nahm seinen ganzen Mut zusammen und biss die Zähne aufeinander. Er spürte seinen heftigen Herzschlag bis in die Ohren. Hart und schnell schlug sein Herz gegen seine Brust. Er nahm seine Mütze ab, räusperte sich, nahm die Klinke in die Hand – und öffnete. Im ersten Moment konnte er in dem Zimmer nicht viel erkennen. Rauch hing im Raum und es fiel wenig Licht durch die Fenster ein. Auf zwei Betten und mehreren Stühlen saßen junge Männer, alle in khakifarbenen Uniformen. Auf einem kleinen Tisch standen Flaschen und ein qualmender Aschenbecher. Armeejacken und -mäntel hingen überall im Zimmer, über den Stühlen, am Schrank. Walli stand da, die Klinke immer noch in der Hand und konnte kein Wort sagen. Er schaute die Männer an, die alle aufgehört hatten zu reden und den kleinen Jungen an der Tür erwartungsvoll ansahen. Die dunklen Gestalten in ihren hellen braungrünen Hemden, mit den Zigaretten in den Händen kamen Walli so fremd vor, so unwirklich.

»Come in, boy. What‘s up?«

Endlich löste sich die Starre in Walli. Er lächelte schüchtern und sah rasch zu dem Mann, der ihn angesprochen hatte. Und sah in das freundlich lächelnde Gesicht eines Schwarzen. Walli hatte noch nie einen dunkelhäutigen Menschen gesehen und konnte nicht verhindern, dass er ihn völlig verdattert anstarrte. Da grinste der Mann noch breiter. Walli schluckte, spürte, wie er rot wurde, und stammelte los: »Hello … wash … with soap … hier, die Wäsche von Frau Zellner!« Dabei zog er den Sack ins Zimmer.

»Oh fine, thanks. Come on.«

Der Schwarze war aufgestanden und auf Walli zugegangen. Jetzt nahm er ihm den Sack ab und klopfte ihm freundlich auf die Schulter. Schüchtern sah Walli ihn an. Jetzt wo er neben ihm stand, kam er ihm gleich noch größer vor. Aber der Mann beugte sich zu ihm und sah ihn lächelnd an.

»Ej, Kochachalo, here, give him some chocolate.«

Ein Soldat, der weiter hinten auf dem Bett saß, warf dem Schwarzen etwas zu.

»Here, take that. Bye!« Der Soldat drückte es Walli in die Hand, grinste noch einmal und drehte sich um.

Walli nickte, stotterte noch: »Thank you, goodbye!« und trat schnell aus dem Zimmer. Er schloss die Tür hinter sich und atmete erst einmal laut aus.

»Uff. Puh.«

Hans stand schon neben ihm: »Und, wie war's?«

»Weiß nicht. Keine Ahnung. Ich war so aufgeregt. Ich konnte überhaupt nichts sagen. Aber, einer heißt Kocho oder so ähnlich. Der hat mit mir gesprochen. Der war … schwarz … und sehr nett. Die anderen auch. Also, die waren auch freundlich. Und schau. Das hat er mir geschenkt.«

Walli öffnete endlich die Hand und beide sahen auf eine halbe Tafel Schokolade.

»Ui, ja Walli! Das ist ja ne Wucht!«

»Mensch Hans, kannst du dir vorstellen, dass das Soldaten sind? Das waren irgendwie einfach ganz normale Männer. Alle richtig freundlich und nett. Ich … kann mir gar nicht vorstellen, dass die im Krieg waren. Dass die auf andere schießen mussten. Dass die vielleicht erleben mussten, dass ein Freund erschossen wurde. Dass die jemanden vielleicht umgebracht haben. Dass die auf Deutsche geschossen haben … vielleicht auch auf … Das sind doch ganz normale Männer. Die sehen nur so seltsam aus, in ihren Uniformen. Dieser … elende … abscheuliche … blöde Krieg!«

»Ja, dieser blöde Krieg! Gott sei Dank ist er vorbei. Jetzt müssen die auf niemanden mehr schießen!«

»Warum machen Menschen so was? Wieso denn nur? Warum hat da niemand was dagegen gemacht?«

Die Jungen traten hinaus auf die Straße und machten sich auf den Rückweg.

»Ich hab eigentlich gar nichts erreicht«, murmelte Walli enttäuscht.

»Na, dass dich nicht gleich einer auf die nächste Geburtstagsfeier einlädt, war ja wohl klar. Aber jetzt haben sie dich doch schon mal gesehen, und du sie auch. Mehr ist doch beim ersten Mal nicht drin. Wirst schon sehen, beim nächsten Mal wird's bestimmt gleich besser. Ein bisschen Geduld musst du schon haben. Und – dieser Kocholony hat dir doch gleich was geschenkt. Den kennst du doch jetzt schon, das ist doch wohl prima!«

Hans redete dem Freund gut zu und munterte ihn auf. Als sie am oberen Stadtplatz waren, schlug die Uhr der großen Backsteinkirche.

»Halb vier! Das passt ja genau. Da komme ich gerade rechtzeitig heim.«

»Wo musst du denn heute noch hin?«

»Mutter will zu den Sobalas, eine Familie draußen in der Flanitz. Die kommen wohl auch aus Oberschlesien. Da sind wir heute Abend eingeladen zum Federnschleißen.«

»Zu was?«

»Na, Federn abrupfen. Aber hauptsächlich geht's wohl um das ganze Geratsche drumherum. Na, mal schauen. Vielleicht gibt's ja wenigstens Kinder in meinem Alter, mit denen man was anfangen kann. Ich lauf dann mal los, gell, Hans. Grüß deine Mutter. Ich komme am Sonntag wieder und hol die nächste Wäsche, ja?«

»Ja freilich, sag ich ihr. Also, mach's gut. Servus Walli!«

Völlig außer Atem, mit hochroten Wangen, kam Walli um kurz vor vier daheim an. Mit seinen Gedanken war er noch ganz bei den amerikanischen Soldaten. Mutter und die Mädchen waren gerade dabei einen Korb zu packen und sich zurecht zu machen.

»Da bist du ja, Walli! Schön, dass du so pünktlich bist. Komm, zieh dich noch um, zieh eine ordentliche Hose und trockene Handschuhe an, dann wollen wir gleich losgehen.«

Kurze Zeit später zogen sie alle vier los. Wallis Mutter wirkte so fröhlich wie schon lange nicht mehr. Sie schien sich sehr auf das Zusammentreffen zu freuen. Walli ließ sich von ihrer Fröhlichkeit anstecken und schob seine düsteren Gedanken über den Krieg beiseite.

Er ging neben ihr und fragte sie: »Das Federnschleißen, das hast du früher öfter gemacht … daheim … nicht wahr?«

»Ja, Walli. Daheim … Das war fast so eine Tradition, im Winter, daheim in Schlesien. Ich habe mich mit Freundinnen dazu getroffen, es ging so rundum, immer bei einer anderen. Helene, du warst ja auch schon einmal dabei, bei der Emma, damals, in der Weidenstraße, weißt du noch? Du warst vielleicht zwölf, schätz ich.«

»Ja, Mutter, ich glaube, ich war sogar mehrmals dabei, und Gretchen war doch auch einmal mit. Ich weiß noch, wie sie sich von all den Gruselgeschichten so ängstigte, dass sie dann nachts zu mir ins Bett schlüpfte.«

»Was? Davon weiß ich aber nichts mehr!«, Greta lachte.

»Doch, doch«, Helene grinste die jüngere Schwester an, »aber ich fand die Geschichten, die dabei immer erzählt wurden, auch immer fast zu spannend…«

Während sie weiter durch das Gescheiberl, am Regen entlang zur Flanitz wanderten, erzählte die Mutter auf Drängen von Walli noch mehr vom Federnschleißen.

»Ursprünglich traf man sich dazu, wenn die Mädchen ins heiratsfähige Alter kamen. Dann mussten die Mütter für die Aussteuer, in erster Linie für die Betten, sorgen. Zu diesem Zwecke wurden von vielen, vor allem draußen in den Stadtrandsiedlungen und Dörfern, einige Gänse gehalten und diese im Laufe des Jahres wiederholt gerupft. Die Federn wurden in einem großen Leinensack gesammelt und für den Winter aufgehoben. An den langen Winterabenden kamen dann Freundinnen und Bekannte zum Federnschleißen. Wir versammelten uns meistens bei Emma, bei Klarchen Stein, Inge Roth oder auch bei Sophie in der Küche, der große Küchentisch wurde in die Mitte gestellt und wir saßen rings um diesen herum. Auch die Kinder durften beim Federnschleißen mitmachen. Jeder bekam einen großen Topf auf den Schoß, die Frauen schüttete die zum Schleißen bestimmten Federn auf den Tisch und nun nahm sich jede eine Handvoll Federn, befreite jede Einzelne vom Stiel und gab sie in den Topf; den Federstiel ließ man auf den Boden fallen. Wir hatten alle ein Tuch um den Kopf gebunden, denn das Entfernen der kleinen Federn aus den Haaren war fürchterlich. Anfangs bereitete uns das Federnschleißen noch einige Schwierigkeiten, aber bald beherrschten wir die Technik und ohne auf die Federn schauen zu müssen, ging uns die Arbeit meist flott von der Hand. Und immer kam ein munteres Gespräch auf. Man erzählte von allerlei Dingen, vom Tagesgeschehen, von den Freunden und Nachbarn, von bevorstehenden Hochzeiten und anderem.«

»Und irgendwelche Gespenstergeschichten!«, warf Helene ein.

»Ja«, Mutter lachte, »wenn die üblichen Gesprächsthemen erschöpft waren, ging man dazu über, spannende oder gruslige Geschichten zu erzählen. Es fanden sich immer einige, die es besonders gut verstanden, von Berggeistern oder vom Pistulka, dem berühmten Räuber aus Oberschlesien, die schaurigsten Geschichten zu erzählen. Dabei reichte die jeweilige Gastgeberin belegte Schnitten zur Stärkung in der Reihe herum, zwischendurch sammelte sie die geschlissenen Federn in einer hierfür bestimmten großen Zieche. Waren wir mit allen Federn fertig, spielten wir manchmal sogar noch gemeinsam Gesellschaftsspiele.«

»Was denn für Spiele?«, fragte Walli nach.

»Ach, zum Beispiel ›die kleinste Frage der Welt‹ oder ›Hänschen piep einmal‹ oder ›der Flaschentanz‹, ›was bringt die Zeitung mit‹ oder ›Pfänder verteilen‹. Ja, das rief meist große Heiterkeit hervor. So wurde es oft spät, bis sich die ganze Gesellschaft auflöste und man nach Hause ging.« In Gedanken versunken, gingen sie weiter.

»Meinst du, ob es heute Abend auch so wird, Mutter?«, fragte Greta schließlich leise.

»Nein, Greta, so wird es nie mehr werden. So unbeschwert und fröhlich … Aber, nun, es kann bestimmt recht nett werden. Ich freue mich jedenfalls darauf, die anderen kennenzulernen. So, jetzt sind wir wohl gleich da, ich sehe schon die Lichter von den Häusern. Kommt Kinder, gleich können wir uns aufwärmen.«

6.

»Und wie war's gestern Abend?«, Hans saß auf dem kleinen Mäuerchen vor den Eingangstreppen zum Schulhaus und grinste Walli entgegen.

»Ach, eigentlich in Ordnung. Für Mutter war's schön, glaub ich. Endlich mal wieder ein bisschen unter Leuten. Sie haben furchtbar viel gequatscht. Über Schlesien auch. Ehrlich gesagt, wurde ich immer müder. Und Kinder in meinem Alter waren auch keine dabei. Nur Kleinere. Da hat sich Greta natürlich gleich wieder gekümmert. Nur damit sie nicht dauernd Federn zupfen musste. Und richtig spannende Geschichten hat da auch keiner erzählt. Dann mussten wir noch mitten in der Nacht heimgehen. Aber, naja, was soll's. Gibt's was Neues?«

»Nö, bei mir nicht. Da hinten kommt der Anton, schau!« Anton kam mit roten Backen angeschnauft und begrüßte die Freunde.

»He, Burschen. Grüß euch. Hat der Rehmbichler schon was gesagt zu euch?«

»Ne, wieso sollte er?«, Hans sprang von der Mauer und die drei schlenderten ins Schulgebäude. »Gestern, also, da hat er gemeint, er würde sich mit uns treffen, wenn wir kommen. Wenn wir Mumm haben, hat er gesagt. Und dass wir wahrscheinlich eh nicht kommen. Und so Zeug.«

»Wieso will er sich denn mit uns treffen? Was hat er denn vor?«

»Keine Ahnung. Aber er wird's uns bestimmt gleich sagen.« Anton wies mit dem Kopf in den Flur, der zu ihrem Klassenzimmer führte. Da standen der Rehmbichler Josef sowie drei seiner engsten Freunde: der lange Thomas, der Hüttner Alois und der feige Martin. Sie waren eng beisammen und grinsten Anton, Hans und Walli entgegen.

»Schau an, unsere super Skifahrer. Zu arm für einen Kanten Brot, aber Skifahren wollen. Und sich bei meinem Vater einschleimen. ›Mei, der Walli, ein so ein patenter Kerl, ein richtig tapferer Bursch‹«, höhnisch schien Josef seinen Vater nachmachen zu wollen.

»Das hätt‘ ich mir auch nicht gedacht, dass Vater Flüchtlingsbuben so toll findet. Tapfer, ha, dass ich nicht lache. Ihr drei habt doch keinen Schneid. Ihr lauft‘s doch immer gleich davon, wenn mal was ein bisschen spannend wird. Nichts Ordentliches zum Anziehen, nichts zu fressen und keinen Mut. Saubere Mischung, haha!«

Anton stemmte die Hände in die Seiten, wurde ganz rot im Gesicht und fauchte los: »Du eingebildeter, verhätschelter...«

»Lass ihn doch, Anton«, Walli hatte ihn am Ärmel gepackt und sprach leise auf ihn ein. »Das will er doch, er will uns doch ärgern. Lass ihn einfach, komm wir gehen rein.«

Walli zog Anton mit sich und wollte an den anderen Jungen vorbei. Die stellten sich ihm aber auf einmal alle in den Weg, sodass er nicht mehr zur Klassenzimmertür kam.

»Was wollt ihr denn?«, Hans Stimme klang etwas hoch und dünn, er hatte Angst bekommen. Die vier Jungen umringten sie.

»Wenn ihr auch nur ein bisschen Mumm habt, ihr Schmuddelkinder, dann treffen wir uns heute Nachmittag, draußen an der alten Tankstelle. An der Straße Richtung Eisenstein. Um drei. Vielleicht könnt ihr uns ja doch noch überzeugen, dass man mit euch was anfangen kann.« Hämisch grinsend trat Josef beiseite und machte den Weg frei. Walli, Anton und Hans gingen an ihm vorbei und schnell in ihr Klassenzimmer. Sie waren froh, dass Herr Brehmer schon drinnen war. Eilig setzten sie sich auf ihre Plätze und vermieden es, die anderen anzusehen.

»Walli, sei doch vernünftig. Wer weiß, was die im Schilde führen. Da kann doch nichts dabei rauskommen. Walli? Hör doch, das ist Unsinn. Mensch, Anton, sag doch du auch mal was!« Die Buben waren auf dem Nachhauseweg und Hans redete aufgeregt auf Walli ein.

»Ja, Walli, der Hans hat recht. Ich glaube, es wäre besser, wenn wir da nicht hingehen...«

»Ihr müsst ja nicht mitkommen.«

»Walli, Himmel, du bist doch sonst nicht so belämmert! Wieso willst du denen jetzt trauen? Die wollen sich doch gar nicht mit uns vertragen. Die haben irgendeinen doofen Plan, damit sie uns dann recht auslachen können, oder, oder...«

»Na und? Und vielleicht können wir uns ja doch mit ihnen vertragen. Vielleicht müssen wir ihnen nur beweisen, dass wir...«

»Dass wir was? Blöd genug sind, auf ihre saudummen Mutproben hereinzufallen? Walli, wir gehen da nicht hin, hörst du!«

»Ihr könnt machen, was ihr wollt. Ich geh hin. Ich bin weder feig, noch blöd. Ich geh hin!«

Walli stapfte voraus, ohne sich noch einmal umzudrehen. Auch an der Stelle, wo sich ihre Wege immer trennten, weil jeder dann in eine andere Richtung gehen musste, blieb er nicht stehen. Anton und Hans blieben zurück. Besorgt sah Hans seinen Freund an: »Und was machen wir jetzt?«

»Na, was wohl. Um drei zur Tankstelle gehen. Bis dann, servus Hans!« Und schon stapfte Anton davon.

Die alte Tankstelle lag am Ortsende in Richtung Eisenstein und war schon lange außer Betrieb. Benzin gab es seit mehreren Jahren nicht mehr. Die Zapfsäulen waren verrostet, Schläuche und Kabel zerrissen, Drähte hingen verbogen heraus. Walli, Hans und Anton hatten die alte Tankstelle immer gemieden. Es war kein guter Platz zum Spielen.

Hans und Anton kamen gemeinsam kurz vor drei an. Die Tankstelle lag verlassen da, unter Schneewehen ragten die Zapfsäulen heraus. Alles sah grau, verfallen und verlassen aus. Von den anderen Jungen keine Spur, auch von Walli nicht.

»Sie sind gar nicht da«, aus irgendeinem Grund flüsterte Hans und sah sich unsicher um. »Na, gut so. Wahrscheinlich war das schon der ganze blöde Witz, dass sie uns hier rausschicken und selber gar nicht kommen. Auch recht. Dann können wir auch wieder abhauen. Mir ist ... also, ich bin hier eh nicht gerne. Es ist irgendwie...«

»Unheimlich.«

»Ja. Irgendwie schon. Ein blöder Ort. So einsam. Und alles kaputt. Irgendwie wirkt alles so ... tot.« »Komm, wir gehen hinter das Häuschen und warten noch kurz.«

Sie stiegen vorsichtig durch den Schnee, an allen Kabeln vorbei, zu dem ehemaligen Tankwärterhäuschen. Die Fenster waren zerschlagen, teilweise ganz herausgefallen, die Tür hing schief in den Angeln. Scherben und alte Bretter lagen herum.

»Sollen wir reingehen?«, Hans sah Anton fragend an und lugte durch die kaputten Fenster. Im dunklen Inneren war alles staubig und dreckig. Umgefallene Möbel, alte Blechkanister und anderes Durcheinander erahnte man.

»Ne, lieber nicht«, Hans sah sich ängstlich um. In dem Moment hörte man ein leises Knacken im Inneren der verfallenen Hütte.

»Was war das denn? Hast du das auch gehört?«, Hans war zusammengezuckt.

»Wird bloß eine Ratte oder so was sein«, murmelte Anton.

»Aber, wenn es irgendein Räuber oder Landstreicher oder ... Soldat ist?«

»Unsinn. Komm, wir hauen ab. Die anderen kommen sowieso nicht mehr.« Rasch stiegen die Buben über die Bretter und wollten zur Straße zurückgehen. In dem Moment kamen die anderen: Josef, Thomas, Alois und Martin.

»Na, wo habt ihr denn euren mutigen Flüchtlingsfreund gelassen? Der kneift wohl, ha! Na, war ja auch nicht anders zu erwarten. Ich hatte gleich...«

»Hier bin ich, Rehmbichler. Alles klar?«, Walli kam von der anderen Seite auf die Jungen zu. »Gibt's ein Problem? So, und jetzt sag, was du hier von mir willst. Ich hab nicht den ganzen Tag Zeit«, Walli hatte sich vor Josef gestellt, die Arme verschränkt und sah ihn herausfordernd an.

Der wirkte im ersten Moment etwas verunsichert, schaute kurz zum langen Thomas, räusperte sich und antwortete: »Gut. Wetten, dass du dich nicht traust, den Draht hier neben der Zapfsäule anzufassen?«

Mit dem Kopf deutete er auf das verrostete Ding neben sich, aus dem verschieden Schläuche und Drähte hingen.

»Walli?«, ängstlich rief Hans den Freund, »Walli, lass den Unsinn. Bitte!«

»Und das soll deine tolle Mutprobe sein, Rehmbichler? Dass ich nicht lache.« Walli schaute kurz auf den Draht, drehte sich zu seinen Freunden um, die ihn ängstlich ansahen. Er lächelte ihnen zu, machte einen Schritt zur Zapfsäule und stand direkt neben dem Draht. Die anderen blickten ihn jetzt alle erwartungsvoll an.

Josef grinste spöttisch: »Na, Schiss oder was?«

»Weißt du, auf die Frage ›Wetten, dass du dich nicht traust…‹ gibt es nur eine vernünftige Antwort: Da müsste ich schön blöd sein...«

»Hä? Was soll das denn heißen?«, der feige Martin sah Walli verwirrt an.

»Das heißt, dass Mutproben immer etwas mit Verstand zu tun haben. Oder besser: mit zu wenig Verstand. Oder sagen wir gleich: mit Dummheit. Wenn das eure Mutprobe ist, einen Draht anzupacken, von dem man nicht weiß, wo er herkommt oder ob da nicht noch Strom drauf ist, dann ist das ein Fall von Dummheit. Und ich dachte schon, euch wäre wirklich was eingefallen, wozu man Mut braucht und nicht Dummheit. Tja, schade. Aber das wäre wohl auch zu viel erwartet gewesen.«

»Puh«, Hans hatte erleichtert ausgeatmet. Er hatte gar nicht gemerkt, dass er vor lauter Aufregung den Atem angehalten hatte. Jetzt war er so froh, dass Walli keinen Unfug machte, dass er ganz weiche Knie hatte.

Die anderen Burschen sahen verwirrt zu Josef. Der schien aber selber nicht zu wissen, was er jetzt machen sollte.

»Ich fand die Idee auch gar nicht so toll...«, murmelte Alois, der normal nie eine eigene Meinung hatte und schon gar keine andere als Josef.

Der, um seine Unsicherheit nicht zeigen zu müssen, fauchte ihn dafür sogleich an: »Hältst du jetzt auch schon zu denen oder was? Na toll, vielleicht hättest du das ja auch schon eher sagen können. Auf solche kann ich verzichten. Hau doch ab, geh doch, du ... du...«

»Nein, nein, Josef, so hab ich's doch gar nicht gemeint ... ich fand nur das mit dem Draht zu...«

»Zu was? Machst dir Sorgen um unseren armen Flüchtling? Na, dann tröst ihn doch ein bisschen. Kommt, wir gehen. Ich hab's gleich schon geahnt, dass wir mit euch nichts anfangen können.«

Josef drehte sich um und wie auf Kommando folgten ihm Martin und Thomas. Alois stand völlig verunsichert herum.

»Danke, Alois!« Walli lächelte ihn offen an.

»Wofür denn«, maulte Alois jedoch zornig zurück. »Ich hab's nicht wegen dir gesagt. Ich hätt besser gar nichts gesagt. Du bist schuld, dass der Josef jetzt sauer ist auf mich. Nur wegen dir!«

»Das stimmt doch gar nicht«, wollte sich Hans versöhnlich einmischen.

»Ach, sei du doch still. Lasst mich doch alle in Ruhe!«

Alois stürmte davon. Die drei Freunde sahen sich etwas verdutzt an, dann musste Anton lachen. Erleichtert fielen die anderen beiden mit ein. Befreit von der Anspannung, wurden sie albern.

»Wetten, dass du dich nicht traust…« Hans versuchte finster dreinblickend, Josef nachzumachen, und sogleich lachten sie wieder los.

Mit tiefer Stimme, wie ein Pfarrer, antwortete Anton: »Das hat immer etwas mit Verstand zu tun. Oder mit zu wenig. Oder sagen wir gleich: mit Dummheit.« Eine Weile noch scherzten die drei, dann meinte Walli auf einmal ernst: »Das war ja direkt mutig, von dem Alois. Ich glaube, der hat heut als einziger eine richtige Mutprobe hinter sich.«

»Ja, aber ich schätze, davon wird er nicht viel haben«, antwortete ihm der Anton, »der Rehmbichler mag keine Freunde, die selber denken. Der wird ihn noch ordentlich anmaulen.«

»Ja, das glaub ich auch. Mal schauen, ob er sich da dann auch was dagegen sagen traut. Vielleicht ist der gar nicht so übel. Na kommt, gehen wir.«

Die drei Buben machten sich auf den Rückweg, die Eisensteiner Straße zurück, über Theresienthal und schließlich am Großen Regen entlang, durch die Anlagen nach Zwiesel hinein. Als sie schon kurz vor den Glashütten Schott waren, wo Anton wohnte, wandte dieser sich an Walli: »Du, Walli, neulich da am Einsiedeleiberg, vorm Skifahren, da hast du doch gesagt, du willst nach Deggendorf, wegen deines Vaters.«

»Ja?«

»Also, bevor du da irgendeinen Unsinn machst, also irgendwie einfach losgehst oder so«, Anton wirkte ganz unsicher, es fiel ihm nicht leicht, die richtigen Worte zu finden und so stieß er schließlich einfach heraus: »Also, hör mal, dann sagst du uns vorher Bescheid, ja? Weil, dann gehen wir lieber mit.«

Walli war stehen geblieben und sah den Freund an. Ihm war ganz warm ums Herz. Es war wunderbar, Freunde zu haben, die sich um einen sorgten, und die zu einem hielten. Auch Hans sah ihn mit großen Augen ernst an.

Walli musste sich räuspern: »Danke. Danke ihr beiden. Ja, ich sag euch Bescheid, versprochen. Also, bis morgen.«

Da sie nicht wussten, ob man sich nach so feierlichen Worten die Hand geben sollte, oder sich vielleicht umarmte, sahen sie sich etwas schief grinsend an und liefen dann schnell auseinander.

7.

»Kommst du am Sonntag wieder, wegen der Wäsche?«, Hans packte langsam seine Schulbücher ein. Es war Freitagmittag, die Schule war gerade zu Ende, alle freuten sich auf das freie

Wochenende und die Kinder beeilten sich, aus dem Klassenzimmer und nach Hause zu kommen.

»Natürlich! Ich denke schon die ganze Zeit daran. Am Vormittag komm ich.«

»Du, sollten wir nicht dem Anton Bescheid sagen?«

»Ja schon, du hast ja recht. Aber je mehr davon wissen, desto mehr Angst hab ich, dass es nicht klappt oder dass Mutter was davon erfährt oder...«

»He, ihr beiden! Hans, Walli, auf geht's, raus mit euch! Ich will zusperren!« Herr Brehmer stand schon ungeduldig wartend in der Tür des Klassenzimmers.

»Der Anton sagt bestimmt nichts! Und ich find, du musst es ihm sagen«, flüsterte Hans, nahm seine Büchertasche und wandte sich zum Gehen.

»Hm. Du hast recht. In Ordnung. Na, dann los!«

Die beiden Buben packten ihre Sachen, riefen noch »Auf Wiedersehen, Herr Brehmer«, und liefen hinaus. An der Straße wartete Anton auf sie. Hans und Walli sahen, dass er mit Alois sprach, der sich aber sogleich zu verabschieden schien und schnell davonrannte.

»Was wollte denn der Alois von dir?«, fragte Hans erstaunt.

»Der hat gefragt, ob ich ihm mit Mathe helfen könnte«, antwortete Anton.

Seine Freunde schauten ihn verdutzt an. »Er hat *dich* gefragt, ob du ihm in *Mathe* hilfst? Na, wo gibt's denn sowas?«, Hans war völlig überrascht.

»Ja, da kuckt ihr, gell?«, Anton grinste sie an.

»Aber ... du bist doch in Mathe ... also ... naja ... ich mein, ...«, Walli druckste herum.

»Was meinst du denn? Dass ich in Mathe eigentlich selber

total schlecht bin? Tja, das hab ich ihm auch gesagt, aber ... naja, auf alle Fälle will er heute vorbeischauen, zum Hausaufgaben machen. Und ich hab ihm gesagt, das kann er gerne tun. Und dann ist er davongeflitzt.«

»Ja, das haben wir gesehen. Hm, also ich finde das seltsam. Was will denn der Alois von dir? Meint ihr, da steckt der Josef dahinter? Haben die wieder irgendeine Gemeinheit vor?«, fragte Hans misstrauisch.

»Nun, ich glaube, vielleicht steckt der Rehmbichler wirklich dahinter – ohne, dass er davon was weiß. Ich glaub, dass die anderen ihn gehörig angemault haben oder nichts mehr mit ihm zu tun haben wollen. Vielleicht wär er ganz froh, wenn du ein bisschen was mit ihm unternimmst und das mit Mathe ist nur ein Vorwand...«, meinte Walli nachdenklich.

»Ja, vielleicht. Wie auch immer, er soll ruhig mal kommen und dann sehen wir ja, was er tatsächlich so vorhat. Also Freunde, ich muss heim. Morgen muss ich daheim helfen, aber am Sonntag, da sehen wir uns ja am Einsiedeleiberg, zum Skifahren, oder? Dann kann ich euch ja alles erzählen, vom Alois!«, und damit lief Anton schon den Weg hinunter.

»Ja, servus!« rief Hans ihm hinterher. »Jetzt haben wir ihm doch nichts von den Amerikanern erzählt, Walli!«, wandte er sich dann etwas vorwurfsvoll an seinen Freund.

»Naja, er war jetzt auch so schnell weg und überhaupt, wir haben ja über den Alois geredet ... Also, ich geh am Sonntag nochmal hin, zu den Amerikanern, und am Nachmittag erzähl ich ihm dann alles, in Ordnung?«

»Jawohl, in Ordnung. Wann kommst du dann ungefähr die Wäsche holen?«

»Na, so etwa gegen 10 Uhr, passt das?«

»Ja, klar. Dann bis Sonntag!«

»Ja, servus, Hans!«

»Mama, was glaubst du, sind die amerikanischen Besetzungssoldaten ... also, meinst du, die ... hassen die uns?« Walli saß auf der Eckbank und war gerade mit seinen Hausaufgaben fertiggeworden. Die Mutter saß neben ihm und knackte Nüsse. Auch Greta saß am Tisch und war noch mit ihren Schularbeiten beschäftigt. Jetzt sah sie auf und blickte interessiert zu Walli und zur Mutter.

»Hm...«, die Mutter hielt inne, ließ Nuss und Nussknacker in ihren Schoß sinken und sah Walli nachdenklich an, »ich weiß es nicht. Manche wahrscheinlich schon, Grund genug hätten sie ja.«

»Wie meinst du das? Wir haben ihnen doch nichts getan!«, rief Greta dazwischen.

»Ja, Greta, du und ich nicht. Aber wir Deutschen, also das deutsche Volk, alle zusammen, wir haben sehr wohl was getan: Wir haben den schlimmsten Krieg begonnen und geführt. Einen Krieg, der Leid und Tod über viele Millionen Menschen gebracht hat. Über so viele unschuldige Menschen. Da gab es die deutschen Soldaten, die an der Front viele Menschen getötet haben. Und dann gab es die vielen Nazis, die sich bereichert haben, denen Hitlers Irrsinn gerade recht war, um selber Macht über andere zu haben, um sich als ›Herrenmenschen‹ zu fühlen, besser als andere. Und da gab es all die Mitläufer, die gegen Hitlers Wahnsinn nichts unternommen haben. Das waren alles – wir Deutschen.

Trotzdem glaube ich, dass viele der amerikanischen Soldaten, die jetzt hier bei uns sind, wirklich dafür sorgen wollen, dass nun nach Kriegsende wieder alles irgendwie geordnet wird. Und die gegen uns hier in den Dörfern, gegen Frauen oder Kinder, keinen Hass haben. Sie sehen ja wohl auch, wie wir hier alle unter dem Krieg gelitten haben und noch darunter leiden und hungern.«

Walli freute sich, dass die Mutter so offen mit ihnen redete. Aufmerksam sah er sie an, und sie fuhr fort und erzählte: »Nun, ich weiß es auch nur von den Erzählungen der Leute hier aus Zwiesel. Wir waren da ja noch in Bayerisch Eisenstein, wo wir nach unserer Flucht erst einmal gelandet sind. Als die Amerikaner hier in Zwiesel einmarschierten, letztes Jahr am 27. April war das, kamen sie aus Regen, das sie zwei Tage vorher eingenommen hatten, da hatten alle hier wohl große Angst. Niemand wusste, was die Amerikaner vorhatten. Ein paar Tage vorher gab es diesen schrecklichen Luftangriff von amerikanischen Fliegern. Die warfen auch hier in Zwiesel Bomben ab. Und dann hörte man nur – die feindlichen Truppen rücken an. Viele versteckten sich in den Wäldern, man wusste ja nicht, was passieren würde. Ob sie einfach alle totschießen oder Bomben werfen würden. Man wusste nur, dass sie sich mit ihren Panzern von Regen her, über die Ostmarkstraße, Zwiesel näherten. Und die Männer in Zwiesel waren sich auch nicht einig, wie sie sich verhalten sollten. Da gab es die vom ›Volkssturm‹, das waren die letzten Reserven der Nazis, die einberufen worden waren, um daheim ihre Stadt, ihre Gegend zu verteidigen, wie es hieß, bis ›auf den letzten Mann‹. Selbst ganz junge Burschen, mit 15, 16 Jahren, alte Männer oder Verwundete, wurden am Schluss noch zum ›Volkssturm‹ eingezogen. Da war aber eigentlich schon alles entschieden. Und hier in Zwiesel gab es dann auch noch einen kleinen Rest einer Armee der Wehrmacht, also der deutschen Soldaten, die sich beim Rückzug aus Tschechien hier in Zwiesel verschanzt hatten. Der Offizier, also der Anführer dieser Armee, wollte einem verzweifelten und irrsinnigen Befehl folgen: dem Feind, also den heranrückenden Amerikanern, so lange wie möglich Widerstand zu leisten und sie aufzuhalten. Es wurden Panzersperren errichtet. In einer Scheune neben dem Pfarrhof, oberhalb der Frauenauer Straße, hatten sich etwa 30 Jungen mit Panzerfäusten verschanzt. Auf dem Kirchplatz und oberhalb des Friedhofs hatten deutsche Soldaten mit Maschinengewehren schon Stellung bezogen.«

»Und dann? Mussten sie dann wirklich noch gegen die Amerikaner kämpfen? Auch diese Buben?«, rief Walli. Er hatte seiner Mutter gebannt zugehört. Es war selten, dass sie so ausführlich erzählte. Aufgeregt wollte er wissen, was dann passiert war.

»Nein. Zum Glück gab es auch ein paar klügere Männer, die sagten, Zwiesel solle sich kampflos ergeben, man solle weiße Tücher aus den Fenstern hängen, zum Zeichen, dass man sich ergebe.

Diese Männer versuchten, das Schlimmste zu verhindern, unnötiges Blutvergießen zu vermeiden und den Offizier zu überzeugen, von einer Verteidigung der Stadt abzusehen.

Diese beiden Seiten stritten jetzt, es ging hin und her, die einen wollten gegen die Amerikaner kämpfen, die anderen wollten nur, dass dieser schreckliche Krieg einfach endlich beendet war, wollten sich ergeben, hofften auf ein Ende. Zum Glück konnten diese vernünftigen Männer schließlich den Offizier der Wehrmacht überzeugen. In der Nacht, bevor die amerikanischen Soldaten kamen, wurden dann die Straßensperren entfernt, und die Amerikaner zogen am Morgen unbehelligt durch Zwiesels Straßen, am Rathaus hing die weiße Fahne. Zwiesel hatte sich, Gott sei Dank, kampflos ergeben. Der Zweite Weltkrieg war damit für Zwiesel zu Ende.«

»Zum Glück!«, auch Greta war von der Erzählung der Mutter ganz gefesselt. »Und dann, wie ging es weiter?«

»Nun, und dann übernahmen die Amerikaner hier eben das Kommando. Um auf deine Frage zurückzukommen, Walli: Wie die Einzelnen so auf die einheimische Bevölkerung zu sprechen sind, kann ich schwer sagen. Wenn ich einen treffe, hab ich ehrlich gesagt auch immer ein mulmiges Gefühl, aber bis jetzt hat sich mir gegenüber noch keiner seltsam benommen. Im Gegenteil. Die meisten wirken eigentlich recht freundlich.«

»Das finde ich auch. Ich finde sie eigentlich sehr freundlich.«

»Wo hast du denn die Soldaten getroffen, Walli?« fragte die Mutter nach.

»Ach, da vor der Villa, in der Frauenauer Straße, wo sie sich einquartiert haben.« Walli merkte, dass ihm das erst so interessante Gespräch jetzt unangenehm wurde. Er bekam ganz heiße Backen. Er wollte seine Mutter keinesfalls anlügen, aber er konnte ihr auch nicht die ganze Sache erzählen.

»Und wieso warst du da, bei diesem Gasthaus?«, die Mutter ließ nicht locker.

»Nun, ich war da mit Hans ... der hat die Wäsche seiner Mutter ... also die Wäsche der Amerikaner, die seine Mutter wäscht ... also Hans hat die da hingebracht und ich bin eben mitgegangen«, Walli wurde immer unruhiger, er bekam nasse Hände.

»Hör mal Walli, ich möchte nicht, dass du da noch einmal mitgehst, hörst du! Ich möchte nicht, dass du dich bei den Soldaten herumtreibst!«, rief seine Mutter aufgebracht.

»Aber ich habe mich doch nicht herumgetrieben, Mutter!«

»Ich möchte nicht, dass du da hingehst, basta! Wer weiß, ob nicht manche doch unberechenbar sind! Keiner weiß, was da alles passieren kann!«

»Aber Mutter, du hast doch selbst gesagt, dass die Soldaten...«

»Walli, hör auf damit! Du gehst da nicht mehr hin, verstanden?«

»Ja, Mutter, ja ja. Ist ja gut«, Walli zog den Kopf ein und starrte auf die Tischplatte. Er fühlte sich ganz schlecht, tausend Gedanken gingen ihm durch den Kopf und endeten stets in einem »Du gehst da nicht mehr hin, verstanden?«. Aber was sollte er nur machen? Er musste da doch wieder hin! Wie sollte er sonst nach Deggendorf kommen? Und er wollte doch da unbedingt hin! Er wollte doch seinen Vater suchen! Warum musste Mutter sich jetzt so aufregen? Aber er wollte und konnte sie auch nicht einfach hintergehen. Er spürte, wie sich sein Bauch zusammenzog und ihm Tränen in die Augen stiegen.

»Ich muss nochmal weg, ich hab noch was ausgemacht«, schnell wollte Walli aufspringen und weg, nur weg, bevor Mutter sah, wie aufgewühlt er war.

»Walli – du hast es mir versprochen, nicht wahr?«, Mutter sah ihn ernst an.

»Ja, Mutter, ich weiß. Ich gehe nur zum Schlittenberg. Bis

später.« Walli riss Jacke, Mütze und Schal vom Haken an der Tür, holte seine Stiefel, die am Ofen standen, und beeilte sich hinauszukommen.

Vor der Haustüre zog er sich schnell an und lief los. Wohin wusste er eigentlich selbst nicht so genau. Er lief erst Richtung Zwiesel, dann aber, als er außer Sichtweite von zu Hause war, bog er ab, überquerte am Steg den Kleinen Regen, sprang über die Gleise der Waldbahn und lief dann Richtung Einsiedelei-Felsen. Bald hatte er die letzten Häuser von Zwiesel hinter sich gelassen und nun ging es auf einem kleinen Forstweg steil den Berg hinauf. Er konnte die Tränen nicht mehr zurückhalten, heiß liefen sie ihm die Backen hinunter, während der kalte Wind ihm ins Gesicht blies. Er bekam Seitenstechen und musste langsamer werden. Er verließ den kleinen Weg und stapfte in den Wald hinein. Dort war er zwar etwas geschützt vor dem Wind, aber der Schnee lag stellenweise so hoch zwischen den Bäumen, dass er bis über die Knie versank. Ein kleines Stück kämpfte er sich noch weiter, dann suchte er Schutz unter einer großen, ausladenden Fichte. Darunter lag fast kein Schnee und dort kroch er hinein. An den rauen Stamm der Fichte gelehnt, schluchzte er heftig. Es schien, als würde der ganze angesammelte Kummer aus ihm herausbrechen. Wo war sein Vater, warum kam er nicht heim? Warum hatten sie so wenig zu essen? Jeder Tag war für seine Mutter ein Kampf ums Überleben. Der Hunger aber blieb meistens Sieger. Warum ging es ihnen auf einmal so schlecht? Er konnte sich noch an seine frühe Kindheit in Ratibor, in Schlesien, erinnern. Vor dem Krieg, bevor sie hatten fliehen müssen. Da hatte er nie gefroren oder gehungert. Er hatte ein schönes Bett gehabt, mittags war der

Vater von der Arbeit gekommen, sie hatten alle zusammen gegessen, waren froh und glücklich gewesen. Am Wochenende war Vater mit ihm im Stadtpark spazieren gegangen. Er hatte Schiffchen und Pfeil und Bogen gebastelt. Im Herbst, kurz bevor er fortgegangen war, hatten sie noch Drachen steigen lassen. Und jetzt? Wo war er jetzt? Warum musste Mutter ständig arbeiten, und doch war nie genug zu essen da? Warum war Mutter nie mehr richtig fröhlich? Und warum durfte er seinen Vater nicht suchen? Er musste doch irgendetwas tun! Langsam beruhigte sich Walli, die Tränen versiegten. Mit dem Ärmel wischte er sich über das Gesicht. Jetzt merkte er erst, dass die Nässe des Bodens durch seine Hose gedrungen war. Alles war klamm und kalt. Seine Beine waren ganz steif. Mühsam kroch er aus seinem Versteck, stand auf und klopfte sich den Schnee ab. Er rieb sich sein Gesicht mit Schnee ab und hoffte so die Spuren des Weinens etwas zu beseitigen. Er fror und fühlte sich müde und erschöpft. Langsam wollte er zu dem Forstweg zurückstapfen, da hörte er auf einmal Stimmen. Er hielt inne. Sicherlich sah man ihm noch an, dass er heftig geweint hatte. Er wollte niemandem begegnen. Schnell schlüpfte er wieder zurück und versteckte sich im Dickicht am Wegesrand. Die Stimmen kamen näher, er glaubte verschiedene unterscheiden zu können. Sie wurden lauter. Er hörte nun dazwischen energisches Rufen. Die eine schien einem Jungen zu gehören, die anderen zwei Männern, wobei er von einem kaum etwas verstand.

»Nach links! Links! Brems, Junge!«

»Ich brems ja, aber es wird immer schneller. So tu doch was, Vater!«

»Shit! Slower!«

»So, jetzt geht es wieder! Nun, aber langsamer!« – Walli lugte zwischen den Zweigen durch und sah einen großen Holzschlitten den Weg hinunterkommen. Daran hingen mehr oder weniger drei Gestalten, die scheinbar Mühe hatten, den schwer aufgeladenen Schlitten unter Kontrolle zu halten. Durch das große Eigengewicht schien er auf dem steilen, abschüssigen Weg immer schneller zu werden. Das Fuhrwerk kam nun an Wallis Versteck vorbei. Walli sah deutlich das rote, verschwitzte Gesicht – von Alois! Hinter dem Schlitten hing und bremste ein großgewachsener Mann, der anscheinend Alois Vater war. Und vorne rechts zog und lenkte ein Mann in amerikanischer Uniform!

»Ok! Come on! Here we go!«, rief dieser nun fröhlich und sprang wieder seitlich auf. Und schon waren sie an Walli vorbei. Völlig verdutzt sah Walli ihnen hinterher. Was hatten Alois und sein Vater mit den Amerikanern zu schaffen? Walli konnte keine Erklärung finden. Langsam schlüpfte er nun aus dem Dickicht auf den Weg und ging grübelnd hinterher. In seinen nassen Sachen fror er nun sehr. Er schlotterte beinahe. Auch seine Stiefel waren voller Schnee, seine Füße fühlten sich eiskalt an. Am liebsten wäre er schnellstens nach Hause gegangen, aber die Sache mit Alois ließ ihn nicht in Ruhe. Wollte der Alois nicht nachher noch zu Anton? Vielleicht ging er nach der Holzarbeit dann gleich zu ihm. Er musste ihn da abpassen. Er musste die Sache mit den Amis rauskriegen. Am besten, er ging gleich zu Anton. Vielleicht kam Alois ja dann auch noch da hin. Dann konnte er ihn fragen. Andererseits war ihm so schrecklich kalt. Aber wenn er erst nach Hause lief, ließ ihn die Mutter bestimmt nicht mehr weg. Er musste gleich gehen. Aber bis zum Anton musste er beinahe einmal quer durch die Stadt. Dafür brauchte er gut eine Viertelstunde. Und dann musste er vom Glaswerk wieder bis nach Hause, was wirklich weit war. Walli zögerte. Dann gab er sich einen Ruck und ging weiter, Richtung Zwiesel, zu Anton.

Auch vom Laufen wurde ihm nicht wärmer, aber er hatte seinen Entschluss gefasst. Er kam über die Hafnerstadt nach Zwiesel hinein, ging am Anger über die große Regenbrücke und lief dann weiter Richtung Bahnhof zum Glaswerk. Hier waren für die Arbeiter der Glashütte auch Wohngelegenheiten geschaffen worden und dort wohnte Anton mit seiner Familie. Während des Krieges hatte die Glashütte nur Panzerglasprismen produziert und im Hüttenhof der Glasfabrik und in allen verfügbaren Gebäuden waren immer wieder Soldaten, Fahrzeuge und Pferde für längere Zeit einquartiert gewesen. Auch Kriegsgefangene wurden in dieser Zeit zur Arbeit in der Glashütte eingesetzt. Nach Kriegsende stand der ganze Betrieb erst einmal still. Es gab weder Glasrohstoffe noch Heizmaterial. Nun begannen die Glashütten gerade wieder damit, zu produzieren. Antons Vater fand Arbeit als Heizer in der Glashütte. Oftmals wurde aber wegen Kohlemangels die Produktion wieder unterbrochen oder eingestellt und die Arbeiter erhielten dann auch keine Lohnfortzahlung.

Endlich erreichte Walli das kleine Haus von Antons Eltern. Er wollte gerade an die Tür klopfen, da hörte er hinter dem Haus Geräusche, als würde jemand Holz spalten. Er ging um das Wohnhaus herum und ganz nach hinten in den Garten. Hinter knorrigen, alten Apfelbäumen, die ihre kahlen Äste hoch in den grauen Himmel reckten, stand ein kleiner, windschiefer Schuppen. Vor diesem fand er Anton, der gerade an einem Hackstock stand und Holzscheite in kleine Stücke schlug, wie man sie zum Anheizen benötigte.

»Grüß dich, Anton!«, rief er den Freund an.

»Ja, Walli, grüß dich! Wo kommst du denn her? ... Ja, sag mal ... wie siehst du denn aus? Du hast ja ganz blaue Lippen!«, besorgt sah Anton Walli an.

»Das ist nichts, mir ist nur etwas kalt.«

»Ja das sieht man. Komm schnell hier rein, im Schuppen ist es vielleicht etwas wärmer als draußen. Hier ist zumindest kein Wind. Was gibt's denn?«

Anton öffnete die niedrige Schuppentür, die schief und verzogen in ihren Angeln hing. Durch ein kleines, völlig von Spinnweben überzogenes Fenster fiel etwas Licht in den kleinen Raum. Im Inneren lehnten einige Werkzeuge an der Wand, ein alter Schubkarren stand darin und einige Kisten. Anton wischte den Staub beiseite und legte einen alten Kartoffelsack auf eine Kiste.

»Da, setz dich, Walli. Was ist denn los?«

»War der Alois schon bei dir?«

»Ne, auf den warte ich eigentlich. Ich denk, der müsst jetzt dann kommen. Wieso denn?«

»Ich muss ihn was fragen.«

»Ja, was denn? Lass dir doch nicht alles so aus der Nase ziehen. Was ist denn?«, Anton sah den Freund vorwurfsvoll an.

Seufzend ließ sich Walli auf die Kiste sinken. »Also, das ist eine längere Geschichte. Aber ich wollt den Alois was wegen der Amis fragen. Ob sein Vater, also, ich glaube, der hat manchmal was mit den Amerikanern zu tun.«

»Ja, freilich hat der was mit den Amerikanern zu tun. Der arbeitet bei denen.«

»Wie – der arbeitet bei denen? Woher weißt du das denn?«

»Na, ich weiß es halt. Das ist auch kein Geheimnis. Alois' Vater, der arbeitet für die Amerikaner in dieser Entnazifizierungsache. Also, das ist doch das, wo jeder eingeteilt wird, ob er mit den Nazis mitgemacht hat. Und wenn ja, muss man doch ins Gefängnis oder Strafe zahlen. Mein Vater, zum Beispiel, der wurde zum Glück nur als ›Mitläufer‹ eingestuft. Er musste 50 Reichsmark zahlen. Und weil der Vater von Alois wohl ne ziemlich reine Weste hat, darf der in der Verwaltung arbeiten und diese so genannten ›Sühnebescheide‹ ausstellen.«

»Was heißt denn, er hatte eine reine Weste?«, fragte Walli nach.

»Na, der war eben kein Nazi, hat da nicht mitgemacht. Ich glaub, der war sogar zweimal eingesperrt deswegen. Und im Krieg war er irgendwie auch nicht. Keine Ahnung, wie er das hingekriegt hat.«

»Das ist ja ein Ding. Und dann arbeitet der richtig mit den Amerikanern zusammen?«

»Ja, soviel ich weiß schon. Aber wieso willst du das alles wissen?«

»Es ist wichtig für mich. Hör mal, Anton, ich erzähl dir alles am Sonntag, beim Skifahren. Versprochen. Aber jetzt glaub ich, muss ich doch lieber erst mal heim. Mir ist immer noch eiskalt. Und langsam wird es auch schon wieder finster. Ich bekomme daheim bestimmt Ärger. Aber danke! Du hast mir sehr geholfen!«

»Ja, womit denn?«, Anton schüttelte verwundert den Kopf.

»Bis Sonntag, Anton! Mach's gut!«

»Na dann, servus Walli. Und schau, dass du schnell hintern Ofen kommst, bevor dir die Zähne ausfallen, vor lauter Schlottern!«

»Ja, mach ich, servus!«

Walli öffnete die kleine quietschende Tür und machte sich auf seinen langen Heimweg. Rennen konnte er irgendwie gar nicht mehr. Vor lauter Frieren fühlte er sich ganz steif. Langsam schleppte er sich den Weg zurück. Seine kalten Füße spürte er gar nicht mehr. Der Weg kam ihm heute endlos lang vor. Aber er musste immer wieder an die Neuigkeit denken, auf die er durch Zufall gestoßen war: Alois, oder besser sein Vater, hatte Kontakte zu den Amerikanern. Der konnte dann bestimmt auch gut Englisch! Vielleicht war das die große Möglichkeit für Walli, doch noch mit den Amerikanern nach Deggendorf zu kommen! Und das, ohne sich bei ihnen ›herumtreiben‹ zu müssen. Vielleicht konnte ihm ja Alois' Vater helfen? Und gegen den konnte Mutter ja nun wirklich nichts haben! Endlich kam er zu Hause an. Er stampfte sich mühsam den Schnee von den Stiefeln und trat ein. Helene stand am Herd und rührte in einem Topf.

»Hallo. Da bin ich wieder.« Völlig entkräftet sank Walli auf die Eckbank.

»Ja, Walli, wie siehst du denn aus? Was ist denn passiert?«

»Nichts, mir ist nur so schrecklich kalt.«

»Komm, zieh erst mal die nassen Sachen aus ... warte, ich helfe dir. Ja, Walli, du bist ja eiskalt!«

»Sag, der Mutter nichts, Helene, ja? Ich geh am liebsten gleich ins Bett. Ich bin so müde!«

»Walli, wir müssen dich erst mal warm kriegen! Da setz

dich an den Ofen, ich hole mehr Holz von draußen. Ich heiz dir warm ein. Greta? Greta, komm doch mal!«

Greta sah aus der Tür ihrer Kammer: »Was ist denn los?«

»Der Walli ist völlig unterkühlt. Bring ihm mal was Trockenes, Warmes zum Anziehen. Ich hol neues Holz rein. Los, mach schnell!«

Greta sah in das besorgte, ernste Gesicht der Schwester, ging schnell zurück in die Kammer und brachte neue Sachen für Walli. Walli sah aus, als würde er gleich im Sitzen einschlafen. Nur mit Mühe schaffte er es, sich anzuziehen. Er zitterte immer noch. Helene kam mit einem Arm voll Holz zurück und legte ordentlich nach.

»Wo ist denn Mama?«, fragte Walli leise.

»Sie ist noch in der Stadt, sie hat im Schuhladen noch geputzt heute Nachmittag. Vielleicht bringt sie Brot mit. Komm hier, ich habe Brei gekocht, aus den Nüssen. Das tut dir gut, wenn du was Warmes in den Bauch bekommst, da iss, Walli.«

»Danke, Helene ... aber ich ... ich hab gar keinen Hunger. Ich möchte mich nur hinlegen.«

»Dann leg dich hier vor den Ofen, Walli. Warte ich lege eine Decke auf den Boden. So, da leg dich da drauf, ich hol noch was zum Zudecken.«

Helene holte noch Wallis Decke aus der Kammer. Als sie Walli damit zudecken wollte, war dieser bereits eingeschlafen.

»Was ist mit ihm, Helene?«, fragte Greta besorgt.

»Ich weiß es nicht. Aber es gefällt mir nicht. Er war so völlig ... entkräftet und so eiskalt. Hoffentlich wird er schnell wieder warm. Komm, wir lassen ihn schlafen.«

Walli schien tief eingeschlafen zu sein, aber er schlief unruhig. Er wälzte sich im Schlaf hin und her und stöhnte auf. Helene ging immer wieder zu ihm.

»Jetzt wird er endlich warm«, flüsterte sie Greta nach einer Weile zu. Sie hielt Wallis Hand und sah ihn bekümmert an.

»Wenn nur Mutter endlich kommen würde«, sagte Greta leise. »Was können wir nur tun?«

»Nichts, Greta, wenn er schläft, ist das bestimmt am besten. Er fühlt sich ganz warm an. Morgen Früh ist bestimmt alles wieder in Ordnung. Nachher tragen wir ihn rüber in eure Kammer, in sein Bett. Ach ... hör nur, ich glaube Mutter kommt.«

Vor der Tür hörte man, wie sich jemand die Füße abtrat und einen Moment später kam Frau Kretschmer zur Tür herein.

»Guten A...«, ihr Blick fiel auf Walli, der in seine Decke gewickelt vor dem Ofen auf dem Boden lag.

»Ja, was ist denn hier los?«, fragend sah sie Helene an.

»Er war völlig durchgefroren, als er heimkam, Mutter. Da hab ich ihn vor den Ofen gelegt, damit er wieder warm wird«, antwortete Helene. »Und dabei ist er gleich eingeschlafen. Er war völlig erschöpft.«

»Ja, Walli, was machst du denn?«, die Mutter kniete neben dem Buben nieder, griff nach seiner Hand und fühlte ihm die Stirn.

»Aber, er glüht ja. Er ist ganz heiß!«, rief sie dann erschrocken. Auch Helene hockte sich nun zu Walli und legte die Hand auf seine Stirn.

»Ja wirklich, er ist ganz heiß. Oje, vielleicht ist es ihm jetzt vor dem Ofen zu heiß geworden.«

»Du hast schon alles richtiggemacht, Helene. Lass nur. Komm, wir tragen ihn in die Kammer, da ist es kühl.«

Die Mutter hob ihn auf und Helene nahm die Decken. Sie legten ihn in seine Kammer ins Bett und deckten ihn nur mehr leicht zu. Walli wurde nicht wach davon. Er stöhnte nur wieder im Schlaf auf.

»Was ist mit ihm, Mutter?«, fragte Greta sorgenvoll.

»Ich weiß es nicht, Kind. Wir müssen abwarten. Habt ihr beide schon etwas gegessen?«

»Nein, wir haben ganz darauf vergessen«, meinte Greta.

»Na, nun kommt. Davon hat Walli auch nichts, wenn wir alle ganz schwach werden vor Hunger. Schaut, ich hab sogar einen halben Laib Brot bekommen!«

Die Mutter versuchte ein Lächeln, als sie das Brot aus ihrer Tasche holte. Es war schon hart, mehrere Tage alt, aber trotzdem war Brot für sie immer etwas Besonderes und normalerweise waren sie immer sehr froh, wenn es welches gab. Nur heute Abend hatten sie alle keinen rechten Appetit. Helene ging zum Geschirrschrank und stellte drei tiefe Teller und drei Becher auf den Tisch.

»Ich hab aus den Nüssen Grütze gekocht, Mama. Da könnten wir das Brot eintauchen. Und warmes Wasser haben wir auch genug!«, versuchte Helene zu scherzen, obwohl ihr das Herz schwer war. Sie setzten sich und aßen. Aber nach ein paar Bissen stand Helene wieder auf: »Ich schau mal nach ihm.« Nach einem Augenblick kam sie erschrocken zurück: »Mutter, ich glaube, er ist noch heißer!«

Frau Kretschmer sprang auf und lief rasch zu Walli. »Du hast recht, Helene, er ist ganz heiß. Ich glaube, er hat Fieber. Walli, Walli wach auf. Hörst du, Walli!«

Vorsichtig schüttelte sie ihn. Langsam kam Walli zu sich. Benommen sah er die Mutter an. Sein Blick war ganz glasig.

»Wo ist der Alois?«, flüsterte er mit krächzender Stimme.

»Walli! Walli, was ist mit dir? Komm schon, wach ganz auf, du träumst ja noch!«

»Ich muss mit dem Alois reden«, flüsterte Walli, denn schloss er wieder die Augen. »Mein Kopf tut so weh ... und mein Hals«, dann schien er wieder einzuschlafen.

»Mama, was hat er denn?«, Greta fing an zu weinen.

»Helene, wir müssen einen Arzt holen. Ich gehe los und du bleibst bei ihm«, Wallis Mutter war ganz ruhig und gab ihre Anweisungen. »Greta, du holst ein Tuch, machst es nass und kühlst ihm die Stirn. Mach es immer wieder frisch. Deckt ihn ganz ab, wir legen nur das Leintuch über ihn. So. Die Beine lassen wir ganz frei. Ich zieh mich an.«

»Aber Mutter, es ist schon ganz finster. Es ist doch so weit zu gehen, jetzt, allein. Wo ist überhaupt ein Arzt? Und wenn er nicht da ist? Oder nicht zu uns kommt?«

»Hör auf zu jammern, Greta. Mir passiert schon nichts. Ich finde einen Arzt für Walli und bringe ihn her. So. Bis dann.«

Die Mutter hatte sich warm angezogen, nahm eine Laterne vom Schrank, stellte eine Kerze hinein und zündete sie an. »Auf Wiedersehen, Kinder.«

»Komm bald wieder, Mama«, Greta schluchzte noch immer, ging dann aber gleich um Wallis Stirn zu kühlen. Beide Schwestern saßen bei Walli am Bett. Leise sprachen sie miteinander.

»Wir können nichts tun, außer warten. Und das ist oft am schlimmsten.«

»Meinst du, er hat das Fieber bekommen, weil wir ihn vor den Ofen gelegt haben?«

»Nein, Greta, das glaube ich nicht. Er ist wohl so krank geworden, weil er so fürchterlich kalt war. Hoffentlich hat er keine Lungenentzündung.«

»Was ist das denn? Ist es ... sehr gefährlich? Meinst du, Walli könnte...?«, Greta wagte nicht weiter zu sprechen.

»Nein, Greta, hör auf, das nützt uns jetzt auch nichts, wenn wir uns so schwere Gedanken machen.« Walli bewegte sich immer wieder unruhig und schien im Schlaf oder im Fieber zu sprechen. Die Zeit verging schleppend.

»Was kann man denn machen, bei so einem schrecklichen Fieber?« Greta wurde immer unruhiger. »Ich glaube, es wäre gut, wenn er etwas trinken könnte. Ich hol mal etwas lauwarmes Wasser.« Helene eilte in die Küche und kam mit einem Becher zurück. Zu zweit versuchten sie, ihn etwas aufzurichten.

»Hier, Walli, Wasser. Trink etwas, bitte. Nun mach doch, Walli!« Auch Helene schien mit den Tränen zu kämpfen. Walli wurde nicht wach, das Wasser, das die Schwestern ihm geben wollten, rann nur an seinem Kinn herunter.

»Ach Helene, wo bleibt denn die Mutter?« Tränen liefen Greta über die Backen. »Wie lange ist sie wohl schon weg?«

»Vielleicht zwei Stunden, vermute ich. Ja, schon viel zu lange. Ich schau mal vor die Türe, ja? Ich brauche etwas frische Luft.«

Müde stand Helene auf, nahm ihren großen Wollschal, legte ihn sich um die Schultern, trat vor die Tür und schloss sie hinter sich. Sie starrte in die finstere Nacht, ob sie irgendwo das kleine Lichtlein von der Laterne ihrer Mutter sehen konnte, aber alles war dunkel. Klirrende Kälte herrschte draußen, Helene schauderte. Ein herrlicher Sternenhimmel wölbte sich über sie, in dieser klaren, kalten Nacht. Helene sah nach oben. Fühlte ihre eigene Winzigkeit unter diesem gewaltigen Sternenzelt. Eine Gedichtzeile fiel ihr ein:

Ahnest du den Schöpfer, Welt?
Such ihn überm Sternenzelt!
Über Sternen muss er wohnen.

Verzweifelt versuchte sie sich an den Refrain zu erinnern. Von Schiller war das Gedicht, das wusste sie: ›An die Freude‹. Ach, wo war sie hin, ihre Freude?

Undurchdringlich war die Dunkelheit. Nur den Wald erahnte man als noch dunklere Masse hinter dem Haus. Da fiel ihr der Refrain ein:

Brüder – überm Sternenzelt
Muss ein lieber Vater wohnen.

Der Gedanke tröstete sie. Walli musste wieder gesundwerden. Es durfte einfach nicht sein. Gerade als sie sich umdrehen wollte, um zurück ins Haus zu gehen, glaubte sie im Augenwinkel ein Licht gesehen zu haben. Sie starrte in die finstere Nacht, den Weg entlang. Da! Wieder! Ein schwacher Lichtschimmer schien auf und ab zu tanzen. Obwohl sie nur ihre Holzpantinen anhatte, lief Helene los, dem Licht entgegen. Bald schon erkannte sie zwei dunkle Gestalten. Mutter hatte Hilfe gefunden!

»Mutter! Mutter!«, rief sie aufgeregt.

»Ja, Helene, ich bin zurück!«

Helene umarmte die Mutter. »Gott sei Dank bist du da. Guten Abend, Herr...?«

»Berger. Guten Abend. Wie geht es ihm?«

»Ich weiß nicht ... nicht gut, glaube ich, er ist so heiß und er wird gar nicht wach ... er redet dauernd im Schlaf und stöhnt ... ach, ich weiß auch nicht!«

»Nun, wir werden sehen.« Sie waren am Haus angekommen. Als sie die Tür öffneten, sprang ihnen Greta gleich entgegen: »Mama, endlich!« Sie umarmte die Mutter, vergrub ihr Gesicht in ihrem Mantel und schluchzte: »Ach, Mama, wird er denn wieder gesund?«

»Schsch, nur ruhig, Gretchen. Alles wird gut, warte nur. Jetzt ist ja der Doktor da. Beruhig dich. Mach mehr Licht in der Kammer, nimm noch die Petroleumlampe mit. Und stell den Kessel mit Wasser auf den Herd, ja?«

Froh, etwas zu tun zu haben, ging Greta um neues Wasser in den Kessel zu füllen, stellte ihn auf den Ofen und legte noch Holz nach. Dann brachte sie die Lampe zu Walli. Der Arzt hatte sich inzwischen ausgezogen, Mantel und Hut auf den Tisch gelegt, und war zu Walli in die Kammer gegangen. Er saß am Bett und fühlte seinen Puls. Danach öffnete er seine Tasche, entnahm ihr verschiedenes Gerät und begann Walli abzuhören. Niemand sprach. Die Mutter und die beiden Mädchen standen um das Bett und sahen dem Arzt mit banger Erwartung zu. Keine traute sich, etwas zu fragen.

»Nun, er hat sehr hohes Fieber. Was genau die Ursache ist, ist schwer zu sagen. Es könnte eine beginnende Lungenentzündung sein. Am wichtigsten ist es, das Fieber so schnell wie möglich zu senken. Allerdings...«

»Ja?« Frau Kretschmer schaute den Arzt besorgt an.

»Nun, wir haben im Moment einfach keine Medikamente. Das einzige, was wir im Krankenhaus noch zur Verfügung haben, ist Phenacetin, aber, nun ja, das ist eigentlich ein Abfallstoff bei der Farbherstellung. Nur durch Zufall hat man während des Krieges gemerkt, dass es fiebersenkend wirkt, auch bei Wundfieber. Niemand weiß jedoch, welche Nebenwirkungen dieses Mittel hat. Gerade einem Kind würde ich es nie geben! Hätte ich nur Chinin oder etwas Ähnliches, wäre alles halb so schlimm. Das ist ein Medikament, das ohne Nebenwirkungen ganz rasch das Fieber senkt. Aber auch im Krankenhaus oben haben sie nichts mehr. Höchstens bei den Amerikanern vielleicht .... Aber, wir werden ohne es auskommen müssen. Machen sie zunächst Wadenwickel um das Fieber zu senken und hier lasse ich ihnen eine Teemischung da: Lindenblüten, Schlüsselblume und Spitzwegerich. Brühen sie davon einen Aufguss auf und geben sie ihm so viel wie möglich zu trinken.«

Helene warf jedoch ein: »Aber, Herr Doktor, er trinkt ja gar nicht. Er wird ja nicht mal wach. Wie soll denn da ein Tee helfen?«

»Nun, Mädchen, mehr kann ich leider nicht für deinen Bruder tun. Ohne Medikamente sind auch wir Ärzte hilflos. Es liegt in Gottes Hand. Wenn es euch gelingt, das Fieber zu senken, wird er es schaffen. Morgen wird man weitersehen.« Der Arzt wirkte erschöpft und niedergeschlagen.

»Herr Doktor«, wandte Frau Kretschmer ein, »dieses Medikament von dem sie sprachen, dieses Chi...«

»Chinin.«

»Ja, Chinin, Sie sagten doch, dass vielleicht die amerikanischen Soldaten...«

»Ja, es könnte sein, dass die Amerikaner für den Eigenbedarf etwas davon dabeihaben. Ich weiß es nicht sicher.«

»Und das würde sicher helfen?«

»Ja, das wäre das einzige, das wirklich helfen würde. Aber da kommen wir nun mal nicht ran. Frau Kretschmer, mehr kann ich leider nicht tun. Bleiben Sie wach, ich weiß nicht ... nun, alles Gute wünsche ich Ihnen. Auf Wiedersehen!«

»Auf Wiedersehen, Herr Doktor. Und vielen Dank!«

»Ach, wofür denn ... ich kann ja gar nichts machen. Aber ohne Medikamente...« Der Arzt schüttelte traurig den Kopf, ging aus der Kammer und zog sich an.

Die Mutter begleitete ihn zur Tür. »Gute Nacht!«

Ein eisiger Windstoß kam sogleich zur Tür herein.

Langsam kam die Mutter zurück zu Walli. Die Mädchen sahen ihr entgegen, ängstlich, besorgt. »Was ist mit ihm, Mutter?« Greta sah die Mutter fragend an: »Wird er wieder gesund?«

»Ja, Greta, er wird wieder gesund. So, ich geh jetzt los und besorge das Medikament. Und ihr beide müsst mir gut auf Walli aufpassen. Schaffst du das alleine mit den Wadenwickeln, Helene?«

»Ja. Mutter, das kann ich.«

»Tücher sind in dem Schränkchen in der Speisekammer. Und du, Greta, du kochst den Tee für Walli, ja? Wenn er aufwacht, muss er unbedingt etwas trinken. Und wenn es nur löffelweise ist. Gebt ihm mit einem kleinen Kaffeelöffel Schlückchen für Schlückchen.«

»Aber, Mama, du kannst doch jetzt nicht wieder losgehen. Und ... du kannst uns doch nicht mit Walli alleinlassen. Wenn ... wenn es ihm nun ... schlechter geht ... wenn ... ach, Mama, bleib doch hier! Ich hab Angst!«

»Komm her, Greta, komm«, die Mutter nahm das Mädchen in den Arm, fasste sie dann an den Armen und sah sie eindringlich an. »Greta, ich habe auch Angst. Aber der Arzt hat gesagt, das einzige was wirklich hilft, ist dieses Medikament. Und es könnte sein, dass die amerikanischen Soldaten etwas davon haben. Das ist unsere einzige Chance. Ich muss es versuchen, verstehst du?« Greta nickte stumm, mit Tränen in den Augen.

»Ihr beide schafft das. Ich weiß es. Ich verlasse mich auf euch!« Frau Kretschmer sah zu Helene, die ihr ernst zunickte, dann holte sie wieder ihren Mantel, zog sich sorgfältig und warm an, griff nach der Laterne, die noch immer auf dem Tisch stand, und öffnete die Haustüre. Es war noch immer stockfinster, es mochte etwa drei Uhr morgens sein. Der Wind heulte und unzählige kleine Eis- und Schneekristalle wirbelten vor dem Lichtschein der geöffneten Tür. Die Mutter band sich ihren Schal fest um den Kopf, blickte zurück zu den Mädchen, nickte ihnen noch einmal zu und machte sich auf, in die Dunkelheit, in die Kälte.

8.

Die beiden Schwestern kümmerten sich so gut es ging um Walli. Gemeinsam machten sie ihm Wadenwickel, die sie alle paar Minuten erneuerten, weil sie so schnell warm wurden. Immer wieder tauchten sie die Wickel in kaltes Wasser, legten sie Walli neu um, kühlten ihm die Stirn und versuchten ihn so weit wach zu bekommen, dass er etwas Flüssigkeit aufnehmen konnte. Aber Walli wurde nicht wach. Er glühte, er stöhnte und jammerte, schien immer wieder eine Art Schüttelfrost zu haben und war nicht ansprechbar.

Greta war verzweifelt: »Walli, du musst wieder gesundwerden, hörst du! Ach, es tut mir so leid, wenn ich dich geärgert habe. Oder als wir wegen der blöden kaputten Schale so gestritten haben. Ich war gemein zu dir. Es tut mir so leid, Walli!«

»Lass gut sein, Greta«, meinte Helene leise, »quäl dich nicht. Jeder streitet mal. Nun leg dich in dein Bett und schlaf etwas, du kannst ja kaum mehr die Augen offenhalten, du bist völlig erledigt. Ich passe auf Walli auf. Wenn ich dich brauche, wecke ich dich, ja?«

Dankbar kroch Greta in ihr Bett und schlief fast augenblicklich ein. Helene hatte sich einen Stuhl an Wallis Bett geschoben und sah auf ihren kleinen Bruder. Sie nahm seine heiße Hand und begann leise zu ihm zu sprechen: »Walli, ich erzähl dir vom Vater, ja? Ich kann mich noch genau erinnern...« Leise erzählte Helene. Von Ratibor. Von der verlorenen Kindheit. Von Ausflügen und kleinen Geschichten. Von Weihnachten. Von ihrem Garten mit der Schaukel, die der Vater gebaut hatte. Und Walli wurde ruhiger. Er hörte auf zu stöhnen und sich hin und her zu werfen. Er schien fester zu atmen und in einen tieferen Schlaf zu sinken. Helene erzählte, bis sie sich neben Walli in sein Bett legte und ebenfalls einschlief.

So fand die Mutter die drei Kinder, ruhig schlafend, als sie völlig erschöpft in den ersten Morgenstunden heimkam.

Als Helene neben Walli aufwachte, erschrak sie zunächst. Das erste graue Licht des neuen Tages fiel schwach durch die Fenster herein. Was war los? Wo war Mutter? War sie nicht heimgekommen? Und Walli – was war mit ihm? Vorsichtig drehte sie sich zu ihm. Lauschte. Ja, er atmete. Gottlob. Sie berührte sanft seine Stirn.

»Du bist ja immer noch so heiß! Ach, Walli, wie geht es dir nur?«, flüsterte sie. Obwohl das Fieber in ihm zu wüten schien, war Walli ganz blass. Unter den Augen hatte er tiefe, dunkle Ringe bekommen. Helene strich ihm zärtlich die blonden Locken aus dem Gesicht und streichelte ihm über die Backen: »Walli? Walli, du musst aufwachen, hörst du?« Aber Walli regte sich nicht, er schien tief zu schlafen. Helene stieg rasch und vorsichtig aus Wallis Bett. Was war nur mit Mutter? Wie von einer eiskalten Hand gepackt, krampfte sich ihr Magen vor Angst zusammen. Sie war tatsächlich eingeschlafen, während ihre Mutter allein draußen in der Nacht unterwegs war? Hoffentlich ... Mit wenigen Schritten tappte sie aus der Kammer und blickte in die Stube. Da saß ihre Mutter, auf der Bank, den Kopf auf ihre Arme gelegt, war sie auf dem Tisch eingeschlafen. Eine große Welle der Erleichterung erfasste Helene. Dem Himmel sei Dank – Mutter war gut heimgekommen. Sie hielt sich am Rahmen der Kammertür fest und atmete tief aus. Sie war so froh, dass Mutter zu Hause war! Einen Moment später ging sie zu ihrer Mutter und berührte sie vorsichtig an der Schulter.

»Mama? Mama?« Langsam wurde die Mutter wach. Verwirrt sah sie zu Helene auf, dann schien sie langsam zu sich zu kommen.

Mühsam richtete sie sich auf. »Wie geht es Walli?«, flüsterte sie.

»Unverändert, glaub ich. Er ist immer noch so heiß. Hast du das Medikament...?«

»Nein, Helene«, traurig schüttelte die Mutter den Kopf,

»ich war in der Villa, bei den Soldaten. Ich habe so lange Krach gemacht, bis ich sie alle aufgeweckt habe, glaub ich. Endlich kam einer an die Tür, der war wütend, beschimpfte mich nur, er hat mir gar nicht zugehört ... ach«, die Mutter schluckte, Tränen traten ihr in die Augen, »er hat die Tür einfach zugeknallt, dann hab ich wieder geklopft, ach, gehämmert hab ich an die Tür, ich hab geschrien, sie müssten mir helfen, mein Kind sei schwer krank. Er ist noch mal an die Tür gekommen. Da hat er gesagt, wenn ich nicht gehe, sperrt er mich ein. Ich soll abhauen. Er hatte sogar eine Pistole in der Hand. Helene, was sollte ich machen...«, sie schluchzte auf, »da bin ich wieder gegangen.«

»Ist ja gut, Mama, beruhige dich. Mehr konntest du doch auch nicht machen. Es hilft nichts. Wir müssen einfach hoffen, dass Walli gesundwird. Er muss es schaffen!«

»Ach, Helene, aber ich muss ihm doch helfen, ich muss doch irgendetwas tun können! Ich kann doch nicht einfach zusehen, wie...«

»Mama! Wir können aber nichts daran ändern. Leg dich noch mal etwas hin, du warst ja die ganze Nacht unterwegs. Nachher wird Walli schon aufwachen, dann geben wir ihm den Tee. Ich wecke dich später, ja?«

»Ich will erst nach ihm schauen«, mühsam stand Frau Kretschmer auf und ging zu Walli ans Bett. Sie strich ihm über die Stirn, nahm seine Hand und sprach leise zu ihm. Dann wandte sie sich um und ging zu Helene zurück.

»Der Herrgott wird uns schon beistehen. Wir mussten schon so viel durchstehen, wir werden auch das hier schaffen, nicht wahr? Er muss wieder gesundwerden.«

»Ja, Mama. Er wird es schaffen. Ruh dich noch etwas aus.«

Während die Mutter sich in ihrer Kammer hinlegte, begann Helene in der Küche leise hin und her zu gehen. Sie stocherte in den Resten der Glut, die noch im Ofen war, legte dünne Spänchen auf und blies vorsichtig hinein, um das Feuer wieder anzufachen. Dann stellte sie frisches Wasser im Kessel auf den Herd und holte aus der Speisekammer in einer kleinen Schüssel Bucheckern, Nüsse und eine kleine Hand voll Mehl, um daraus etwas Brei für das Frühstück zu kochen. Während sie darauf wartete, dass das Wasser langsam heiß wurde, zerdrückte sie in einem kleinen Topf einige Eicheln und Zichorienwurzeln, um daraus für Mutter einen Kaffee zuzubereiten. Nachdem alles soweit für das karge Frühstück hergerichtet war, setzte sie sich wieder zu Walli ans Bett.

Wenn man nur irgendetwas tun könnte. Dieses Herumsitzen und Abwarten macht einen verrückt, dachte Helene.

Still war es in dem kleinen Häuschen. Helene war froh, dass Mutter eingeschlafen war, sie hatte so erschöpft gewirkt. Und sie konnte jetzt auch nichts tun. Auch Greta schlief noch. Draußen hatte es begonnen zu schneien, Helene sah hinaus, schaute den Schneeflocken zu, die vor den kleinen Fenstern herumwirbelten, so dicht, dass man den Wald kaum erkennen konnte. Helene ging in die Küche zurück und suchte sich etwas zu arbeiten, um sich zu beschäftigen. Sie fand im Flickkorb ihrer Mutter Fäustlinge von Walli, die an beiden Daumen aufgerissen waren. Nachdem sie Nadeln und Wolle zurechtgesucht hatte, schob sie sich einen Stuhl vor den Ofen, sodass sie durch die Kammertür genau auf Walli blicken konnte, und begann die Handschuhe zu stopfen. So vergingen die Stunden des Samstagvormittags – ruhig und friedlich schien es in der warmen Stube zu sein, wenn nicht die nagende Sorge um Walli gewesen wäre, die Helene so sehr bedrückte.

Am späten Vormittag wachten auch Mutter und Greta wieder auf, beide noch etwas müde und durcheinander, aber vom tiefen Schlaf erholt. Mutter wusch sich und zog sich um, dann ging sie zu Helene und meinte: »Du hast ja alles so gut gemacht! Und hast die ganze Zeit bei Walli gewacht! So, jetzt bin ich aber wieder an der Reihe! Hast du schon etwas gegessen?«

»Nein, ich hatte keinen rechten Hunger, Mama.«

»Na, dann sollten wir das aber jetzt machen. Kommt, wir frühstücken erst mal und dann, Helene, legst du dich noch etwas hin, ja? Komm, Greta, hol die Schüsselchen aus dem Schrank, ich habe auch noch ein letztes Glas Honig, das wollen wir heute aufmachen. Wenn Walli wach wird, geben wir ihm den Tee mit Honig.«

Während sie zu dritt beim Essen saßen, regte sich auf einmal Walli und rief heiser nach seiner Mutter. Alle drei sprangen auf und liefen rasch zu seinem Bett.

»Walli, bist du endlich wach? Geht es dir besser? Ach, Junge...«, die Mutter hatte sich neben Wallis Bett gehockt und streichelte seine Hand.

»Ich weiß nicht ... mein Kopf ... ah, ... ich hab so Durst, Mama,« krächzte er leise, dann musste er husten. Greta war schon in die Stube gelaufen und holte den lauwarmen Tee, den Helene am Herdrand warm gestellt hatte.

»Da Walli, trink, das wird dir guttun. Vorsichtig stützte Helene den Bruder und Greta hielt ihm die Tasse. In kleinen Schlückchen trank Walli, verzog erst das Gesicht und musste dann wieder husten. Erschöpft ließ er sich ins Kissen sinken.

Er schlief wieder ein und nach einer Weile bemerkte die Mutter, dass er ganz rote Backen bekam und anfing, heftig zu schwitzen.

»Schau, Greta, was bin ich froh! Das ist ein gutes Zeichen! Wenn man schwitzt, sinkt das Fieber. Ich bin sicher, er hat das Schlimmste hinter sich.«

Im Laufe der nächsten Stunden wachte Walli immer wieder kurz auf und trank brav von seinem Tee mit Honig. Jedes Mal musste er sich umziehen lassen, weil er völlig verschwitzt war. Aber es schien ihm wirklich besser zu gehen! Wenn er wach war, hustete er zwar viel und jammerte, aber er war wieder ganz bei sich, war wieder ansprechbar und redete nicht mehr in wirren Fieberfantasien. Als Helene am Nachmittag aufwachte und gleich darauf zu Walli gehen wollte, lächelte ihr die Mutter zu: »Es geht ihm besser Helene, ich glaube wir haben's geschafft!«

»Ehrlich? Ach, Gott sei Dank! Was bin ich froh!« Helene ging zu Walli, der rot und verschwitzt in seinem Bett lag. Als sie sich an den Bettrand setzte, wachte er auf.

»Na, Walli, geht's dir besser?«

»Nein! Mit tut alles weh, mir ist fürchterlich heiß und der Tee schmeckt scheußlich!«, krächzte er heiser. Helene musste grinsen. Das hörte sich doch wirklich gut an! Walli wurde wieder gesund!

Das Fieber war gesunken, das war das Wichtigste, wenngleich Walli von einem bösen Husten geplagt wurde. Frau Kretschmer war den ganzen Samstagnachmittag unterwegs, um etwas Nahrhaftes für Walli aufzutreiben. Sie hatten zwar auf ihren Lebensmittelkarten noch Abschnitte für etwas Fleisch, aber es gab in den Geschäften keines zu kaufen. Und so war sie zu allen umliegenden Bauern gegangen, um etwas Essen für Walli zu erbitten. Viele der Bauern, denen es an nichts mangelte, hatten sich durch eine Art Schwarzmarkt an der Not vieler armer Leute bereichert. Vom Hunger und der Sorge um die Kinder getrieben, tauschten viele Leute ihre wertvollsten Dinge für Milch, Eier oder etwas Speck ein. Als Frau Kretschmer am späten Nachmittag heimkehrte, war sie müde und wütend: »Sie haben kein Mitleid! Diese reichen, bösen Bauern! Sitzen selber wie die Maden im Speck und wollen niemandem helfen! Bei fünf Höfen war ich. Die meisten kamen nicht einmal an die Tür! Nur ihre wütenden Hunde, die hetzen sie auf einen. Ach, schaut, mehr habe ich nicht bekommen.« Sie nahm aus ihrer Manteltasche zwei Eier und drei verschrumpelte, kleine braune Äpfel.

»Die Frau, die mir die Eier geschenkt hat, hatte auch noch Angst, dass ihr Mann etwas davon merkt. Zwei Eier! Ganz heimlich kam sie mir noch nachgelaufen, als ich schon wieder gehen wollte, steckte sie mir in die Manteltasche und sagte: ›Gehen Sie, schnell, bevor mein Mann Sie hier sieht!‹ Wahrscheinlich isst der jeden Abend zehn Rühreier mit Speck! Naja, die hatte wenigstens Mitleid mit mir. Es ist so ungerecht. Warum sind die Menschen so schlecht?«

»So ist es eben, vielleicht haben wir morgen mehr Glück, Mama«, meinte Helene, »das Wichtigste ist doch, dass es Walli bessergeht! Gib mir die Eier, etwas Mehl haben wir auch noch. Vielleicht hat er am Abend etwas Appetit, da können wir ihm doch wenigstens einen Pfannkuchen machen, das ist doch prima!«

Nach einer ruhigen Nacht, in der alle, auch Walli, tief und gut geschlafen hatten, wachten sie anderentags, am Sonntag, erholt und vor allem guten Mutes auf. Draußen brach ein herrlicher Wintermorgen an. Die Schneewolken hatten sich verzogen. Der Himmel war von einem ganz hellen Blau gezeichnet, im Osten, hinter den Bergen leuchtete er in einem tiefen Rosa und kündigte einen wunderbaren Sonnenaufgang an. Vielleicht trug auch der klare Morgen dazu bei, dass die Stimmung in dem kleinen Häuschen ruhig und friedlich war. Alle waren glücklich, dass es Walli besserging, dass sie gemeinsam die schweren Stunden überstanden hatten. Wallis Fieber war tatsächlich gesunken, er war bei Weitem nicht mehr so heiß, nur der Husten blieb hartnäckig. Nach einem kargen Frühstück kündigte die Mutter an, dass sie sich nochmals aufmachen wolle, um etwas Essen zu erbitten.

»Ich werde etwas weiter gehen, Helene, zu anderen Höfen. Vielleicht habe ich bei dem guten Wetter mehr Glück.«

Sie ging in ihre Kammer, um sich anzuziehen. Als sie nach einer ganzen Weile immer noch nicht wieder herauskam, ging Helene an die Tür, die einen Spalt breit offen war, und sah vorsichtig hinein. Die Mutter saß auf dem Bett und erschrocken sah Helene, wie ihr Tränen über die Wangen liefen. Sie hielt etwas in ihren Händen, aber Helene konnte es nicht erkennen. Verwirrt und unsicher stand Helene an der Tür. Sie wusste nicht, was sie machen sollte. Dann aber entschied sie sich und ging zu ihrer Mutter ans Bett. Sie legte ihr die Hand auf die Schulter und fragte leise: »Was ist denn, Mama?«

Ihre Mutter sah auf und schüttelte nur leicht den Kopf »Es geht schon wieder, entschuldige. Es ist nichts.«

»Aber Mama, was ist…«, da fiel Helenes Blick auf den Gegenstand, den die Mutter in ihren Händen hielt. Es war ein wunderschönes lichtblaues Aquamarin-Armband. Die Kinder kannten es alle. Sie wussten, dass der Vater es der Mutter zur Hochzeit geschenkt hatte. Wie stolz war sie immer darauf gewesen! Zu besonderen Anlässen hatte Mutter es immer angelegt. Helene musste daran denken, wie Walli als kleines Kind immer auf Mutters Schoß geklettert war und es bewundert hatte. Und wie Mutter immer stolz und glücklich erzählt hatte, wie Vater sie am Morgen vor ihrer Hochzeit damit überrascht hatte. Helene ließ sich neben ihrer Mutter aufs Bett sinken. »Mama ... Mama...«

Die Mutter sah sie unendlich traurig an. Dann nahm sie das silberne Armband mit den hellblauen Edelsteinen, wickelte es vorsichtig in ein weiches Tuch, legte es in eine Schmuckschachtel und packte diese in ihren kleinen Rucksack.

»Nein Mama, mach das nicht! Bitte! Nein!« Auch Helene kamen die Tränen. Ihre Mutter aber stand auf, strich ihr kurz übers Haar, nahm ihr warmes, großes Schultertuch und ging aus der Kammer um sich fertig anzuziehen. Wenig später hörte Helene, wie die Haustüre geöffnet und wieder geschlossen wurde. Sie blieb auf dem Bett sitzen, konnte sich nicht aufraffen. Sie hörte Greta mit Walli reden, hörte wie sie in der Küche das Frühstücksgeschirr abwusch, hörte Walli etwas rufen. Wie aus weiter Ferne drangen diese Geräusche zu ihr. Erst als Greta direkt vor ihr stand und sie anrief, schien sie wie aus einem bösen Traum zu erwachen.

»Was ist denn mit dir los, Helene?« Vorwurfsvoll starrte die jüngere Schwester auf sie hinunter.

»Ach ... es ist nichts, entschuldige. Es geht schon wieder ...

Ich ... bin wohl noch etwas müde!« Mühsam stand Helene auf und machte sich daran, sich im Haushalt zu beschäftigen.

Als die Mutter mittags zurückkehrte, hatte sie eine Tüte Kartoffeln dabei. Greta strahlte und freute sich. Sie sah nicht, wie die Tränen ihrer Mutter auf die Schalen tropften, als sie ihren Kindern die Kartoffeln kochte.

9.

Am späteren Nachmittag klopfte es zaghaft an der Tür. Überrascht schaute Frau Kretschmer auf, wechselte einen kurzen Blick mit Helene und ging, um zu öffnen. Vor der Tür standen Anton, Hans – und Alois. Alois hatte seine Mütze abgenommen und Frau Kretschmer musterte kurz den Jungen. Alois hatte hellbraune Haare, die ihm nun etwas verstrubbelt abstanden, da sie etwas länger waren, als bei den beiden anderen. Er hatte wie Walli blaue Augen und stand nun etwas blass vor ihr. Auf der hellen Haut fielen die Sommersprossen rund um die Nase auf, die zu dem ernsten Blick nicht zu passen schienen, sondern dem noch kindlichen Bubengesicht etwas Fröhliches, Verschmitztes gaben. Verunsichert erwiderte er ihren Blick und versucht ein zaghaftes Lächeln.

»Grüß Gott, Frau Kretschmer!«, rief Hans artig, »wir wollten fragen, was mit dem Walli los ist, warum er heute nicht gekommen ist, wir hatten nämlich ausgemacht, dass er heute Vormittag zu mir kommt und...«

»Ja, und zum Skifahren wollten wir uns auch treffen und da haben wir uns gewundert, warum er nicht gekommen ist«, warf Anton ein, »…und jetzt wollten wir schauen, ob alles in Ordnung ist, mit ihm.«

»Grüß euch, na, nun kommt erst mal rein, sonst wird's hier noch ganz kalt.«

Die Jungen klopften ihre Stiefel draußen fest ab und betraten schüchtern die kleine Stube. Frau Kretschmer machte hinter ihnen die Tür zu.

»Das ist ja nett, dass ihr euch um Walli sorgt – nein, es ist leider nicht alles in Ordnung – der Walli ist krank, schwer krank ist er. Aber wir glauben, das Schlimmste hat er überstanden.«

»Ach herrje! Was hat er denn?«, rief Hans erschrocken.

»Er hat sich schlimm erkältet, wahrscheinlich ist es sogar eine Lungenentzündung.«

»Oh Mann, dann hattest du tatsächlich recht, Anton!«, murmelte Alois.

»Wieso, womit hattest du recht?«, fragte Helene misstrauisch nach.

»Also, naja, ich ... ich hatte so ein dummes Gefühl, dass er vielleicht krank sein könnte...«

»Aber wie kamst du denn darauf?«, wollte nun auch Frau Kretschmer wissen.

»Nun ... weil, ... also, der Walli war bei mir, am Freitagnachmittag und er war irgendwie ganz aufgeregt ... wegen Alois«, hier nickte er mit dem Kopf in die Richtung von Alois, »und da sah er so verfroren aus, also irgendwie sah er da ganz schlecht aus. Es hat mir richtig leidgetan, dass er noch so weit nach Hause gehen musste, aber ... was hätte ich denn tun sollen?«

»Hm. Vermutlich hättest du gar nichts tun können«, meint

Frau Kretschmer nachdenklich, »und was wollte der Walli von dir?«, fragte sie nun Alois. Dem war es sichtlich unangenehm von Wallis Mutter, die ihm ganz fremd war, befragt zu werden. Hans warf ihm schnell einen ernsten Blick zu.

»Ich … ich weiß es nicht genau ... ich glaube, es war irgendwas wegen Mathe...«, Hilfe suchend sah er zu Hans.

Der nickte und auch Anton bestätigte: »Ja, Walli hat etwas in Mathe nicht verstanden ... Aber, ähm, können wir denn zu ihm? Ist er wach?«

»Ich glaube schon. Aber nur kurz, hört ihr! Und – also, er muss sich wirklich schonen! Erzählt ihm nichts, was ihn aufregen könnte, ja?« Dabei sah Frau Kretschmer Anton sehr ernst an.

»Ja natürlich. Also nein, wir wollen ihm nur kurz gute Besserung wünschen.«

Die drei Buben ließen ihre Stiefel an der Türe stehen, zogen ihre feuchten, schweren Jacken aus und legten sie auf die Bank. Dann schlichen sie leise zu Wallis Kammer. Als sie eintraten, öffnete Walli die Augen.

»Hallo, was macht ihr denn hier?«, krächzte er leise, aber sichtlich erfreut.

»Hallo Walli! Was machst du denn für Unsinn?«, rief Hans und ging zu seinem Freund ans Bett. Auch Anton stellte sich ans Fußende des Bettes. Als Letzter betrat Alois schüchtern die kleine Kammer. Walli sah ihn erstaunt an.

»Grüß dich, Walli«, murmelte er verlegen, »ich ... es tut mir leid, dass du so krank bist ... und ... also und vor allem tut mir leid, dass ich dich so angemault habe, du weißt schon damals ... also, du konntest ja gar nichts dafür ... und ...«

»Ist schon in Ordnung, Alois, wirklich. Ich freu mich, dass du mitgekommen bist. Ja, ehrlich. Danke!« Walli konnte zwar nur heiser flüstern, aber er sah Alois mit einem breiten, offenen Lächeln an. Dieser wirkte sehr erleichtert und lächelte vorsichtig zurück. Auch Anton stand etwas unsicher in der kleinen Kammer und grinste nun Walli verlegen an.

»Ich hab dir noch gesagt, du sollst schleunigst hintern Ofen! Was ist denn nun mit dir?«

»Ach, es wird schon wieder. Aber ich glaub, in die Schule kann ich erst mal nicht.«

»Wir bringen dir die Hausaufgaben, kein Problem. Wir können uns ja abwechseln. Und dann sehen wir auch gleich immer, wie's dir geht.«

»Ja, macht das.« Frau Kretschmer war nun zu ihnen getreten: »Ich glaube, das reicht jetzt. Sonst wird es doch zu anstrengend für Walli. Es war schön, dass ihr da wart. Wirklich! Vielen Dank für euren Besuch. Walli hat sich bestimmt gefreut, dass er so treue Freunde hat! Aber jetzt lauft, es wird schon bald finster!«

Die Jungen verabschiedeten sich rasch von Walli und Frau Kretschmer, zogen sich wieder an und gingen.

Nachdem Wallis Mutter die Buben verabschiedet hatte, setzte sie sich zu Walli ans Bett. »Das war aber nett, dass sie zu dir kamen, was? Ich freu mich Walli, dass du so gute Freunde hast! Der Kleine, das war der Zellner Hans, den kenn ich. Und der größere, das ist doch der Anton, oder? Von dem hast du auch schon öfter erzählt. Und wer war denn der andere? Der Dritte?«

»Das war der Alois. Der ... also, der ist echt ... auch ... ein ... anständiger Kerl. Ja, ich freu mich, dass sie gekommen sind!«

Und bei sich dachte Walli: *Am meisten freu ich mich, dass der Alois mitgekommen ist! Ich glaube, wir haben einen neuen Freund.*

In der Nacht wachte Walli immer wieder auf, weil er die Mutter in ihrer Kammer husten hörte. Sie schien sich unruhig im Bett hin und her zu wälzen, durch die dünne Holzwand, die die beiden Kammern trennte, konnte man es deutlich hören. Walli war beunruhigt. Er erschrak bei dem Gedanken, die Mutter könnte auch krank werden. Greta hatte ihm nach und nach erzählt, dass Mutter fast die ganze Nacht bei der eisigen Kälte unterwegs gewesen war, um erst den Arzt und danach auch noch Medikamente zu besorgen, die sie dann nicht einmal bekommen hatte. Und heute war sie auch so weit marschiert um etwas zu essen aufzutreiben. Kein Wunder, wenn ihre Kräfte irgendwann nachließen. Walli dämmerte immer wieder ein, schrak aber jedes Mal hoch, wenn Mutter wieder hustete. Er hoffte ganz fest, dass am nächsten Morgen wieder alles in Ordnung war. Die Mutter durfte nicht krank werden!

Gegen Morgen schlief Walli doch noch tief ein und wurde erst wach, als er aus der Stube Geschirr klappern hörte. Mutter war auf, es ging ihr gut, Gott sei Dank! Noch immer heiser versuchte Walli zu rufen: »Mama?«

»Ja Walli, ich komme.«

Die Mutter kam zu ihm in die Kammer, sie wirkte blass und hatte dunkle Schatten unter den Augen. Mit einem Mal erkannte Walli, dass auch die Stärke seiner Mutter nicht unbegrenzt war. Die Mutter – sie war immer da gewesen, war immer sein sicherer Halt in dieser oft schrecklichen Zeit. Sie hatte immer alles fest in ihrer Hand gehabt, die Flucht, das

Ankommen hier, den Kampf ums tägliche Essen, um Holz, um Arbeit für sich und Helene. Sie sorgte dafür, dass Greta und er die Schularbeiten ordentlich machten, sah oft spät abends die Hausaufgaben an, stopfte ihre Anziehsachen, die immer dünner und fadenscheiniger wurden, damit sie nicht zerrissen herumliefen. Sie hatte sich alte Militärdecken besorgt und daraus Anziehsachen genäht. Er und seine Schwestern schämten sich zwar immer fürchterlich, wenn sie sie anziehen mussten, wenn ihre anderen Sachen gewaschen wurden, aber sie waren wenigstens warm. In diesem einen kurzen Moment erkannte Walli schlagartig, dass auch seine Mutter älter wurde, älter und müder.

Sie sah so erschöpft aus und lächelte ihm trotzdem zu: »Guten Morgen, mein Junge. Wie geht es dir?«

»Gut, Mama, alles in Ordnung. Mama ... geht es dir nicht gut? Ich hab dich husten gehört, heute Nacht.«

»Ach, das ist nicht weiter schlimm, Walli. Ich werde mich wohl auch etwas erkältet haben, aber das wird bald wieder. Mach dir keine Sorgen! So, meinst du, du kannst aufstehen um zur Toilette zu gehen und dich zu waschen? Sonst bring ich dir noch mal den Topf.«

»Nein, Mama, das geht schon.«

»Warte, hier, häng dir das warme Wolltuch über. So. Ich richte dir inzwischen dein Frühstück her.«

Auch die nächsten Tage verbrachte Walli die meiste Zeit im Bett. Mutter und Helene waren tagsüber arbeiten, aber Greta kam mittags nach der Schule heim und besorgte mit den Lebensmittelkarten die Essensrationen. Wenn Mutter abends heimkam, sah sie abgekämpft und sehr erschöpft aus. Sie ging meist früh zu Bett, sah aber trotzdem ständig müde aus. Ihr Husten wurde zum Glück wieder besser, aber Walli hatte den Eindruck, dass es ihr nicht gut ging. Er fragte Helene, was denn mit Mutter los sei, aber sie sagte nicht viel dazu. Helene meinte nur, es wäre kein Wunder, wenn Mutter auch einmal erschöpft und müde war, bei allem was sie leisten musste. Er solle sich keine Sorgen machen, wenn nur endlich der Frühling käme, würde es ihr bald bessergehen. Walli machte sich aber Sorgen und er hatte dazu tagsüber viel Zeit. Er grübelte darüber nach, was er nur machen könnte, um seiner Mutter zu helfen, um sie aufzumuntern. Ansonsten ging es ihm zum Glück immer besser und es wurde ihm auch bald langweilig zu Hause. Er half Greta mit den Hausaufgaben und freute sich darauf, dass einer seiner Freunde am Nachmittag vorbeikam, um ihm die Schularbeiten und die neuesten Informationen zu bringen. Am Montag schaute am frühen Nachmittag Anton vorbei, erzählte ihm die neuesten Gemeinheiten von Schwester Adalberta und dem Rehmbichler Josef, brachte ihn zum Lachen mit den Geschichten von Herrn Brehmer und der verschreckten Elli, die immer nur flüsternd ihre Antworten gab, und versuchte ihm erfolglos die Aufgaben in Mathe zu erklären. Abends kam die Mutter heim, die für ein paar Tage als Aushilfskraft in der Apotheke Arbeit bekommen hatte. Helene kam erst immer sehr spät heim. Sie arbeitete bei einer älteren Frau im Ort, die Näherin und Schneiderin war. Dort bekam sie zwar kaum Lohn, aber sie hoffte, dass sie bleiben und eine Lehre anfangen konnte. Außerdem bekam sie dort ein warmes Mittagessen und nachmittags manchmal sogar eine Tasse Kaffee. Abends musste sie jedoch immer alles alleine aufräumen, alle

Stoffe und Garne sortieren und verräumen, sodass sie jeden Tag erst recht spät nach Hause konnte. Aber Mutter war sehr froh, dass Helene dort arbeiten konnte und wies sie meist scharf zurecht, wenn diese über die Marotten der alten Frau Sargstetter jammerte. Wenn sie alle nach Hause gekommen waren, setzten sie sich an den Esstisch, jeder erzählte von seinen Erlebnissen und gemeinsam teilten sie noch, was ihnen als Abendbrot geblieben war.

Als am Dienstag Hans die Hausaufgaben brachte, kam er Walli sehr bedrückt vor. Er erzählte nur belanglose Sachen aus der Schule und wich Walli aus, als dieser nachfragte, ob etwas Besonderes los gewesen sei.

»Mensch Hans, ich merk doch, dass irgendwas los ist mit dir! Jetzt red schon! Und hört endlich alle damit auf, zu glauben mich »schonen« zu müssen! Ich kann es nicht mehr hören! Ich bin wieder gesund und ich will jetzt wissen, was los ist!«

Nach diesem fast wütenden Ausbruch sah Hans ihn erstaunt an. Dann blickte er eine ganze Weile auf seine geflickten Socken und schien zu überlegen.

»Also gut«, meinte er schließlich seufzend, »ich glaube, sie haben den Alois verhauen.«

»Wer? Aber wieso denn? Und was heißt ‚du glaubst'?«, Walli war völlig verwirrt.

Hans jedoch schien auf einmal froh zu sein, alles erzählen zu können. Aufgeregt stieß er hervor: »Na, er sagt ja nichts, der Alois. Aber als er heute Morgen ins Klassenzimmer kam, war er ganz nass, als hätte er sich im Schnee gewälzt, seine Jacke war zerrissen, seine Mütze hatte er auch nicht mehr und er sah aus, als hätte er Nasenbluten gehabt, jedenfalls war er noch etwas blutverschmiert im Gesicht. Und das eine Auge ist im Laufe des Vormittags ganz zugeschwollen. Dem Herrn Brehmer hat er gesagt, er sei ausgerutscht und einen Hang runtergekugelt – aber so sah das wirklich nicht aus! Ich bin natürlich gleich zu ihm hin und wollte mit ihm reden, da hat er mich angezischt, ich soll ihn bloß in Ruhe lassen, ich soll abhauen. Und als der Anton in der Pause mit ihm reden wollte, hat er den genauso angemault. Nicht einmal angeguckt hat er uns ... und der Rehmbichler hat mich so blöd angegrinst, so ... so ... triumphierend irgendwie.«

»Dieser Mistkerl! Und du meinst wirklich, die haben ihm aufgelauert und ihn verdroschen?«

»Ja, ich glaub schon.«

»Ja, aber warum denn?«

»Na überleg doch mal, Walli! Weil er mit uns zusammen war! Deswegen!«

»Wie? Nur weil er ... nein, das glaub ich einfach nicht!«

»Mann, Walli! Natürlich! Wie oft, glaubst du denn, bin ich anfangs von denen allen blöd angeredet worden, nur weil ich ...«, Hans hielt inne. Das hatte er eigentlich gar nicht sagen wollen.

»Weil du was?«, ganz ruhig fragte Walli nach, aber seiner Stimme war die Unsicherheit anzuhören. Hans sah ihn an. Sah den verwunderten Blick seines Freundes, sah auch die Angst und den Kummer, der dahinterstand.

»Weil ich dein Freund bin«, sagte er schließlich leise.

Eine ganze Weile sagte keiner der beiden etwas. Sie vermieden es, einander anzusehen. Das Schweigen lastete unangenehm auf ihnen, aber sie wussten beide nicht, wie sie es hätten brechen können.

Schließlich räusperte Walli sich und fragte: »Und nun? Was machen wir jetzt?«

»Was wir jetzt machen? Nichts, Walli. Nichts können wir machen. Dagegen ist kein Kraut gewachsen. Das gibt's immer, dass manche sich anderen überlegen fühlen, glauben, sie seien etwas Besseres und ihre Gemeinheiten, ihre Dummheit an anderen auslassen. Wir können nur – wenn der Alois das will – zeigen, dass wir zu ihm halten. Und vielleicht bietet sich einmal die Gelegenheit, dass wir's dem Rehmbichler heimzahlen!«, meinte Hans, lächelte Walli etwas schief an und fegte damit die bedrückte Stimmung zwischen ihnen weg. Walli grinste zurück und gemeinsam überlegten sie, was sie dem Rehmbichler am liebsten antun wollten. Schmiedeten finstere Pläne, verwarfen sie, lachten und grübelten, bis Hans schließlich nach Hause musste.

10.

Mutter schien ihre Erkältung überwunden zu haben, aber Walli fand, dass sie immer noch so erschöpft wirkte. Auch wenn sie oft nur wenig zu essen hatten, so waren sie doch immer alle vier abends zusammengesessen, hatten erzählt und auch miteinander gelacht. Aber in letzter Zeit lachte Mutter nur selten. Sie meisterte zwar nach wie vor alles so gut es ging, aber Walli fand, sie sah oft traurig und müde aus.

Am Abend, als Walli und Greta schon im Bett waren, hörte er, wie Mutter sich auch schon in ihre Kammer zurückzog. Helene schien noch abzuwaschen oder Wäsche zu waschen. Er hörte sie in der Stube herumwerkeln. Leise schlich er noch einmal aus seinem Bett. Ein Gedanke hatte sich in ihm festgesetzt und er hatte beschlossen, Helene deswegen etwas zu fragen. Immer wieder hatte Walli in den letzten Tagen darüber nachgedacht und schließlich war er überzeugt davon, dass er seiner Mutter wohl am besten helfen konnte, wenn er etwas über Vater erfuhr. Dann würde sie wieder froh werden und neuen Mut fassen! Wenn sie nur wüsste, dass Vater lebte und vielleicht schon bald heimkam, dann würde es ihr endlich bessergehen! Dann würde sie nicht mehr traurig und erschöpft sein, sie würde sich freuen und wieder lachen! Er tappte leise in die Stube. Helene stand am Spülbecken und schien ganz in Gedanken versunken.

Leise rief er sie an, um sie nicht zu erschrecken: »Helene?«

Sie wandte sich erstaunt um: »Ja, Walli, was ist denn mit dir? Kannst du nicht schlafen?«

»Ich ... nein ... doch. Ich wollte mit dir reden.«

»Was ist denn los, hm?«, Helene trocknete sich die Hände ab und ging auf ihn zu, sie setzte sich an den Tisch. Walli zog sich ebenfalls einen Stuhl heraus und setzte sich zu seiner Schwester. »Helene, ich ... ich finde, Mama ist so traurig die ganze Zeit. Und ... und ich dachte, wenn sie etwas von Vater wüsste ... also, ihr habt doch mal darüber gesprochen, dass es da so einen Arzt in Deggendorf gibt, der vielleicht etwas von Vater weiß.«

»Hm. Vielleicht. Wir wissen es nicht.«

»Aber, wenn doch?«

»Ja, Walli. Natürlich würde ihr das guttun, uns allen. Aber gute Nachrichten kann man nun mal nicht herbeizaubern. Und bis Deggendorf zu gehen, einfach nur mal so, auf gut Glück, dafür ist es zu weit. Und zu beschwerlich, vor allem jetzt für Mama, wo sie eh nicht gut beieinander ist. Und ich traue es mir auch nicht zu. Ich will auch nicht! Wer weiß, ob man von dem Arzt überhaupt etwas erfährt. Und dann macht man sich so große Hoffnungen und ist dann umso mehr enttäuscht. Vielleicht wäre das noch viel schlimmer für Mutter! Ich denke, wenn Papa noch lebt, dann findet er uns auch! Vielleicht ist er noch in Gefangenschaft, aber wenn er freigelassen wird, dann wird er uns sofort suchen. Er wird in Ratibor erfahren, dass wir nach Bayern geflohen sind. Das kann man bestimmt herausfinden, in welchen Lagern wir waren, wir mussten uns doch so oft in irgendwelche Listen eintragen. Und irgendwann wird er uns finden, Walli. Bestimmt! Wir müssen Geduld haben und fest zusammenhalten. Und, wegen Mama, sie schafft das schon, Walli. Wirst sehen, bald geht es ihr wieder besser!«

»Hm«, Walli seufzte. Er war von Helenes Worten nicht wirklich überzeugt, aber er wollte sie auch nicht beunruhigen. »Na, hoffentlich hast du recht. Helene, was meinst du damit, dass Papa in Gefangenschaft sein könnte?«

»Die deutschen Soldaten sind doch in andere Länder marschiert und haben diese angegriffen. Und sie waren dort dann auch stationiert, das heißt, sie haben da, in diesen anderen Ländern, ihre Lager aufgeschlagen, haben da gelebt, in fremden Städten und Dörfern. In Tschechien, in Polen, Frankreich und anderen. Haben sie einfach besetzt. Unser Vater war kurz vor Kriegsende in Polen stationiert. Als nun der Krieg verloren und zu Ende war, haben diese Länder die deutschen Soldaten, die in ihrem Land waren, zum Teil gefangen genommen und alle zusammen erst einmal in Gefangenenlager gebracht. Manche haben die deutschen Soldaten auch einfach ziehen lassen, haben gesagt, macht euch eine weiße Binde um den Arm und geht nach Hause. Das hat der Mann von der Sargstetter, du weißt schon, wo ich arbeite, erzählt. Der war in Tschechien, als der Krieg aus war, und er ging einfach mit ein paar anderen Kameraden zu Fuß los, den ganzen Weg, bis hierher nach Hause. Er hat erzählt, er hätte sich immer wieder einfach im Wald versteckt, wenn amerikanische oder russische Fahrzeuge vorbeifuhren. Er hatte wohl ziemlich Glück, dass er bis heimkam. Er ist seit letztem Sommer wieder da. Aber er hat eben auch erzählt, dass andere fremde Soldaten, vor allem die Russen, alle Deutschen, die sie auf den Straßen gesehen haben, aufgegriffen, gefangen genommen und mit Lastwägen in Gefangenenlager abtransportiert haben. Wahrscheinlich wollen sie prüfen, wer wirklich Nazi war und bei all den Verbrechen mitgemacht hat und wer nur einfacher Soldat war und gezwungen wurde, in den Krieg zu ziehen. So wie Papa. Und die werden sie mit Sicherheit nach und nach freilassen. Und dann wird er kommen und uns finden.«

»Ach, hoffentlich!«

»Ja, Walli. Jetzt aber gute Nacht, schlaf gut!«

»Helene?«

»Ja?«

»Winter hieß der Doktor, oder? Der aus Deggendorf?«

»Ja, Ich glaube schon. Ja, Doktor Winter.«

»Gute Nacht, Helene.«

Nachdenklich sah Helene hinter ihm her, als er leise zurück in seine Kammer ging.

Mutter bestand darauf, dass Walli noch die ganze Woche zu Hause blieb und sich ganz auskurierte. Aber am darauffolgenden Montag durfte Walli wieder zu Schule gehen. Er war froh, dass er wieder hinausdurfte, war froh, wieder etwas mit seinen Freunden unternehmen zu können. Und es wurde auch höchste Zeit, dass sie etwas wegen Alois unternahmen. Hans und Anton hatten ihm erzählt, dass er ihnen die ganze Woche ausgewichen war. Auch als Anton versucht hatte, ihm nach der Schule allein aufzulauern, war er nicht an ihn herangekommen. Alois hatte ihn nur wütend angemault und ihm erneut gesagt, er solle ihn gefälligst in Ruhe lassen. Aber mit dem Rehmbichler und den anderen Kerlen aus dessen Bande schien er auch nicht mehr zusammen zu sein. Hans hatte erzählt, dass er in den Pausen immer allein herumhing und jeden angiftete, der versuchte sich ihm zu nähern. Das wollte Walli aber so nicht hinnehmen. Nachdem sie sich lange beraten hatten, hatte Walli beschlossen, er würde am Nachmittag zu Alois gehen. Das war mit Sicherheit besser, als ihn in der Schule, vor all den anderen, anzusprechen. Nach Schulende verabschiedeten die Buben sich wie immer an der großen Linde, wo sich ihre Wege trennten.

»Und, willst du gleich heute zu ihm gehen?«, fragte Hans.

»Ja, gleich heute nach den Hausaufgaben. Ich hoffe, dass Mutter mich gehen lässt. Aber ... nun ... sie hat schon heute Früh zu Greta gesagt, sie müssten dringend Holz besorgen. Sie haben so viel verheizt, als ich krank war, dass wir jetzt fast nichts mehr haben. Mutter meinte, sie und Greta würden schauen, ob sie im Wald noch Äste oder Tannenzapfen finden. Wobei das bei dem hohen Schnee fast unmöglich ist. Auch im dichtesten Wald ist der Boden eigentlich schneebedeckt. Naja, und ich brauche noch nicht mit, ich werde wohl noch etwas geschont ... Gar nicht so übel!«

Walli grinste. »Nun, da kann ich bestimmt mal eben ein Stündchen weg, zum Alois. Ob Mutter das nun gut findet oder nicht. Aber ich muss nachmittags mal wieder ein bisschen raus. Dieses ewige daheim Herumsitzen macht mich verrückt!«

»Na dann, viel Erfolg!«, Hans grinste zurück. »Und dass du uns morgen ja alles haarklein erzählst, hörst du!«

»Aber klar! Macht's gut, bis morgen!«

»Servus, Walli! Viel Glück!«

Alles lief so, wie Walli gehofft hatte. Mutter zog nach dem Mittagessen mit Greta zum Holzsuchen los. Walli brachte mehr schlecht als recht seine Hausaufgaben hinter sich: In Deutsch sollte er Adjektive finden, um ›Kälte‹ auszudrücken – pah! das war einfach, Kälte – die kannte er nur zu gut: kühl, eisig, klamm, frostig, schweinekalt ... Heimatkunde: Alle Gipfel des Bayerwaldes. Nun: Arber, Osser, Rachel, Lusen, Falkenstein. Das musste reichen. Mathe? Das würde er abends noch schnell machen, er hatte jetzt einfach keine Lust mehr. Er hoffte, dass Mutter am Abend vergessen würde alles zu kontrollieren. Falls doch – dann würde es wohl Ärger geben. Aber das musste er in Kauf nehmen. Immerhin nahm er sich die Zeit, sich wirklich sorgsam und so warm wie möglich anzuziehen. Dann huschte er hinaus. Es tat ihm gut, wieder einfach loslaufen zu können. Er hustete zwar noch etwas, vor allem, wenn die kalte Luft ihn beim Laufen reizte, aber es war nicht mehr schlimm. Es stach nicht mehr dauernd und er bekam auch genügend Sauerstoff. Es war ein ganz normaler Husten geworden, wie ihn im Winter fast alle Kinder hier hatten, alle Kinder, die zu wenig und zu schlechtes

Essen bekamen, oft schlecht angezogen waren und froren. Walli war glücklich wieder durch den Schnee laufen zu können. Er war froh, wieder gesund zu sein. Ganz bewusst nahm er die verschneite Landschaft in sich auf, sah die langen Eiszapfen, die vom Steg über den Regen hingen, das schimmernde, kreisförmige Eis, das sich am Rande des Bachbettes gebildet hatte. Langsam ging er durch die Hafnerstadt und weiter den Stadtplatz hinunter, wie Anton es ihm erklärt hatte. Der wusste, wo Alois wohnte. Er musste die Angerstraße hinunter bis fast zum unteren Ortsende und von dort in die Langdorfer Straße. Jetzt merkte er, dass das Laufen ihn doch angestrengt hatte. Er war außer Puste und die Beine taten ihm weh. Verwundert musste er feststellen, dass er wahrlich nicht mehr so viel Kraft und Ausdauer hatte, wie vorher. Nun, er war fast da. Noch um die Ecke, in den Flößerweg und dann stand er vor einem großen Haus, in dem mehrere Familien wohnten. Als er gegen die Haustüre drückte, ging diese leise auf. Im Hausflur an der Wand waren gleich neben der Tür mehrere Briefkästen angebracht. Walli las die Namen durch: Zeller ... Bauer ... Wiesnewski ... da: Hüttner. Das waren sie. Er war im richtigen Haus. Der Briefkasten hing in der mittleren Reihe, also vermutete Walli, dass er in den zweiten Stock musste. Er stieg die knarrende Holztreppe hinauf, auf jedem Treppenabsatz kontrollierte er an den Wohnungstüren die Namen. Richtig, die Reihenfolge der Briefkästen unten im Flur entsprach den jeweiligen Stockwerken. Wiesnewski ... noch eine Treppe hinauf. Walli war wieder außer Puste. Da, Hüttner! Walli klingelte. Nach einem kurzen Moment hörte er Schritte näherkommen. Die Tür wurde geöffnet und ein großer, kräftiger Mann stand vor ihm. Walli erkannte ihn.

Es war der Mann, den er damals mit Alois und dem Amerikaner auf dem Schlitten gesehen hatte. Es musste Alois' Vater sein. Walli war völlig verwirrt. Er hatte nicht damit gerechnet, dass Alois' Vater daheim sein würde. Höchstens vielleicht die Mutter, wenn überhaupt. Aber der Vater, der hatte doch eine Arbeit? Walli war so verdattert, dass er ganz vergaß, etwas zu sagen. Der Mann schien ihn leicht amüsiert anzusehen und Walli fuhr zusammen.

Er hörte auf, den Mann anzustarren und stammelte: »Entschuldigung ... ich ... also, ist denn der Alois zu Hause ... ich ... bin ... ein, also ich bin ein Schulkamerad vom Alois ... ich bin der Walli.« Langsam hatte Walli sich gefangen. Er versuchte sogar ein Grinsen.

»Grüß dich.« Der Mann lächelte ihn nun freundlich an. »Du bist also der Walli. Nun, von dir habe ich schon viel gehört.«

Wieder war Walli völlig erstaunt und sah den Mann verdutzt an. Was hatte der Alois denn von ihm zu erzählen gehabt? Sie kannten sich ja kaum. Und wieso?

»Komm rein, Walli. Nein, der Alois ist nicht da. Der ist unterwegs. Der ist fast jeden Nachmittag weg, sagt meine Frau. Ich bin ja sonst tagsüber nicht da, nur heute. Aber wir sind froh, wenn er Freunde hat, mit denen er etwas unternehmen kann. Das war nicht immer so...«

Walli schien es, als wäre der Mann etwas traurig und nachdenklich.

»Ich glaube, er hat gesagt, er ist bei einem Anton ... ja, Anton, glaub ich. Bei dem war er die letzten Tage öfter.«

Walli wurde immer verwirrter. Was hatte das denn zu bedeuten? Der Alois war ganz bestimmt nicht die letzten Tage beim Anton gewesen, das war völlig sicher. Anton würde ihn doch nicht anlügen. Gerade der Anton nicht. Der war immer gerade heraus. Und der hatte sich doch auch die ganze Zeit Gedanken gemacht, dass der Alois so komisch war. Walli verstand gar nichts mehr. Er schien schon wieder so verdattert geguckt zu haben, denn Herr Hüttner sah ihn etwas erstaunt an. Der muss mich ja für völlig belämmert halten, durchfuhr es Walli. Er versuchte sich zusammenzunehmen, versuchte ein etwas missglücktes Grinsen und plapperte los: »Ach ja, das macht nichts, ich wollte ihn nur etwas fragen, wegen Mathe. Ich hab das nicht verstanden, und der Alois, der ist ja recht gut in Mathe.«

Jetzt war es an Herrn Hüttner, etwas verwirrt zu gucken: »Ach ja? Das ist mir neu.«

»Ja ja, aber ... kann man nichts machen. Na, der Herr Brehmer wird mich morgen schon nicht gleich drannehmen. Also dann, auf Wiedersehen. Ich seh den Alois ja dann morgen.«

»Halt, warte doch, Walli. Das mit Mathe, nun, das kann so schwer nicht sein, oder? Ich hab ja heut Nachmittag frei, und sonst ist hier ja keiner zu Hause. Ich hab genügend Zeit. Komm rein und zieh dich aus, dann wollen wir mal sehen, ob ich dir nicht helfen kann. Der Alois hat ja seine ganzen Schulsachen hier, da werden wir schon alles finden! Und vielleicht kommt er ja inzwischen nach Hause, dann freut er sich bestimmt, dich zu sehen«, auffordernd und freundlich lächelnd sah er Walli an.

Dem wurde ganz heiß und er spürte wie seine Ohren rot wurden. Oh, nein! Was hatte er sich da eingebrockt!

»Ach, das ist sehr freundlich von Ihnen, vielen Dank, aber gar nicht nötig. So wichtig ist es auch nicht...«

»Na hör mal, wenn du schon extra hergelaufen bist und

überhaupt: Natürlich ist die Schule wichtig. Na komm, das werden wir beide schon hinkriegen!«

Walli sah ein, dass es zwecklos war, sich weiter zu sträuben, es wäre nur noch verdächtiger gewesen. Da musste er jetzt wohl durch. Und das, obwohl er nicht einmal mehr wusste, welche Seite sie aufhatten. Hätte er doch vorher wenigstens die Hausaufgabe in Mathe gemacht! Er seufzte leise und begann sich auszuziehen. Der freundliche Herr Hüttner hängte alles ordentlich an die Garderobe und besorgte ihm sogar Pantoffeln. Dann führte er ihn in die Küche, in der es wunderbar warm war.

»Möchtest du etwas Warmes zu trinken?«

»Äh ja, sehr gerne, das wäre sehr nett ... danke.«

»Setz dich nur, Walli.« Herr Hüttner stellte einen Teekessel auf den Ofen und ging dann aus der Küche. Gleich darauf kam er mit dem Schulranzen von Alois zurück, packte das Mathematikbuch aus und setzte sich zu Walli an den Küchentisch.

»So, jetzt zeig mir mal, wo ihr gerade seid, und was dein Problem ist.«

Oje! Walli hatte keine Ahnung. Er nahm das Buch und tat als würde er darin suchen. Er wusste gar nicht genau, was sie alles gemacht hatten, in der Woche, als er krank gewesen war. Die Hausaufgaben, die Hans und Anton ihm immer gebracht hatten, hatte er sich mehr oder weniger von ihnen sagen lassen – ins Mathebuch hatte er in letzter Zeit so gut wie gar nicht selber geschaut! Wo waren sie nur ... Multiplikation, na, das hatten sie ja gleich am Schuljahresanfang gemacht ... Geometrie, Kreise und Vierecke, keine Ahnung, die Seiten kamen ihm völlig unbekannt vor. Hier: Konstruktion an Symmetrieachsen – hm, noch nie was davon gehört. Das war vielleicht nicht schlecht, das kam ihm zumindest irgendwie bekannt vor: Rechnen mit Unbekannten, x und y.

»Hier, das ist es. Das mit dem X und Y, das verstehe ich nicht.«

»Das hier? Rechnen mit Unbekannten? Aber das hattet ihr doch schon lange? Schon vor Weihnachten, glaub ich.«

»Ja, ja, schon. Aber ... aber jetzt hat Herr Brehmer das noch mal wiederholt, und ich verstehe es immer noch nicht richtig.«

Walli wurde es immer unangenehmer. So ein Mist! Er fing schon an zu schwitzen und fühlte sich scheußlich! Der Vater von Alois war so freundlich zu ihm, und er spielte ihm da so ein dämliches Theater vor und schwindelte ihn die ganze Zeit an. Der Teekessel fing an zu kochen und Herr Hüttner stand auf, nahm eine Kanne aus dem Küchenschrank, steckte ein paar getrocknete Blätter aus einer Blechdose in die Kanne und goss sie auf. Walli war froh, dass er so etwas Zeit hatte, sich zu beruhigen. Er hoffte, dass seine brennenden Backen nicht zu auffällig waren. Herr Hüttner stellte nun die Kanne, zwei Tassen, ein kleines Porzellandöschen und eine Blechkiste, die er öffnete, auf den Tisch.

»Hier Walli, ich hab von den Amerikanern gestern ›Cookies‹ geschenkt bekommen, Kekse. Nimm dir! Und hier ist Zucker, für den Tee, bedien dich nur.«

Kekse! Und Zucker! Walli konnte es nicht fassen! Wie lange hatte er so etwas nicht mehr bekommen! Aber, das war jetzt doch zu viel für ihn. Er atmete tief aus.

»Herr Hüttner, ich ... also ... es tut mir sehr leid. Ich ... ich hab Sie die ganze Zeit angelogen. Ich ... hab keine Ahnung, was wir gerade in Mathe machen, ich bin auch gar nicht wegen Mathe da.«

Herr Hüttner lächelte ihn verschmitzt an: »Das habe ich mir langsam schon gedacht...«

»Ich wollte zum Alois. Ich wollte etwas mit ihm besprechen, was ich ... was ich Ihnen leider noch nicht sagen kann. Ich glaube, da möchte ich erst mit dem Alois reden. Sie waren die ganze Zeit so freundlich zu mir ... also, es tut mir wirklich leid. Ich ... es war dämlich von mir.«

Nun war es heraus, und Walli fühlte sich gleich besser. Wenn Herr Hüttner ihn nun schimpfen und ihn hinauswerfen würde, dann könnte er das verstehen. Das wäre auch in Ordnung, das hatte er sich selber eingebrockt. Aber Herr Hüttner saß weiter ruhig neben ihm und sah ihn aufmerksam an.

»Der Alois hat mir erzählt, dass ihr geflohen seid, aus Oberschlesien. Habt einiges hinter euch, was? Aber wer hat das nicht. Er hält viel von dir, der Alois. Das merkt man, wenn er von dir spricht.«

Walli wunderte sich schon wieder. Über Herrn Hüttner, der nicht böse auf ihn war und über Alois. Erstaunt sah er zu Herrn Hüttner. Der schenkte ihnen beiden Tee ein, schob eine Tasse zu Walli, nahm sich selbst etwas Zucker und rührte eine ganze Weile gedankenverloren um.

Dann fuhr er fort: »Der Alois, weißt du, der hatte es oft schwer. Der hatte immer große Schwierigkeiten Freunde zu finden. Er ist oft gehänselt worden oder einfach nicht beachtet. Keiner wollte mit ihm spielen. Und daran bin wohl vor allem ich schuld. Das hat mir immer fürchterlich leidgetan.«

Walli sah ihn fragend an.

»Ja, weißt du Walli, auch als er noch klein war, noch vor dem Krieg und in den ersten Kriegsjahren war das so. Die Leute konnten einfach nicht verstehen, warum ich immer gegen Hitler war. Die fanden das dumm oder zumindest gefährlich, dass ich versuchte, etwas gegen die Nazis zu unternehmen. Sie haben dann ihren Kindern verboten, mit dem Bub vom verrückten Hüttner zu spielen. Und jetzt finden es wieder manche seltsam, dass ich für die Amerikaner arbeite. Andere sind auch neidisch, weil ich da oft Lebensmittel oder manchmal auch was Besonders bekomme: Zucker oder Kaffee oder Schokolade und Zigaretten. Jetzt sagen wohl wieder viele: Mit dem Bub vom Hüttner, mit dem spielst du nicht! Das tut mir sehr leid – aber was soll ich machen? Ich kann deswegen nicht meine Einstellung ändern oder verleugnen. Der Alois, der redet leider nicht viel. Der erzählt mir nur selten, was ihn traurig macht. Ich glaube, er hat Angst, dass ich irgendwie von ihm enttäuscht wäre. Das ist natürlich Unsinn. Ich kann nur hoffen, dass der Alois irgendwann einmal Freunde findet. Richtige, ehrliche, mutige Burschen, die zusammenhalten.«

Herr Hüttner sah Walli ernst und eindringlich an. Walli schluckte. »Ich ... ich hatte auch Glück, dass ich den Hans und den Anton hier kennengelernt habe. Die sind mutig. Und meine Freunde, obwohl ich ... ein Flüchtling bin. Und der Alois ...«

»Ich weiß schon, Walli. Man wird sehen. Freundschaft kann man auch nicht erbitten oder erzwingen. Ich würd‘s dem Alois nur einfach so wünschen.«

Walli sah Herrn Hüttner an, dann nickte er langsam. Eine ganze Weile saßen sie beide schweigend nebeneinander, aber

Walli empfand es nicht mehr als unangenehm. Viele Gedanken gingen ihm durch den Kopf. Er freute sich, dass Herr Hüttner so offen mit ihm geredet hatte. Und er bewunderte ihn, dass er so mutig für seine Überzeugung eingestanden hatte, auch wenn er es dadurch bestimmt oft schwer gehabt hatte – auch dadurch, dass er Alois deswegen so viele Sorgen bereitet hatte. Er fand, dass Herr Hüttner ein außergewöhnlich freundlicher und mutiger Mann war. Walli lächelte ihn schüchtern an.

»Trink doch von deinem Tee, Walli, und iss etwas!«, ermunterte er ihn und lächelte zurück. Da nahm Walli vorsichtig etwas Zucker, rührte um und probierte. Warm und süß – Walli seufzte leise. Dann griff er nach einem Keks und ließ ihn sich schmecken. Nach einer ganzen Weile, während Walli die ungewohnten Leckereien genoss, fing er an zu sprechen: »Der Alois ist bestimmt sehr froh und stolz, so einen Vater zu haben ... auch wenn es nicht einfach für ihn war.«

»Na, ich weiß nicht.«

»Doch, bestimmt. Ich ... also ich wäre es.«

»Das ist nett, Walli, dass du das sagst.«

»Herr Hüttner«, Walli atmete tief und hörbar ein und sah sein Gegenüber ernst an. »Sie arbeiten doch bei den Amerikanern? Können Sie da auch manchmal mitfahren, also in diesen Jeeps, wenn die Amerikaner irgendwohin fahren, zum Beispiel nach Deggendorf?«

Herr Hüttner sah Walli erstaunt an. »Wie kommst du denn jetzt da drauf? Nein, ich fahre da eigentlich nie mit, ich arbeite fast immer hier in Zwiesel, im Rathaus. Die Soldaten fahren schon immer wieder zu ihren verschiedenen Einheiten, auch nach Deggendorf, ja, das schon. Aber wieso fragst du?«

»Ach, ich ... ich, nun, ich wollte einfach ... einfach mal mit so einem Jeep mitfahren.«

Herr Hüttner lächelte: »Achso. Na, das geht wohl leider nicht. Da kann man nicht einfach so mitfahren. Und die Soldaten haben auch die Anweisung, keinen Kontakt zu den Einheimischen zu haben. Nein, Walli, tut mir leid, das geht leider nicht.«

»Naja, dann kann man nichts machen.« Walli musste sich sehr zusammennehmen, um sich die Enttäuschung nicht anmerken zu lassen. Die Idee, Herrn Hüttner zu fragen, war ihm ganz plötzlich gekommen und er hatte so gehofft, dass er ihm helfen könnte.

»Vielen Dank, für den Tee und die Kekse. Ich ... ich muss jetzt gehen.«

»Ist gut Walli, gern geschehen. Vielleicht schaust du ja mal wieder vorbei.«

»Ja, gerne«, Walli stand auf und fühlte sich etwas unsicher, »wenn der Alois dann auch da ist. Also dann, auf Wiedersehen.«

Herr Hüttner begleitete Walli hinaus in den Flur, wo Walli sich schnell anzog, und öffnete ihm schließlich die Haustüre: »Machs gut Walli, servus!«

»Auf Wiedersehen!«, Walli sprang schnell die Treppen hinunter und lief nach draußen. Die kalte, frische Luft tat ihm gut. Er atmete tief durch. Er fühlte sich ziemlich verwirrt und durcheinander, aber zumindest wusste er, dass die Amerikaner tatsächlich auch nach Deggendorf fuhren. Ansonsten war er aber ziemlich ratlos. Weder wusste er, was jetzt eigentlich mit Alois los war, noch wo dieser steckte und warum er seinem Vater erzählte, er wäre beim Anton. Wieso eigentlich? Und wieso redete er mit keinem von ihnen? Wenn er nur gewusst hätte, wo der Alois war! Ob er noch schnell beim Anton vorbeischauen sollte, um sich mit ihm zu beratschlagen? Aber er war doch schon eine ganze Weile unterwegs. Wenn Mutter schon zu Hause war, würde er bestimmt Ärger bekommen. Walli beschloss, lieber nach Hause zu gehen. Dann musste er eben morgen in der Schule alles mit Anton und Hans besprechen. Vielleicht würde sich dann ja auch noch etwas mit Alois ergeben. Vielleicht konnte er sich ja doch mit ihm verabreden. Nachdenklich trottete Walli nach Hause. Er grübelte über Alois nach. Warum sagte er zu seinem Vater, er war beim Anton? Irgendetwas schien er verbergen zu wollen. Aber was? Und warum nur?

11.

»Und dann hat sein Vater noch gesagt, der Alois wäre bei dir am Nachmittag.«

»Bei mir? Wieso bei mir? Der Alois war doch nicht bei mir!«

»Ja, sag ich doch, das weiß ich ja auch. Und deswegen ist da irgendwas faul an der ganzen Sache.«

»Und du hast dich die ganze Zeit mit seinem Vater unterhalten? Wieso hast du den denn nicht gefragt?«

»Na was hätte ich ihn denn fragen sollen? Vielleicht: Das kann nicht sein, der Alois ist nicht beim Anton – Können Sie mir vielleicht sagen, warum Ihr Sohn Sie anschwindelt?«

»Nein, Blödsinn. Red keinen Schmarrn. Aber ... was hat er denn so gesagt, der Vater?«

»Alles Mögliche. Naja, vor allem, dass er traurig ist, dass der Alois keine vernünftigen Freunde hat.«

Die Jungen standen in der Schulpause beisammen im Schulhof und Walli erzählte seinen Freunden, was er gestern erlebt hatte. Morgens vor dem Unterricht war keine Zeit gewesen, Walli war wieder etwas zu spät gekommen und hatte deswegen auch wieder einmal eine Strafarbeit von Schwester Emalie bekommen. Das fand er nicht weiter schlimm, schade war nur gewesen, dass er seinen Freunden nichts von den Neuigkeiten über Alois hatte erzählen können. Endlich war nun Pause und die drei Buben standen gemeinsam in einer Ecke, weit genug von den anderen entfernt und unterhielten sich aufgeregt. Alois war auf dem Schulhof nirgends zu sehen.

»Wo ist er überhaupt, der Alois?«

»Keine Ahnung, der steht doch dauernd irgendwo alleine rum. Vielleicht ist er ja auch oben im Klassenzimmer geblieben.«

»Na, immer noch besser als mit dem Rehmbichler herumzuziehen!«, warf Anton ein.

»Ich weiß nicht. Wenn man immer so alleine ist ... das glaub ich, ist das schlimmste. Er tut mir leid«, erwiderte Hans.

»Ach, aber er ist doch selber schuld, warum ist er auch dauernd so ekelhaft, wenn wir mit ihm reden wollen? Er braucht ja bloß zu uns hergehen, wir tun ihm ja nichts!«, widersprach ihm Anton.

Die Schulglocke schellte laut über den Hof, die Pause war zu Ende und die Kinder bewegten sich langsam wieder in Richtung der großen Treppe am Eingang. Auch Walli, Anton und Hans mussten langsam hinter den anderen herschlendern.

»Du weißt ja nicht, was da war, damals als ... als er angeblich einen Hang runtergekugelt ist. Vielleicht hat er einfach Angst«, gab nun auch Walli leise zu bedenken.

»Wie auch immer«, flüsterte Hans, »ich finde wir müssen was unternehmen!«

»Ja, du hast recht, Hans«, meinte Walli, »ich werde heute noch mal hingehen, zum Alois, und zwar gleich nach dem Mittagessen. Da ist er bestimmt noch daheim. Der muss sicher auch erst Schularbeiten machen. Und dann rede ich mit ihm. Ihr könnt ja mitkommen, wenn ihr wollt.«

»Hm, ich weiß nicht. Vielleicht sind das dann zu viele auf einmal ... vielleicht ist es für ihn leichter, wenn erst mal nur du mit ihm sprichst«, sagte Hans.

»Ja, ich glaub, da hat der Hans recht«, meinte Anton, »du kannst ja vielleicht nachher noch bei mir vorbeischauen, wenn du dann noch Zeit hast. Und wenn er mit dir geredet hat.«

»Ja, vielleicht, mal schauen. Sonst erzähl ich euch morgen alles. Kommt, schnell rein. Sonst werde ich schon wieder geschimpft!«

Gleich nach dem Mittagessen machte sich Walli auf. Mutter war mittags gar nicht nach Hause gekommen, nur Greta und er hatten sich schnell etwas zu essen gemacht. Ein paar Steckrüben, zwei verschrumpelte Kartoffeln und etwas Graupen waren noch da gewesen und Greta hatte daraus eine breiige, klebrige, scheußliche Masse gekocht, die die beiden schnell hinunterschlangen. Für ihre Lebensmittelkarte hatte Greta wieder einmal nichts mehr bekommen. Obwohl ihnen gewisse Rationen an Brot, Fett und Fleisch zustanden, bekamen sie trotz allem oft nicht die notwendigen Lebensmittelzuweisungen. Wenn es in den Läden nichts gab, halfen auch die Karten nichts. Manchmal wurde angekündigt, dass es am nächsten Tag Brot oder Fett geben würde, dann stellten sich Mama oder Helene in aller Frühe, oft zwei Stunden, bevor der Laden öffnete, schon an, um etwas zu bekommen. Meist waren die Vorräte eine halbe Stunde nach Verkaufsbeginn schon wieder ausverkauft.

Zu Greta sagte Walli nach dem Essen, er hätte sein Mathematikbuch in der Schule vergessen und könne deswegen seine Hausaufgaben nicht machen, er müsse es schnell von Anton ausleihen und holen. Als er loslief, hatte er zwar ein schlechtes Gewissen, dass er seine Schwester so angeschwindelt hatte, aber sonst war die Gefahr zu groß gewesen, dass sie bei der Mutter erwähnte, er wäre noch vor den Hausaufgaben abgehauen und würde sich die ganze Zeit nur herumtreiben. Und das mit dem Buch würde Greta bestimmt nicht petzen – so etwas passierte ihr nämlich auch immer mal wieder.

Rasch lief Walli zum Stadtplatz hinunter, er freute sich, dass ihm das Laufen nun nichts mehr ausmachte. Gerade als er in die Langdorfer Straße eingebogen war, sah er, wie Alois aus seinem Hauseingang trat. Walli bremste abrupt ab und trat schnell hinter eine Hausecke. Aus irgendeinem Grund hatte er den Eindruck, Alois würde ihm mit Sicherheit nicht sagen, wohin er ging und was er vorhatte. Walli lugte vorsichtig hinter der Ecke hervor und sah wie Alois, der einen Rucksack aufgeschnallt hatte, mit schnellen Schritten in die Angerstraße einbog. Walli beschloss, hinter ihm herzugehen. Mit ausreichendem Abstand verfolgte Walli ihn vorsichtig. Das wäre gar nicht nötig gewesen, denn Alois marschierte zielstrebig los und sah sich nicht um. Er ging durch die Anlagen, dann die Theresienthaler Straße entlang und schließlich am oberen Ortsende stadtauswärts Richtung Eisenstein, direkt auf die alte Tankstelle zu, bei der sie sich erst vor kurzem mit dem Rehmbichler Josef und seiner Bande getroffen hatten. Alois erreichte die alte Tankstelle, stieg über die herumliegenden Trümmer und ging auf das kleine alte Tankwärterhäuschen zu. Walli blieb zurück und versteckte sich in einem Gebüsch, von wo aus er die ganze Tankstelle überblicken konnte. Walli vermutete, dass sich Alois hier mit jemandem verabredet hatte. Entweder war dieser Jemand schon da, vielleicht im Häuschen, vielleicht kam er – oder sie? – aber auch gleich noch. Deswegen war Walli vorsichtig. Er wollte nicht entdeckt werden, auch nicht von jemandem, der vielleicht noch von hinten kam. Er schlich sich tiefer ins Gebüsch, weit genug von der Straße entfernt. Dort suchte er sich eine einigermaßen geschützte Stelle, von wo aus er die Straße und die Tankstelle beobachten konnte. Walli sah, wie Alois die kaputte Tür des kleinen Häuschens vorsichtig öffnete. Dabei sah er sich nun nach allen Seiten um. Er schien beruhigt zu sein und schlüpfte hinein. Walli wartete. Er verhielt sich so still wie möglich, beobachtete die Straße und wartete. Seine Zehen wurden kalt, er wurde immer ungeduldiger. Mit wem hatte sich der Alois hier verabredet? Etwa wieder mit dem Rehmbichler? Und warum an diesem hässlichen Ort, zu dem eigentlich niemand gerne ging, auch nicht die leichtsinnigen, wagemutigeren Jungen aus der siebten Klasse? Nun, vielleicht war er gerade deswegen hierhergekommen. Für ein geheimes Treffen wirklich kein schlechter Ort. Hier störte einen niemand, auch kein Erwachsener. Walli wurde es langweilig. Alois war nun bestimmt schon fast eine halbe Stunde in dem alten Häuschen, aber niemand sonst kam. Walli beschloss noch bis hundert zu zählen, dann würde er aufgeben und lieber noch rasch bei Anton vorbeischauen. In diesem Moment jedoch öffnete sich die Tür des Häuschens wieder, Alois spähte vorsichtig hinaus, sah sich wieder gründlich um, trat heraus und schloss die Türe sorgfältig – niemand sonst folgte ihm. Was hatte er nur so lange da drinnen gemacht, in dieser alten Baracke? Walli konnte es sich nicht erklären. Er stand mucksmäuschenstill, als Alois nun wenige Meter neben ihm auf der Straße vorbeiging und wieder stadteinwärts marschierte. Walli wartete kurz ab, dann beschloss er nachzusehen, ob irgendetwas in dem Häuschen war, das ihm erklären würde, warum Alois dort so lange gewesen war. Er befreite sich aus dem Gebüsch und sprang rasch hinunter zur Tankstelle. Aus der Nähe sah man erst, wie baufällig und kaputt das kleine Gebäude war – wirklich kein besonders angenehmer Ort! Walli öffnete die Tür und spähte vorsichtig in das Innere. Es dauerte eine Weile, bis seine Augen sich an das Dämmerlicht gewöhnt hatten. Zunächst sah er nur einige Kisten, die so aussahen, als hätte jemand sie gezielt aneinandergestellt: Sie waren so im Viereck gestellt, dass sie einen Innenraum einrahmten. Walli wunderte sich. Was sollte das denn? Dann kam er näher und sah sich das ganze genauer an. Das innere Viereck war mit Sägespänen bestreut und in einer Ecke lag ein Haufen Heu. Ein kleinerer Karton lag seitlich in dem Innenraum, die Öffnung nach vorne. Und als Walli dort hinsah, erkannte er ein kleines schnupperndes Näschen. Und in dem Moment streckte sich der ganze Kopf hinaus: ein Hase, ein großer, brauner Hase. Er hoppelte aus seinem sicheren Versteck hinaus und auf Walli zu. An die Wand einer Kiste gestützt machte er Männchen und sah Walli erwartungsvoll an. »Ja, hallo, wer bist du denn? Na so was! Nein, ich hab leider nichts für dich. Hat der Alois dir gerade was gebracht, hm? Na komm her, lass dich mal streicheln.«

Walli beugte sich über die Kiste und kraulte das Häschen, das zutraulich nähergekommen war. Auf einmal sprang aus dem Karton noch ein zweiter Hase und hoppelte auf Walli zu. Auch der zweite war braun und sah dem anderen zum Verwechseln ähnlich.

»Na, also so was! Hat der Alois einfach hier zwei Hasen, ich glaub‘s ja nicht!«

Auf dem Boden, im Inneren des Vierecks, standen zwei Schälchen. In dem einen waren noch ein paar Körner, das andere war frisch gefüllt mit Wasser. Auf der Kiste darüber stand eine Milchflasche, die noch etwa bis zur Hälfte mit Wasser gefüllt war.

Walli stieg über die Kiste zu den Hasen hinein und hockte sich auf den Boden. Die beiden kamen gleich zu ihm und schnupperten neugierig an seiner Hand. Der kleine Karton am Boden war sorgfältig mit zerknülltem Zeitungspapier ausgepolstert.

»Und so gut hat er alles für euch gemacht, der Alois, was? Damit ihr‘s schön warm habt. Und zu essen habt ihr auch was. Ach, bist du weich, komm mal her.«

Vorsichtig zog Walli einen Hasen auf seinen Schoß. Es war ein stattlicher großer Kerl. Plötzlich fuhr Walli zusammen. Die Tür des Häuschens knarrte und öffnete sich langsam. Walli starrte zur Tür. Das Geräusch hatte ihn fürchterlich erschreckt. Das Häschen sprang von seinem Schoß und huschten in den Karton. Dann ging die Tür ganz auf und herein kam – Alois. Als er Walli erblickte, erschrak er genauso wie dieser. Alois zuckte richtig zusammen und starrte ihn an. Walli fasste sich als Erster wieder. Es war ihm auf einmal schrecklich unangenehm, dass er Alois heimlich nachgeschlichen war.

»Ich ... äh, also ich ... ich hab gesehen ... wie du hier rein bist und ... da wollte ich nur mal schauen ... und ... also – sind das deine Hasen?«

»Verschwinde hier, hörst du! Hau bloß ab! Und sag ja niemandem was von den Hasen!«

»Ist ja gut, Alois! Nein, ich sag niemandem was, keine Sorge. Versorgst du sie ganz allein? Wo hast du denn nur das Futter her?«

»Das geht dich alles überhaupt nichts an. Los jetzt, verschwinde!«

Walli seufzte, stand auf, stieg über die Kisten und setzte sich dann darauf.

»Alois, hör zu. Ich sag niemandem was, wenn du nicht willst. Keiner tut dir was. Der Anton und ich und der Hans, wir wollen dir nichts Böses. Im Gegenteil. Es tut uns leid, dass ... dass du nichts mit uns zu tun haben willst. Ich ... wir würden uns freuen, wenn du mal was mit uns machen würdest. Und das mit den Hasen – das finde ich klasse von dir, dass du dich so gut um sie kümmerst!«

Alois sah ihn nach wie vor misstrauisch an. »Ich hab meine Wasserflasche stehen lassen«, meinte er schließlich mürrisch. Er griff nach der Milchflasche, die auf der Kiste stand und packte sie in seinen Rucksack. »Mit der bring ich ihnen immer frisches Wasser. Einen größeren Napf hinzustellen nützt nichts, das friert nur ein.«

»Und wo hast du das Futter her?«

»Das ist vom Huber-Bauern. Aus seinem Stall. Der hat doch noch zwei Pferde, die von der Pfefferbrauerei. Und von denen ist das. Ist eigentlich Pferdefutter. Aber das schmeckt den Hasen auch. Gerste glaub ich, ist es. Hafer hat der Huber-Bauer auch keinen mehr. Ich ... ich hab mir was geliehen.«

Walli nickte nur langsam. Er war froh, dass Alois etwas zugänglicher wurde. »Und die Hasen? Wieso sind die denn hier? Sind das nicht deine?«

»Doch, das sind meine!«, gab Alois heftig zurück.

»Aha. Und ... warum hast du die nicht bei dir daheim?«

»Wird das hier ein Verhör, oder was? Was soll die blöde Fragerei!«, Alois sah ihn wütend an.

»Nein, entschuldige. Ich bin ... einfach nur neugierig. Ich wundere mich nur, warum du die Hasen hier hältst, hier in dieser kaputten, kalten Hütte.«

»Ja, wo soll ich denn sonst hin mit ihnen?«, rief Alois aufgebracht. Walli spürte, dass der Junge, der ihn so wütend anstarrte, hauptsächlich verunsichert war. Er dachte kurz nach: »Hm. Der Anton, also beim Anton ganz hinten im Garten, da steht ein kleiner Holzschuppen. Der ist zwar auch schon alt, aber nicht kaputt und ziemlich winddicht. Der ist richtig gemütlich. Da steht auch ziemlich viel Mist drin, aber da könnte man bestimmt aufräumen und alles schön herrichten.« Walli wurde immer eifriger. Je mehr er darüber nachdachte, desto besser fand er seine Idee.

»Wenn ... du möchtest. Und dann hättest du auch nicht so

weit um sie zu füttern und zu besuchen. Und der Anton würde ihnen bestimmt auch immer frisches Wasser geben.« Erwartungsvoll sah er Alois an. Der seufzte nun auch und setzte sich endlich auch auf eine Kiste.

Nach einer ganzen Weile sah er Walli an: »Also gut, ich werd's dir erzählen. Aber wehe, wenn du mich verrätst. Wehe! Du und die anderen, ihr dürft niemandem etwas sagen.«

»Ehrenwort!« Und Alois erzählte Walli seine ganze Hasengeschichte. Der Josef hatte in der Schule damit angegeben, dass sein Vater zu ihm gesagt hatte, er dürfe in den nächsten Tagen ihre Hasen schlachten. Das erste Mal, dass er ihm das zugetraut hätte. Der Josef tat damit groß, dass er nun schon ein richtiger Kerl wäre, und dass ihm das nichts ausmachen würde. Und dass er froh sei, wenn's dann einen leckeren Braten gäbe. Das hatte den Alois geärgert und die Hasen hatten ihm leidgetan. Er war am selben Nachmittag zu den Rehmbichlers geschlichen und hatte die Hasen in einem Käfig hinter dem Haus entdeckt. Da war er kurzerhand wieder heimgelaufen, hatte seinen Rucksack geholt, sich wieder zu den Hasen geschlichen und die einfach mitgenommen. Er hatte sie in den Rucksack getan und war mit ihnen abgehauen. Er wusste überhaupt nicht wohin mit den beiden, bis ihm schließlich die alte Tankstelle einfiel. Da hatte er sie rasch in eine größere Kiste gesetzt. Die ganze Zeit hatte er Angst gehabt, dass er erwischt werden würde. Und noch viel mehr hatte er vor dem Rehmbichler Josef Angst gehabt, dass der dahinterkam, dass er die Hasen geklaut hatte, dass er ihm hinterherspionieren würde, dass er irgendwie mitbekam, dass er die Hasen hier hat. Also war ihm die Idee gekommen, das Ganze wie einen Unfall aussehen zu lassen, damit der Josef nicht doch irgendwie Verdacht schöpfte. Er hatte den Hasen mit seinem Taschenmesser etwas Fell abgeschnitten und sie in der Kiste in der Tankstelle zurückgelassen. Das hatte ihnen nicht wehgetan, meinte er, sie hätten ja ein dickes, flauschiges Winterfell. Dann war er schnell wieder heimgelaufen, hatte noch das rote Farbtöpfchen aus seinem Tuschekasten mitgenommen und einen Schraubenzieher. Damit war er wieder zu den Rehmbichlers geschlichen, hatte den Stall mit dem Schraubenzieher so bearbeitet, dass es aussah wie Kratzspuren eines Tieres, das Schloss, mit dem das Türchen zugemacht war, hatte er kaputtgemacht und schließlich mit der Tuschefarbe den Schnee vor dem Stall ordentlich rot gemacht und das Fell überall verteilt. So hatte er versucht, einen »Hasenmord« vorzutäuschen. Er hatte riesengroße Angst gehabt, erwischt zu werden, aber zum Glück war alles gut gegangen und er hatte den Tatort wieder unbemerkt verlassen können. Walli konnte nur staunen. Was der Alois sich alles hatte einfallen lassen! Und wie mutig er gewesen war, um die Hasen zu retten! Alois erzählte weiter. Er schien nun doch froh zu sein, dass Walli ihm zuhörte. Dann war er immer noch voller Angst und Sorge gleich weitergelaufen. Vom Huber-Bauern hatte er sich das Futter geklaut, auch in seinem Rucksack. Und damit war er wieder zur Tankstelle gerannt und hatte den Hasen so gut es eben ging ein Lager gebaut. Und seit über einer Woche versorgte er sie nun täglich, wobei er immer, wenn er herkam, große Angst hatte, dass sie weggelaufen wären oder dass sie jemand entdeckt oder geklaut hätte oder dass sie in den kalten Nächten erfroren.

»Mensch, Alois«, rief Walli schließlich, als Alois seine ganze Hasengeschichte erzählt hatte, »bist du mutig! Und die Idee mit der Farbe und überhaupt! Und dass du das alles ganz allein geschafft hast. Also ehrlich – toll!«

Walli war schwer beeindruckt.

»Ach was, ich wollte ja nur die Hasen retten«, gab Alois fast ein bisschen verlegen zurück.

»Ja, und das hast du! Wirklich toll! Und jetzt? Was machst du jetzt mit ihnen? Komm doch mit zum Anton, da sind sie auch viel sicherer. Der Anton und der Hans, die würden sich auch freuen. Und wir würden alle zusammenhelfen, um den Schuppen ordentlich herzurichten. Und – auf die beiden ist echt Verlass! Die würden nie ein Geheimnis verraten!«

»Na gut. Ich glaube, du hast recht. Für die beiden hier wäre es bestimmt am besten. Und ich müsste nicht dauernd zu dieser blöden Tankstelle kommen. Du konntest mir ja auch einfach nachschleichen und hast die Hasen entdeckt und ich hab‘s nicht gemerkt. Wahrscheinlich würde der Rehmbichler auch irgendwann dahinterkommen. Und davor hab ich echt Angst.« Alois sah zu Boden. Er hatte am Schluss zögerlich und sehr leise gesprochen.

»Du, Alois, er hat dich schon mal verhauen, der Rehmbichler, oder?«, fragte Walli vorsichtig.

»Woher weißt du denn das?«, Alois sah erstaunt auf.

»Der Hans hat mir davon erzählt. Dass du vor zwei Wochen mal ganz schön schlimm ausgesehen hast, morgens, als du in die Schule kamst. Und dass du gesagt hast, du wärst einen Hang runtergefallen. Das hat der Hans nicht geglaubt und der Rehmbichler hätte auch so blöd gegrinst. Da dachten wir, der hat dich bestimmt verdroschen, mit seinen blöden Freunden.«

»Hat er auch.«

»Und warum?«

»Ich ... darüber will ich nicht reden. Das ist meine Sache.«

»Hm. Na, wie du meinst ... Sollen wir die Hasen jetzt mitnehmen?«

»Ja, wir packen alles ein.«

Die beiden Buben steckten das restliche Heu, das Futter und die kleinen Schälchen in Alois Rucksack. Dann setzte Alois die Hasen in ihren Karton, den Walli nahm. Er legte seinen Schal darüber, sodass die beiden nicht rausschauen konnten, denn die Buben hatten Angst, zufällig dem Rehmbichler Josef über den Weg zu laufen. Das musste jetzt wahrlich nicht sein, dass der sie mit seinen Hasen sah! Sie liefen los und auf schnellstem Wege zu Anton.

»Da hinten steht der Schuppen, geh schon mal rein, ich hol den Anton.«

Walli gab Alois den Karton und klopfte ans Fenster von Antons Elternhaus. Zum Glück war Anton da, er saß noch bei den Schularbeiten. Als er Walli aufgeregt winken sah, sprang er gleich auf.

Walli hielt sich nicht mit langen Reden auf: »Komm, zieh dich an, los, mach schnell, komm in deinen Schuppen!«

Anton sah ihn völlig verdattert an, aber Walli drehte sich schon um und lief in Richtung Schuppen. Nur einen Augenblick später war auch Anton dort. Mit wenigen Worten erklärten Walli und Alois ihm die ganze Angelegenheit.

»Den Schuppen, den können wir bestimmt haben, den braucht ja keiner mehr. Da ist ja eh nur altes Gerümpel drin. Das Brennholz und die anderen Sachen für den Garten, die der Vater braucht, die lagert er eh hinterm Wohnhaus. Da hat er noch so einen neueren Anbau hinten dran. Ich frag ihn abends, aber den alten Schuppen, den lässt er uns bestimmt«, meinte Anton schließlich.

»Ihr könnt ja schon mal mit dem Aufräumen anfangen, ich will eben noch mal auch den Hans holen!«, Walli grinste die beiden anderen an, öffnete die Schuppentüre und lief los.

Die Hasen lugten bereits neugierig aus ihrem Karton. Zehn Minuten später kam Walli mit Hans zurück. Er war ganz außer Puste und hatte leuchtend rote Backen, aber er strahlte vor Aufregung und Begeisterung. Als sie in den Garten liefen, hörten sie, dass im Schuppen gehämmert wurde. Als sie eintraten, sahen sie, dass die beiden anderen bereits dabei waren, aus ein paar kürzeren Brettern eine Art Gehege zusammenzunageln. Alois erzählte nun die ganze Hasengeschichte noch etwas ausführlicher und Anton und Hans staunten nicht schlecht über die mutige Tat. Sie freuten sich über die niedlichen, weichen Hasen und es war selbstverständlich, dass die Hasen dableiben sollten, dass sie alle zusammenhelfen würden, die Hasen hier zu verstecken und zu versorgen und dass sie niemandem ein Sterbenswörtchen verraten würden. Noch etwas unsicher sah Alois von einem zum anderen. Aber schließlich glaubte er, dass ihm tatsächlich alle helfen wollten. Er grinste etwas schief und schien sich nun ehrlich zu freuen. Zu viert machten sie sich mit Feuereifer an die Arbeit und bereits nach kurzer Zeit hatten sie den Schuppen einigermaßen aufgeräumt und zumindest so viel Platz geschaffen, dass sie das neue Gehege für die beiden Hasen aufstellen konnten: vier Bretter, die hoch genug waren, dass die Hasen nicht hinausspringen konnten, und die zu einem Viereck aneinander genagelt waren. Sie setzten die beiden Braunen in ihr neues Zuhause, legten Heu und Körnerfutter hinein und sahen den Hasen zu, wie sie neugierig alles beschnupperten.

Alois setzte sich zu ihnen hinein und streichelte sie.

»Wie heißen sie denn eigentlich?«, fragte Hans.

»Hm, ich weiß nicht. Ich hab ihnen noch gar keinen Namen gegeben. Vielleicht ... du da, also, der glaub ich, heißt Hoppel. Ja, genau. Hoppel. Und der andere ... Brauni.«

»Und wer ist jetzt wer? Die sehen doch eigentlich völlig gleich aus oder? Wie hältst du die beiden denn auseinander?« meinte Anton.

»Gar nicht«, grinste Alois. »Einmal kann der eine der Hoppel sein und einmal der andere.«

Sie lachten und Walli nahm ein Stück Kohle, das sie in einer Ecke gefunden hatten und schrieb in großen Buchstaben auf die eine Seite des Geheges: HOPPEL UND BRAUNI.

Die Jungen mussten nach Hause, aber sie vereinbarten, sich alle am nächsten Nachmittag wieder im Schuppen zu treffen, um dort weiter auszuräumen. Schließlich war das nun ihr »Geheimversteck« und sie hatten beschlossen, es wirklich ordentlich und gemütlich herzurichten.

Antons Vater überließ ihnen den Schuppen gerne, er brauchte ihn nicht und hatte nichts dagegen, wenn die Jungen dort etwas aufräumten. Die nächsten beiden Nachmittage werkelten die vier Buben unentwegt in ihrem Schuppen herum. Das alte Gerümpel, das wirklich niemand mehr brauchte, zerrten sie heraus, Antons Vater half ihnen sogar: Die alten Holzsachen sägte er abends klein, sodass man sie als Brennholz verwenden konnte und die Buben stapelten alles in die Holzlege, die sich auf der Hausrückseite befand. Alte, verrostete

Eisenteile brachten sie zu einem Alteisenhändler, der ihnen sogar 10 Pfennige dafür gab. Staub, Dreck und Unmengen alter Spinnweben rückten sie mit Kehrrichtschaufeln und Besen zu Leibe. Schließlich holten sie sich sogar Eimer und Lappen und putzten das Fenster.

Staubig und dreckig blickten sie sich am Ende des zweiten Nachmittags um. Aus dem Gerümpelschuppen war ein richtiger kleiner Raum geworden. Die Schuppentür hatten sie gerichtet, die Angeln wieder richtig angenagelt und kaputte Bretter durch neue ersetzt. Wenn man hineinkam, hatten sie vier alte Obstkisten behalten und auf der linken Seite, gegenüber dem Fenster als Bank aneinandergestellt. Darüber hatten sie eine Militärdecke gelegt, die Alois von seinem Vater bekommen hatte – eine bequeme Sitzgelegenheit. Davor hatten sie aus ein paar Brettern und einem Stück Stamm einen kleinen Tisch gebaut. Darauf lag ein altes Herrentaschentuch als Tischdecke und darauf stand eine kleine Blechdose, in die eine Kerze angewachst war – ein richtig gemütlicher Tisch! Das Hasengehege stand auf der anderen Seite, unter dem Fenster, damit die Hasen es auch schön hell hatten. Es war an einer Stelle mit Sägespänen ausgestreut, als Hasenklo, gegenüberstanden Wasser und Futter, der Karton lag als Hasenhäuschen mittendrin, bis sie Zeit fanden, aus Holz ein richtiges Häuschen zu bauen. An der Rückwand des Schuppens hatten sie aus Latten und Brettern ein kleines, etwas schiefes Regal gebaut, in das sie ihre ganzen Geheimschätze legen wollten. Bis jetzt lagen darin das Stück Kohle, ein Stück Schnur, eine kleine Blechdose mit Gerste und ihr Werkzeug: ein Schächtelchen Nägel, ein alter Hammer, eine verrostete Säge und ein Päckchen Zündhölzer.

Sie hatten sich gemeinsam ein richtiges Lager eingerichtet, einen geheimen Treffpunkt und Rückzugsort – und ein Zuhause für Hoppel und Brauni.

Im Laufe der nächsten Tage versuchten sie, so gut es ging und wann immer ihre häuslichen Pflichten es erlaubten, sich wenigstens kurz in ihrem Schuppen zu treffen. Sie sorgten für die Hasen, die zutraulich angehoppelt kamen, sobald sich die Schuppentüre öffnete, stöhnten und lachten über die Dummheiten des Rehmbichler Josef und seiner Freunde und freuten sich daran, dass sie so gut miteinander auskamen und ihr eigenes Bandenversteck hatten. Alois war mit dabei, brachte ständig neues Futter für die Hasen an und wurde langsam offener und zugänglicher.

Immer wieder jedoch dachte Walli daran, dass er eigentlich beschlossen hatte, seiner Mutter zu helfen und dass er seinen Plan endlich in die Tat umsetzen wollte.

12.

»Ich muss euch noch was sagen«, Walli war unter der großen, kahlen Linde stehengeblieben. Es war Mittag, sie waren gerade aus der Schule gekommen und auf dem Heimweg. Es war deutlich wärmer geworden, die Schneeberge links und rechts des Weges sahen zusammengesunken aus, der Schnee war so nass und pappig, dass man zwar sehr gute Schneebälle machen konnte, die Handschuhe jedoch im Nu durchnässt waren. Die großen Eiszapfen, die von den Regenrinnen hingen, glänzten und tropften langsam vor sich hin. Ab und zu sah man sogar einen Fetzen hellblauen Himmel und gerade lugte die Sonne zwischen den Wolken hervor. Hans reckte seine Backen den Sonnenstrahlen entgegen und schloss die Augen. Ein breites, genießerisches Lächeln überzog sein Gesicht. Die Sonne schien schon wieder etwas zu wärmen.

Mit geschlossenen Augen murmelte er: »Was denn?«

Auch Anton war stehengeblieben.

»Ich muss nach Deggendorf. Ich fahre am Freitag mit den Soldaten im Jeep mit. Ich muss zu dem Arzt, der vielleicht was von meinem Vater weiß.«

Hans hatte die Augen wieder aufgerissen: »Was! Mit den Soldaten? Im Jeep? Wie hast du das denn hingekriegt? Das ist ja eine Wucht! Ich wusste gar nicht, dass du noch mal da warst, in der Villa. Nachdem das mit der Wäsche ja nicht mehr geklappt hat, als du krank warst.«

»Ich ... war auch nicht mehr da.«

»Und wieso darfst du dann mit den Amis fahren?«, wollte nun auch Anton völlig erstaunt wissen.

»Naja. Ganz so ist es auch nicht. Ich ... fahre eben einfach mit.«

»Hä? Wie – einfach mit? Jetzt erzähl schon, ich kapiere gar nichts.«

»Na, ich ... ich hab nicht gefragt und ... ich frage auch nicht. Ich fahre einfach mit. Ich hab mir gedacht, ich verstecke mich heimlich im Jeep und fahre eben einfach mit.«

»Und fährst eben einfach mit? Spinnst du, Walli?«, Anton sah ihn kopfschüttelnd an.

»Du kannst dich doch nicht einfach so in den Jeep reinschleichen«, auch Hans sah ihn verwirrt an, »wenn sie dich da erwischen ist doch der Teufel los! Wie kommst du denn auf so eine Idee?«

»Der Vater vom Alois hat mir gesagt, die Amerikaner fahren immer mal wieder nach Deggendorf. Da haben sie auch einen größeren Stützpunkt. Und der Alois hat für mich rausgekriegt, dass sie am Freitag wieder fahren. Da fahr ich mit.«

Ärgerlich sah Walli seine Freunde an, die ihn fassungslos anstarrten.

»Walli, das ist völliger Blödsinn! Lass das bloß sein! Wenn sie dich erwischen...«

»Und wie willst du wieder zurückkommen?«, Hans sah ihn fragend an.

»Na, genauso. Ich fahre mit dem Jeep wieder heim.«

»Und woher willst du wissen, wann die wieder heimfahren?«

»Das werde ich schon rauskriegen!«

»Oh Mann, Walli! Wie denn? Das ist doch kompletter Unsinn!«

»Jetzt hört mal gut zu! Auf euer Gejammer kann ich verzichten! Ich hab es euch nicht erzählt, damit ihr euch jetzt so aufführt! Ihr seid meine Freunde – und ich brauch eure Hilfe!«

Die beiden sahen Walli verblüfft an, nachdem er sie so angefahren hatte.

»Unsere Hilfe?«, fragte Hans erstaunt.

»Ja, eure Hilfe. Ich hab mir alles überlegt. Das Wichtigste ist, dass meine Mutter nichts mitbekommt. Ich werde ihr sagen, dass ich bei einem von euch übernachte ... falls ich wirklich nicht gleich wieder mit zurückkomme. Dann hab ich mehr Zeit. Sie glaubt dann einfach, ich wäre bei euch und muss sich keine Sorgen machen. Wenn sie wirklich nachfragen sollte, müsst ihr euch was einfallen lassen, ja? Und dann müsst ihr mir helfen, wenn ich mich bei den Amis reinschleiche. Das Beste wäre, wir könnten uns heute Nachmittag treffen um alles zu besprechen und zu planen. Geht das bei euch?«

Anton und Hans sahen ihn immer noch völlig verwirrt an.

»Äh ja, also ... ich ... ja, bei mir ginge es schon, aber...«

»Und wie schaut‘s bei dir aus, Anton?«, Walli ließ Hans gar nicht erst ausreden.

»Bei mir? Ähm ja, ... ich hab nichts vor ... es ginge schon...«

»Also abgemacht! Dann treffen wir uns bei dir in unserem Hasenschuppen, ja, Anton? Um drei Uhr? Prima! Also bis später!« Walli drehte sich um und lief los. Seine Freunde sahen ihm verwirrt hinterher.

Hans schlüpfte als Letzter in den dämmrigen Schuppen. Anton hatte einen Hasen auf seinen Knien sitzen, den er vorsichtig hinter den Ohren kraulte. Walli saß neben ihm auf einer Obstkiste und lächelte Hans freundlich entgegen.

»Also, erst mal Danke, dass ihr da seid. So, und jetzt erzähl ich euch in Ruhe, was ich vorhabe.«

Über eine Stunde saßen die drei Buben bei den Hasen, beratschlagten sich, planten, überlegten hin und her. Schließlich hatte Walli seine beiden skeptischen Freunde überzeugt. In den nächsten Tagen würden sie versuchen, herauszufinden, wo der Jeep immer geparkt wurde, wo und wie Walli sich am besten darin verstecken konnte. Sie würden versuchen, heimlich die Villa und den Innenhof, wo die Fahrzeuge der Amerikaner geparkt waren, zu beobachten. Er würde seiner Mutter erzählen, dass er bei Anton von Freitag auf Samstag übernachten durfte, weil der angeblich Geburtstag hatte. Er würde Freitagmittag versuchen, auf den Jeep zu gelangen und hoffte, bereits am Freitagabend wieder zurück zu sein. Dann würde er tatsächlich beim Anton übernachten können. Der meinte, er würde das auch kurzfristig mit seinen Eltern hinkriegen. Irgendeine Geschichte würde ihm schon einfallen. Falls Walli zu spät oder erst mitten in der Nacht zurückkam, würde er im Schuppen bei den Hasen schlafen. Anton und Hans würden dafür sorgen, dass er dort dann etwas zu essen und einige Decken fand. Als sie so weit alles durchgesprochen hatten, sah Walli die Freunde ernst an.

»Ihr müsst dichthalten, hört ihr. Egal was passiert. Auch wenn ich abends nicht zurückkomme, ich schaffe es schon. Dann komme ich einfach irgendwie am Samstag. Ich ... dem Alois habe ich nichts gesagt ... es ist mir irgendwie lieber. Nicht, dass sein Vater was mitkriegt. Das bleibt erst mal unter uns, in Ordnung? Falls Mutter Greta schickt, um mich holen zu lassen, müsst ihr euch irgendetwas einfallen lassen, ja? Mutter darf auf keinen Fall etwas davon erfahren. Ich verlasse mich auf euch!«

»Ja Walli, schon gut«, antwortete Hans, »aber – pass bloß auf dich auf! Und komm ja so schnell wie möglich wieder!«

Ein nasskalter Wind schlug Walli entgegen, als er aus der Haustüre hinausschlüpfte. Durch die milde Witterung der letzten Tage hatte sich der Schnee in eine matschige, dreckige, schwere Masse verwandelt. Dazu fiel unablässig ein scheußlicher Schneeregen. Straßen und Wege waren rutschige, teilweise über Nacht wieder gefrorene Eis- und Matschbahnen geworden. Bei jedem Schritt spritzte einem der Schneematsch entgegen und der beständige, nasskalte Schneeregen tat sein Übriges dazu, sodass man in kürzester Zeit völlig durchnässt war. Die dicke Winterkleidung sog sich voll mit der nassen Kälte und der unangenehme Wind ließ einen umso mehr frösteln.

Etwas wehmütig dachte Walli an die warme Stube zurück, die er gerade verlassen hatte. Es war genau das richtige Wetter um den ganzen Nachmittag am Ofen zu sitzen und gemütlich etwas zu lesen, an seinem Bussard weiterzuschnitzen, ja selbst der Mutter beim Wäschefalten zu helfen kam ihm geradezu verlockend vor. Es war wahrlich kein Wetter um sich draußen herumzutreiben und sich ins Ungewisse zu begeben.

Walli kam das Ganze auf einmal völlig verrückt vor. Was für eine absurde Idee! Er hatte plötzlich große Bedenken, dass das ganze Unternehmen schiefgehen könnte.

Aber – andererseits, es konnte ja auch klappen ... Und wenn er wirklich etwas über Vater herausfinden würde. Die Hoffnung darauf, auch wenn die Wahrscheinlichkeit wirklich gering war, ließ ihn den kalten Wind vergessen. Er musste es einfach versuchen! Er würde so lange keine Ruhe finden, bis er es nicht endlich versucht hatte, das wusste er.

Wie vereinbart lief Walli gleich nach dem Mittagessen hinunter zum Steg an der Hafnerstadt. Dort wollte er sich mit Hans und Anton treffen. Dann wollten sie sich wieder, so wie gestern, von hinten an die Villa schleichen. Gestern hatten sie sich in einer Scheune versteckt, von wo aus sie den ganzen Innenhof gut einsehen konnten. Sie hatten über eine Stunde dem Kommen und Gehen der Soldaten zugesehen und beobachtet, wie sie lachend und rauchend im Hof standen und was sie alles in die hintere Ladefläche eines dort geparkten Jeeps eingeladen hatten.

Als Walli beim Steg ankam, waren Hans und Anton schon da. Sie schienen mindestens so aufgeregt zu sein wie Walli. Hans hüpfte um Walli herum, als sie gemeinsam in Richtung Villa Weigl gingen: »Wir müssen die Zeit genau abpassen. Du darfst auf keinen Fall zu früh reinkriechen, nicht dass sie dann noch irgendetwas aufladen und dich erwischen! Irgendwie müssen wir herausfinden, wann genau die Soldaten losfahren.«

»Ja natürlich, das haben wir ja alles genau besprochen, Hans.«

»Und du musst dich absolut stillhalten, da hinten auf der Ladefläche. Damit ja die Plane nicht wackelt. Und...«

»Hans! Hör auf. Natürlich halte ich mich still. Kommt jetzt.«

Sie schlichen vorsichtig um die Ecke der großen Scheune und konnten nun in den Hof sehen. Direkt vor dem Hintereingang parkte der Jeep – ein kleines grünes Fahrzeug mit einer Fahrerkabine für Fahrer und Beifahrer, dahinter eine Ladefläche, über deren Dach eine grüne Plane gespannt war. Die Plane konnte man an der hinteren Ladefläche mit Schnüren festbinden, nun aber hing sie nur lose und an einer Seite aufgeschlagen darüber und im Inneren konnte man größere Kisten oder Kartons erahnen. Im Hof war niemand zu sehen. Die Eingangstür zur Villa stand offen, aber niemand trat heraus.

»Da steht er ja noch, prima!«, flüsterte Anton Walli aufmunternd zu. »Nun musst du nur noch hineinkommen ... Walli?«

»Hm?«

»Du kannst es dir ja noch mal überlegen – du musst ja nicht, wenn...«

»Hm.«

»Alles in Ordnung, Walli?«, fragte Hans leise nach.

»Ja. Jaja. Naja. So einigermaßen. Wird schon schiefgehen.«

»Wir warten, bis du drin bist. Falls wirklich einer jetzt gerade rauskommt, lenken wir ihn irgendwie ab, wie besprochen. Wenn du sicher drin bist, hauen wir ab, ja?«, flüsterte Hans.

»Ja, in Ordnung.«

Walli blickte unsicher zu seinen Freunden, sein Herz klopfte so fest in seiner Brust, dass es sich richtig unangenehm anfühlte. Hans sah ihn ernst an und nickte ihm schließlich langsam zu.

»Na los, geh schon – viel Glück!«, raunte ihm auch Anton leise zu.

Walli nickte, schloss kurz die Augen, nahm all seinen Mut zusammen und huschte hinaus aus dem sicheren Versteckt. Geduckt lief er über den Hof, nur ein paar Schritte, dann war er bei dem Jeep. Er kauerte sich neben dem Hinterreifen des Fahrzeugs auf den Boden und wartete. Nichts rührte sich, keine harsche Stimme rief über den Hof, niemand kam angestürmt um ihn zu packen, anzuschreien und wegzuscheuchen. Alles blieb ruhig.

Hans biss sich vor Aufregung auf die Knöchel, traute sich kaum zu atmen. Auch Anton schien die Luft angehalten zu haben. Sie starrten auf den Hof, zu dem Jeep, aber nichts war zu hören oder zu sehen.

»Er schafft‘s«, flüsterte Hans.

Anton nickte nur. Gebannt beobachteten sie nun, wie Walli vorsichtig hinter dem Jeep hervorlugte, sich nach allen Seiten umsah und dann mit Schwung auf die Ladefläche sprang und unter die Plane schlüpfte. Alles blieb ruhig. Niemand kam aus dem Haus gestürmt. Anton und Hans warteten noch eine ganze Weile ab, dann schlichen sie vorsichtig zurück, hinter die Scheune und liefen los, so schnell sie konnten. Sie liefen von der Villa weg, rannten die Frauenauer Straße entlang, bogen auf den Stadtplatz ein und liefen diesen hinunter.

Anton keuchte kurz: »Zum Schuppen, ja?«

Hans nickte nur und sie liefen und liefen, als wäre jemand hinter ihnen her, liefen, bis sie bei Antons Haus ankamen. Sie schlüpften rasch in ihren kleinen Schuppen zu den Hasen und ließen sich keuchend aufs die Kisten fallen. Sie waren völlig außer Puste, ihre Lungen brannten, ihre Seiten taten vom heftigen Atmen weh. Nach einer Weile wurde es besser. Anton setzte sich auf, nahm vorsichtig einen Hasen aus dem Gehege und setzte ihn sich auf den Schoß. Auch Hans rappelte sich auf und zog seinen schweren Mantel aus.

»Puh, ist mir heiß!«, stöhnte er.

»Hm«, Anton widmete sich angestrengt seinem Hasen und sah ihn nicht an.

»Meinst du auch, dass das Ganze eigentlich eine saudumme Idee war?«, fragte Hans schließlich leise.

»Kann schon sein. Aber ... vielleicht klappt es ja auch.«

»Vielleicht geht es aber auch völlig schief und sie entdecken ihn und schmeißen ihn einfach irgendwo raus. Oder … oder sperren ihn in Deggendorf ins Gefängnis ... oder ... oder...«

»Oder was?«

»Anton – meinst du ... sie tun ihm irgendwas?«

»Quatsch!«, Anton sah Hans fast schon zornig an. Dann kraulte er weiter den Hasen.

Nach einer Weile fing Hans wieder zögernd an: »Meinst

du, wir müssen seiner Mutter was sagen?« Anton schwieg lange. Dann seufzte er: »Weiß nicht. Ne, ich glaube lieber nicht. Also, vielleicht geht ja auch alles gut und er ist abends wirklich wieder da.«

»Und wenn nicht?«

»Das können wir uns dann immer noch überlegen ... Ich muss jetzt rein Hans, ja?«

»Ja, ist recht, Anton. Ich komme abends vorbei, mit den Decken. Wenn er kommt, müsst ihr mich sofort holen, ja? Vielleicht ist er ja abends wieder da ... und ... und ...«

»Ja, vielleicht«, murmelte Anton leise.

13.

Der Jeep rumpelte und ruckelte über die schlechten, teilweise löchrigen oder durch Schneewehen unebenen Straßen. Walli war in dem engen Laderaum ganz nach vorne, Richtung Fahrerkabine, gekrochen und saß nun eingeklemmt zwischen Kisten, Spaten, Schaufeln und anderen Werkzeugen in einer dunklen Ecke. Er hatte Glück gehabt und nur kurz warten müssen. Kaum hatte er sich einigermaßen Platz geschaffen, hörte er schon die Stimmen von Soldaten, die über den Hof kamen. Er hielt die Luft an. Versuchte sich völlig stillzuhalten. Keinen Millimeter durfte sich die Plane bewegen, nichts durfte man von außen sehen! Er hörte, wie sich die Soldaten dem Jeep näherten. Er verstand kein Wort von dem, was die Männer zueinander sagten. Seine größte Sorge war, dass sie die Plane zurückschlagen würden, um etwas abzuladen oder andere Dinge aufzuladen. Er wollte gar nicht daran denken, was passierte, wenn sie ihn dort sitzen sahen. Er wagte gar nicht sich auszumalen, was sie mit ihm machen würden. Aber – es ging alles gut! Er hörte, wie die Türen des Fahrzeugs geöffnet wurden, spürte, wie die Männer einstiegen und die Türen zuschlugen. Puh! Bis hierhin war alles glattgegangen. Besser, als er gehofft hatte! Der Motor sprang an und die Männer fuhren aus dem Hof. Walli versuchte, sich einigermaßen an den Kisten festzuhalten, aber in jeder Kurve rutschte er herum, bei jedem Schlagloch knallte er schmerzhaft auf seinen Hintern. Die Schaufeln und Hacken schepperten und er musste ständig aufpassen, dass sie nicht auf ihn rutschten und ihm wehtaten. Er hatte versucht sich einigermaßen hinzuknien, um die Schlaglöcher besser ausbalancieren zu können, aber immer wieder fiel er um, stieß sich an den Kisten oder den Werkzeugen. Obwohl Walli so zu kämpfen hatte, war er froh! Er hatte es tatsächlich geschafft! Er saß in dem Jeep, der ihn – hoffentlich – nach Deggendorf fuhr. Er wusste nicht genau, wie lange das Auto für die etwa vierzig Kilometer brauchen würde, aber er würde diese Höllenfahrt schon irgendwie überstehen! Und wenn er erst mal in Deggendorf war, würde er sich schon zurechtfinden! Jawohl! Walli war guten Mutes, konzentrierte sich aufs Festhalten und versuchte sich auszumalen, wie sehr sich Mutter freuen würde, wenn er ihr Neuigkeiten vom Vater brachte.

Über eine Stunde fuhren die Amerikaner über die schlechten Straßen nach Deggendorf. Zunächst ging es aus Zwiesel hinaus und dann einigermaßen eben über Langdorf bis nach Regen. Da die Rusel durch den Schneematsch, der sich überall bildete, nicht passierbar war, fuhren die Soldaten von Regen aus nach Ruhmannsfelden und weiter nach Gotteszell. Über Grafling ging es dann weiter, bis sie schließlich gegen drei Uhr endlich Deggendorf erreichten.

Walli hatte das Gefühl, dass es keine Stelle an seinem Körper gab, die ihm nicht wehtat. Als der Jeep endlich stehenblieb, schien es ihm, als würde noch immer alles in ihm weiterwackeln. Jetzt kam der Moment, den er nicht hatte planen und vorhersehen können. Würden die Soldaten sofort damit beginnen, alles abzuladen? Oder würden sie zunächst zu ihren Kameraden gehen? Walli konnte ja nichts sehen, er wusste nicht, wann der entscheidende Moment gekommen war, um herauszukriechen. Es war niemand da, der ihm sagen konnte, wann die Soldaten nicht hersahen oder sogar ins Innere des Gebäudes gingen. Walli lauschte. Alles in ihm war angespannt. Er versuchte sich ganz auf sein Gehör zu verlassen. Entfernten sich die Schritte der Soldaten vom Jeep oder gingen sie nur rundherum? Auf einmal hörte er Stimmen. Seine beiden Fahrer riefen irgendetwas. Dann glaubte er zu hören, wie eine Tür geöffnet wurde. Andere Stimmen riefen durcheinander, viele unterschiedliche Geräusche wurden plötzlich laut: Stiefel, die auf matschigem Boden schmatzende Geräusche machten. Die Stimmen und Schritte schienen sich zu entfernen und Walli versuchte sich vorsichtig aus seiner angespannten, verkrampften Körperhaltung zu lösen. Ganz langsam wollte er etwas nach vorne kriechen, Stück für Stück, und dabei so wenig wie nur möglich irgendetwas berühren. Mitten in der Bewegung hielt er auf einmal inne. Einzelne Schritte waren deutlich zu hören. Sie schienen geradewegs auf den Jeep zuzukommen. Überdeutlich hörte er das Geräusch auf dem nassen Boden.

Walli hielt die Luft an, kauerte sich so klein wie möglich

zusammen. Er war etwa in der Mitte der Ladefläche, keine Kiste bot ihm mehr Schutz. In seinen Ohren begann es zu sausen, er glaubte, dass ihm schwindlig wurde. Das war's wohl. Walli hatte keine Ahnung, was er sagen sollte, wenn auf einmal die Plane hochgehoben wurde. Er hatte keine Ahnung, was der Mann dort draußen, der jetzt wohl keine zwei Schritte mehr von ihm entfernt war, dann mit ihm machen würde. Sein Magen krampfte sich zusammen. Der Mann hatte den Jeep erreicht, Walli konnte ihn sogar atmen hören. Am liebsten wäre Walli einfach aufgesprungen, aus dem Jeep gehechtet und so schnell wie möglich auf und davon gerast. Aber er hatte das Gefühl, als würde er sich auf seine sonst so schnellen Beine gerade nicht verlassen können. Sie fühlten sich so weich an wie Gummi und er glaubte keinen Schritt mit ihnen machen zu können. Der Soldat würde ihn sofort erwischen. Er kauerte da, mit pochendem Herzen und fühlte sich wie eine Maus, die entsetzt und bewegungslos in die Augen einer großen, hungrigen Katze starren musste.

Doch die Schritte gingen weiter. Sie gingen direkt an Walli vorbei. Der Soldat schien seitlich an der Ladefläche des Jeeps entlangzugehen. Walli hörte, wie die Fahrertür geöffnet und kurz darauf wieder zugeschlagen wurde. Dann gingen die Schritte erneut an Walli vorbei. Er hörte ein kleines, klickendes Geräusch. Die Schritte entfernten sich und Walli roch Zigarettenrauch. Mit jedem Schritt, den der Soldat sich vom Jeep entfernte, schien Walli langsam wieder mehr Luft zu bekommen. Vorsichtig atmete er tief ein, das Sausen in seinen Ohren nahm ab. Er hörte, wie eine Haustüre geöffnet und wieder geschlossen wurde.

Jetzt! Am besten sofort! Walli kroch weiter nach vorne, bis

er unter der Plane hervorlugen konnte. Es war niemand zu sehen. Er krabbelte über die Ladeklappe und ließ sich vorsichtig nach unten gleiten. Als seine Beine den Boden berührten, musste er sich an der Klappe festhalten. Seine Beine waren noch so zittrig, dass sie ihn gar nicht trugen. Er versuchte ruhig zu atmen. Sein Herz schlug immer noch viel zu schnell. Gehetzt sah Walli sich um. Er befand sich auf einer ebenen Fläche vor einem großen Gebäude, vielleicht einer Schule. Direkt vor dem Jeep war der Treppenaufgang zum Haus. Das Fahrzeug stand in einer kurzen Einfahrt, dahinter schien eine Straße entlangzuführen. Kein Nebengebäude, kein Schuppen, in dem er sich hätte verstecken und kurz ausruhen können. Walli ließ den Jeep los und machte ein paar vorsichtige Schritte in Richtung Straße. Sein durchgerüttelter Körper tat ihm weh.

»Ej, what are you doing?«

Walli fuhr zusammen. Völlig entsetzt sah er zurück. In der geöffneten Tür stand ein Soldat und sah genau zu ihm herunter.

»Was machst du bei die Jeep, he?«, rief der Soldat weiter.

Walli hatte ihn noch nie gesehen. Er konnte ihn nur anstarren, so gelähmt war er vor lauter Angst. Fast hätte er es geschafft! Wenn er nur ein wenig schneller gewesen wäre!

»Weg da, go go, geh weiter, los abhauen!«, der Soldat machte eine wegscheuchende Handbewegung – und Walli verstand! Er hatte ihn gar nicht aus dem Jeep kriechen sehen! Der Soldat dachte, er hätte nur neugierig den Jeep angesehen und jetzt wollte er ihn wegjagen! Die Erleichterung überkam Walli wie eine warme Welle. Weg, ja, das konnte er gerne haben! Auf einmal konnte er sich wieder bewegen. Er drehte sich um und ging zur Straße. Noch einmal sah er sich um, aber der Soldat stand einfach abwartend und rauchend oben am Hauseingang, er machte keine Anstalten hinter ihm herzuspringen und ihn zu packen. Walli trat auf die Straße hinaus. Links und rechts standen Häuser, Walli ging einfach los, nur weg. Langsam beruhigte er sich. Er hatte es geschafft! Er war tatsächlich in Deggendorf! Er ging einfach die Straße entlang, und mit jedem Schritt wurde er froher. Sein Körper schien auch langsam wieder normal zu funktionieren, sein Puls und seine Atmung beruhigten sich. Obgleich er wahrscheinlich einige blaue Flecken bekommen würde, wurden seine Beine mit jedem Schritt wieder verlässlicher.

Walli ging immer weiter, sah sich die Häuser an, die am Straßenrand standen, grüßte höflich fremde Leute, die ihm entgegenkamen. Niemand hielt ihn auf, niemand wunderte sich über ihn. Walli fühlte sich immer sicherer. Schließlich kam er an eine Brücke, die über einen großen Fluss führte. Das musste wohl die Donau sein, überlegte Walli. Er wunderte sich, wie mächtig sie war. Schnell, trübe und dreckig floss sie unter ihm vorbei. Das Tauwetter der letzten Tage hatte das Wasser aufgewirbelt und ansteigen lassen. Walli stützte die Arme auf das Brückengeländer und schaute eine ganze Weile in den Fluss. Schließlich fühlte er sich wieder sicher genug. Niemand schien ihm anzusehen, welches Abenteuer er gerade hinter sich hatte, niemand beachtete ihn. Er überlegte nur ganz kurz, ob es nicht besser war, wieder zu dem Jeep zurückzuschleichen um irgendwie herauszufinden, wann seine Soldaten wieder abfuhren, aber keine zehn Pferde hätten ihn jetzt wieder dort hingebracht. Er war so froh, dass er dort heil weggekommen war.

Außerdem verstehe ich sowieso nicht, was sie miteinander reden, dachte Walli. *Ich suche einfach so schnell wie möglich den Arzt und wenn ich alles weiß, schleiche ich mich zurück. Vielleicht wird es dann schon etwas dämmrig, das wäre ja umso besser für mich! Die Soldaten werden bestimmt noch etwas bei ihren Kameraden bleiben, vielleicht auch dort Abendessen, und dann kann ich mich wieder verstecken und mit heimfahren.* Walli kam alles auf einmal ganz einfach vor. Er fühlte sich wunderbar! Er machte sich keine weiteren Gedanken über seinen Jeep, er war überzeugt, dass alles auf der Rückfahrt ebenso gut klappen würde, wie gerade. Wenn nicht noch besser! In der Dunkelheit würde es sogar noch einfacher für ihn sein.

Selbstsicher ging Walli auf ein Geschäft zu, einen Schuhladen, und öffnete die Tür. Ein leises Bimmeln ertönte über ihm und im Verkaufsraum sah eine ältere Dame auf, als er eintrat.

»Grüß Gott!«, rief Walli.

»Grüß dich«, die Dame sah ihn freundlich an.

»Entschuldigen Sie, ich hätte nur eine Frage. Ich suche den Herrn Doktor Winter. Können Sie mir sagen, wo der wohnt?«

»Ja freilich, Bub, das ist ganz einfach. Du gehst hier die Straße weiter, ganz hinunter,« ihr Arm wies nach links, »unten an der Donaubrücke gehst du noch vor der Brücke links in die Kramergasse. Das dritte oder vierte Haus, ich bin mir nicht ganz sicher, jedenfalls auf der rechten Straßenseite, da wohnt er. Und am Gartenzaun, da hat er auch ein Schild hängen ›Doktor Winter, Hausarzt‹ oder so. Das wirst du schon finden.«

»Vielen Dank!«, froh lächelte Walli die Dame an, »auf Wiedersehen!«

»Ja, auf Wiedersehen!«.

Das Glöckchen bimmelte erneut, dann sprang Walli auf die Straße und lief los.

Ohne Schwierigkeiten fand er das Haus des Arztes. Doch als Walli läutete, öffnete ihm nur dessen Frau. Auf Wallis Frage nach dem Herrn Doktor antwortete sie, ihr Mann wäre gerade unterwegs, bei einem Hausbesuch, sie könne nicht sagen, wie lange es dauern würde, bis er wieder heimkäme. Walli stand unschlüssig am Gartenzaun.

»Könnte ich ... dürfte ich wohl warten, bis der Herr Doktor wiederkommt?«, fragte er dann zaghaft. »Was brauchst du denn? Ist jemand krank bei euch?«, erwiderte daraufhin die Frau.

»Nein, nein. Ich ... bräuchte nur eine Auskunft von ihm. Ich muss ihn etwas fragen. Ich würde gern hier auf ihn warten, wenn ich darf?«

»Na gut, also komm rein. Du kannst im Wartezimmer hinten in der Praxis warten. Komm.«

Die Frau des Arztes winkte ihm und ging voraus, um das Wohnhaus herum. Sie führte Walli zu einem seitlichen Eingang, der anscheinend in die Praxis des Arztes führte. Dort sperrte sie auf, machte in einem dunklen Flur Licht und brachte Walli in einen kleinen, kargen Raum, in dem nur einige Stühle standen.

»Hier kannst du dich hinsetzen, wenn du unbedingt warten willst. Aber lang nichts an und schnüffle mir hier nicht rum, hörst du!«, die Frau sah ihn streng an und Walli erschrak.

»Nein. Nein, natürlich nicht. Vielen Dank.«

Walli öffnete seine Jacke und setzte sich auf einen Stuhl.

Die Frau ging wieder, schloss hinter sich die Türe und ließ Walli allein. Walli sah sich um. Ein kahler, grauer Raum, von dessen Wänden die Tapeten abblätterten, mit nur einem kleinen Fenster. Das Fenster zierten hässliche, alte Gardinen, die wohl einmal gelb gewesen waren. An den Wänden hingen einige Zettel, Aufrufe, man solle sich unbedingt gegen Tetanus impfen lassen und ein anderes Blatt, das die Symptome von Diphtherie beschrieb. Walli stand auf und las sie ungefähr zehnmal durch. Gegenüber der Tür, durch die die Frau ihn hereingeführt hatte, war eine zweite, an der das Schild »Behandlungszimmer« hing. Walli ging darauf zu und nach einer Weile, als er sich mit einem Blick durchs Fenster vergewissert hatte, dass die Frau nicht zurückkam, drückte er, hauptsächlich aus Langeweile, die Klinke nieder. Doch die Tür war verschlossen.

Walli setzte sich wieder. Er merkte, dass die Anspannung der letzten Stunden von ihm abgefallen war und verspürte auf einmal Hunger und Durst. Die Zeit kroch dahin. Walli sagte das ganze kleine Einmaleins im Kopf auf, um sich die Zeit zu vertreiben. Sein Magen knurrte und er hatte schrecklichen Durst. *Eigentlich ist doch bei jeder Arztpraxis eine Toilette dabei*, dachte er auf einmal. Walli stand wieder auf, ging aus dem Wartezimmer zurück in den Flur. Er stand in dem düsteren Gang und lauschte, aber nichts war zu hören. Vom Flur gingen zwei weitere Türen ab. Walli trat auf die erste zu, aber auch diese war verschlossen. Wenige Schritte weiter befand sich die zweite Türe und erst als er davorstand, sah er im düsteren Zwielicht, dass mit Kreide ›WC‹ darauf geschrieben war.

Erleichtert stellte er fest, dass sie unverschlossen war. Nachdem er die Toilette benutzt hatte, trat er an das kleine Waschbecken und trank gierig aus seinen Händen. Immer wieder lauschte er, denn er hatte Angst, die Frau würde zurückkommen und ihn schimpfen. Rasch ging er zurück ins Wartezimmer. Er zog die Gardinen ganz zurück und musste feststellen, dass es draußen langsam dämmrig wurde. Der Nachmittag war fortgeschritten, Walli vermutete, dass es etwa fünf Uhr war.

Er wurde immer unruhiger. Wie lange konnte er hier noch warten? Wann würde der Doktor endlich kommen? Er konnte doch nicht einfach unverrichteter Dinge wieder zurück zu den Soldaten gehen, jetzt, wo er schon so weit gekommen war. Aber die Soldaten würden bestimmt bald zurückfahren. Was sollte er nur tun? Walli stand unruhig am Fenster. Da glaubte er draußen Schritte zu hören. Erleichtert atmete er auf und setzte sich schnell auf einen Stuhl. Er hörte, wie die Eingangstür geöffnet wurde. Endlich! Er hatte sich nicht getäuscht. Walli strahlte.

Die Tür zum Wartezimmer öffnete sich, aber kein Mann trat herein, sondern die Frau.

»Du bist ja wirklich immer noch da, Junge! Hör mal, ich glaube, es ist besser, du kommst morgen wieder, wer weiß, wie lange das noch dauert bei meinem Mann. Geh lieber mal heim, ja?«

»Ich … ja nun, es ist wirklich wichtig...«

»Kann ich meinem Mann etwas ausrichten? Oder kommst du morgen einfach noch mal?«

»Ich...«, Walli war verzweifelt, er wusste nicht weiter, »ich ... sagen Sie Ihrem Mann bitte, dass ich da war, der Kretschmer Walli, ich bin der Sohn von Erwin Kretschmer. Vielleicht kennt Ihr Mann meinen Vater. Ich ... ja, ich geh dann besser nach Hause.« Walli stand auf.

Er hätte heulen können vor Enttäuschung. Er riss sich zusammen, sagte der Frau noch Gute Nacht und ging. Alles, alles war umsonst gewesen! Er hatte nichts erfahren! Er lief zurück zur Hauptstraße und versuchte sich zu beruhigen. Nun, dann musste er eben unverrichteter Dinge wieder zurück. Er ging langsam den Weg entlang, den er sich gemerkt hatte, zu dem Gebäude, in dem die Soldaten waren. Er ärgerte sich, dass er der Arztfrau nicht seine Adresse genannt hatte, vielleicht hätte der Arzt dann mit ihnen Kontakt aufgenommen. Aber er war so verwirrt gewesen, so traurig, dass er den Arzt nicht angetroffen hatte.

Vielleicht war er inzwischen nach Hause gekommen? Walli überlegte kurz, ob er nicht doch noch einmal zurücklaufen sollte. Andererseits hatte er auf einmal große Bedenken, die Soldaten könnten ohne ihn abfahren. Das wäre das Schlimmste, was ihm jetzt noch passieren konnte! Walli ging schneller, er beeilte sich. Eine innere Unruhe packte ihn, die Vorstellung, der Jeep sei schon losgefahren, machte ihm große Angst.

Da war er. Rasch bog er in die kleine Seitenstraße ein, die zu dem großen Gebäude führte. Inzwischen wurde das Licht immer grauer. Walli starrte auf den Platz vor der großen Treppe – nichts! Da war nichts mehr! Walli wusste genau, dass an der Stelle der Jeep gestanden hatte. Aber da stand er nicht mehr! Panisch sah er sich um. Der Hof war klein, überschaubar, nirgendwo eine Scheune oder Garage, wo der Jeep hätte geparkt sein können.

Im Inneren des Gebäudes waren die Lichter an und die

erleuchteten Fenster warfen gelbliche Vierecke auf den Hof – da war nichts! Der Jeep war weg. Walli ging die Treppe hinauf, es war ihm auf einmal völlig egal, ob die Tür aufging, ob er gesehen wurde. Er blickte durch das Fenster neben der Eingangstür. Ein größerer Raum, fast wie eine Gaststube, mit Tischen, Bänken und Stühlen. Mehrere Soldaten saßen herum, sie hatten Gläser mit Getränken vor sich stehen. Walli sah sich um. Er erkannte keinen der Soldaten. Die Männer aus Zwiesel waren nicht dabei.

Langsam stieg Walli die Stufen hinunter und setzte sich auf die unterste Treppe. Und jetzt? Was sollte er denn nun machen? Er war müde, hungrig und völlig durcheinander. Eine ganze Weile blieb er so sitzen. Er konnte sich zu nichts aufraffen, hatte Angst, fühlte sich verloren und einsam. Er sehnte sich nach daheim, nach der kleinen, gemütlichen Stube. Er wollte heim, wollte nur mit seiner Mutter und seinen Schwestern um den Tisch sitzen, wollte ihnen zuhören, was sie von ihrem Tag erzählten, wollte sich in sein Bett legen und sich sicher und warm fühlen. Walli kämpfte mit den Tränen. Was für eine bescheuerte Idee! Er versuchte sich zusammenzunehmen.

Heulen nützt jetzt auch nichts, dachte er sich. *Ich muss mich zusammenreißen. Ich hab mir diese Sache hier schließlich selber eingebrockt. So, und irgendwie werde ich auch wieder nach Hause kommen.* Walli atmete tief durch. Dann kam ihm ein Gedanke: *Jetzt ist der Jeep sowieso schon weg, jetzt kann ich auch genauso gut nochmal bei dem Arzt vorbeischauen. Vielleicht ist er ja nun zurück. Jawohl, das ist eine gute Idee.*

Entschlossen stand Walli auf. Er war froh, dass ihm das eingefallen war. Und er war zuversichtlich.

Mit raschen Schritten machte er sich nochmals auf zum Haus des Doktor Winter.

Zur selben Zeit, etwa gegen sechs Uhr, trafen sich Hans und Anton in ihrem Schuppen. Hans hatte die Decken besorgt und Anton hatte etwas Brot vom Abendbrottisch mitgenommen. In der Speisekammer hatte er noch zwei schrumpelige Möhren und ein Glas eingelegte Kirschen entdeckt, die er unter seiner Jacke herausgeschmuggelt hatte. Vorsichtig tastete er nach ihrem kleinen Tischchen und legte seine Schätze darauf. Dann suchte er im Regal nach den Streichhölzern und zündete die Kerze an. Sogleich war der kleine Raum in sanftes Licht getaucht. Die Häschen blickten neugierig aus ihrem Karton, ihre Augen leuchteten rötlich im Dämmerlicht.

»Nichts, oder?«, Hans wusste selber, wie unsinnig seine Frage war, denn Walli war ja nicht zu sehen. Aber er hatte das Gefühl irgendetwas sagen zu müssen.

»Ne, ich hab nichts von ihm gehört«, Anton nahm einen Hasen heraus und setzte sich mit ihm auf eine Obstkiste. Eine Weile schwiegen sie, wussten nicht, was sie machen sollten.

»Du Anton, ich lauf mal eben zur Villa, wo die Soldaten sind. Ich kucke mal, ob der Jeep schon wieder da ist. Vielleicht treff ich da ja auch gleich den Walli. Ja?«

»Hm, wenn du meinst. Immer noch besser, als hier nur rumzusitzen und zu warten. Aber ... ich kann nicht mehr mit. Ich krieg Ärger, wenn ich so spät noch rumlaufe.«

»Ich krieg auch Ärger. Ich hab der Mama gesagt, ich bring dir nur schnell ein Schulbuch vorbei ... sie wollte mich auch nicht mehr rauslassen ... aber, egal. Es ist besser, wenn du hierbleibst, falls Walli kommt. Ich beeile mich, ich bin gleich wieder da.«

»Ja, bis gleich, Hans.«

Hans lief los, so schnell er konnte, rannte er den Stadtplatz hinunter. Niemand war auf den Straßen, es war ihm richtig unheimlich, so allein durch die Stadt zu laufen. Er kam zur Villa und ging vorsichtig an dem Gebäude entlang, nach hinten, um an der Scheune vorbei zum Innenhof zu gelangen. Er versuchte seinen keuchenden Atem unter Kontrolle zu bekommen. Er war völlig erschöpft vom schnellen Laufen. Nach ein paar Sekunden schlich er weiter, an der Scheune vorbei. Nun konnte er in den Hof sehen. Im diffusen Dämmerlicht lag er vor ihm, schemenhaft konnte er mehrere Umrisse darin erkennen. Hans schlich weiter. Da, da vor ihm! Das war doch der Jeep, oder? Hans schlich sich heran. Ja, tatsächlich, das war er! Hans war erleichtert! Gott sei Dank, sie waren wieder zurückgefahren. Walli war nun bestimmt schon im Schuppen. Er war bestimmt schon vorher losgelaufen. Vielleicht war er sogar erst daheim gewesen! Vielleicht hatte er ja gute Nachrichten! Dann würde er bestimmt gleich noch zum Schuppen laufen, um ihm und Anton Bescheid zu sagen! Ja, bestimmt, so war es!

Dennoch konnte Hans die nagende Sorge nicht ganz verdrängen. War Walli wirklich mit heimgekommen? Er lief zurück, nun musste er den Stadtplatz aufwärtslaufen, was ihn sehr anstrengte. Immer wieder musste er aufhören zu laufen und einige Schritte dazwischen gehen. Er hatte Seitenstechen. Der Stadtplatz in der grauen Abendstimmung kam ihm doppelt so lang vor wie tagsüber. Endlich hatte er die Bahnhofsstraße erreicht. Er lief durchs Gartentor und sah durch das kleine Schuppenfenster das Licht der Kerze schimmern. Er riss die Tür auf und erkannte im selben Augenblick, dass Walli nicht da war. Und ein Blick in Antons Gesicht machte ihm klar, dass Walli auch nicht da gewesen war. Erschöpft ließ Hans sich auf eine Kiste sinken. Er war so außer Puste, dass er gar nicht reden wollte.

»Und?«, fragte Anton schließlich.

Hans schüttelte traurig den Kopf: »Er ist da. Der Jeep ist zurück. Er steht im Hof. Aber ... Walli ist nicht da.«

»Hühnerdreck! So ein Mist. Und jetzt? Was können wir jetzt machen?«

»Wir? Jetzt? Nichts. Nichts können wir machen. Nur hoffen, dass er morgen wieder da ist.« Hans stand langsam auf.

»So ein Mist! Ich hab mir gleich gedacht, dass das in die Hosen geht!«, rief Anton aufgebracht, »wir hätten ihn nicht gehen lassen dürfen. Die ganze Idee war von vorne bis hinten bescheuert!«

»Ach Anton, das hilft jetzt auch nichts. Er hätte sich nicht aufhalten lassen, das weißt du doch! Ich muss heim. Ich komme morgen vorbei, ja?«

»Ich werd kein Auge zumachen!«

»Meinst du ich?«

»Ich geh rein. Aber nachher, wenn alle schlafen, schleich ich mich noch mal raus. Vielleicht ist er ja dann da. Hoffentlich.«

»Ja, hoffentlich. Gut Nacht, Anton.«

»Ja, gute Nacht, Hans!«

Hans lief los, durch den dunklen Abend. Wo Walli jetzt wohl war? War er irgendwo da draußen, in der Dunkelheit?

Ganz allein? Hans hatte einen dicken Kloß im Hals, als er daheim ankam.

14.

Walli war noch einmal zum Haus des Arztes losmarschiert. Inzwischen wurde es langsam dunkel, aber es war noch nicht die Zeit der Ausgangssperre, denn ab und zu sah Walli noch Leute rasch durch die Dämmerung gehen, eilige Gestalten, sicherlich auf dem Weg nach Hause, in ihre warmen Stuben. Ab 21 Uhr, das wusste Walli, war es verboten auf den Straßen zu sein, musste jeder Deutsche zu Hause sein. Die Amerikaner hatten diese Ausgangssperre verordnet und jeder hielt sich daran, aus Angst vor Bestrafung. Walli vermutete, dass es wohl so etwa zwischen sechs und sieben Uhr war. Er bog in die Seitenstraße vor der Donaubrücke ab und stand wieder vor dem Haus des Arztes. Hinter den zugezogenen Gardinen schimmerte das Licht aus den vorderen Fenstern. Unentschlossen stand Walli davor und sah hinauf. Ein kalter, ungemütlicher Wind fegte durch die Straße, die feuchte Kälte kroch ihm durch seine Hose und Jacke. Es war ihm unangenehm noch einmal zu klingeln und der Frau des Arztes wieder gegenüberzustehen. Vielleicht war es auch unverschämt, die Frau noch einmal zu stören und zu belästigen. Aber – vielleicht war ihr Mann ja tatsächlich inzwischen heimgekommen? Walli trat unsicher von einem Bein auf das andere und versuchte hinter den Gardinen etwas zu erkennen. Aber nichts bewegte sich. Walli hatte Angst, die Frau noch einmal anzusprechen. Vielleicht würde sie ärgerlich werden, ihn schimpfen, wissen wollen, wo er eigentlich herkam. Walli schaute die Straße auf und ab. Niemand kam. Die Straße lag im diffusen, grauen Dämmerlicht, nichts regte sich. Er schien völlig allein hier in der beginnenden Dunkelheit und Kälte herumzustehen. Schließlich gab er sich einen Ruck. Deswegen war er doch hier, um mit dem Arzt zu sprechen, deswegen hatte er doch das alles auf sich genommen und hatte jetzt das Riesenproblem, nachts nicht mehr heimzukommen. Da konnte, nein, da musste er es einfach noch einmal probieren. Er stieg die Treppen zur Vordertür hoch und klopfte energisch an die Haustüre. Er hörte Schritte, die sich näherten, ein Schlüssel wurde innen umgedreht und schließlich die Haustüre geöffnet. Ein älterer Mann blickte verwundert auf Walli, er mochte etwa sechzig Jahre alt sein, hatte einen grauen Vollbart und graue Haare. Er trug eine Art Morgenmantel aus dickem, dunkelblauem Stoff und war in Pantoffeln. Walli war froh, dass nicht wieder die Frau vor ihm stand und nahm seinen Mut zusammen.

»Guten Abend, entschuldigen Sie – sind Sie der Herr Doktor Winter?«

»Ja, das bin ich, was möchtest du denn, Junge?«, der Mann antwortete etwas unwirsch und sah ihn stirnrunzelnd an. Vielleicht befürchtete er jetzt abends noch einmal hinauszumüssen, zu einem weiteren Krankenbesuch.

»Ich ... ich möchte Sie nur etwas fragen ... ich ... wir wissen nicht, wo mein Vater ist ... vielleicht können Sie mir helfen?«

»Woher soll ich denn wissen, wo dein Vater ist?«, der Arzt schüttelte den Kopf und schien kurz davor, die Haustüre wieder zu schließen. Er bat Walli nicht herein, und schien das Gespräch beenden zu wollen. Walli bekam einen Schreck. Er musste rasch die richtigen Worte finden, musste versuchen, dem Arzt alles zu erklären.

»Halt, warten Sie bitte! Bitte, hören Sie mir doch kurz zu. Mein Vater heißt Erwin Kretschmer, er war in den letzten Kriegstagen in den Beskiden stationiert. Er schrieb meiner Mutter noch von einem Kameraden, der mit ihm dort eingesetzt war, von einem Mann, dessen Bruder Arzt in Deggendorf ist. Ich weiß das leider alles nicht so genau, ich ... Mutter hat uns den Brief zwar vorgelesen, aber ... ich weiß das alles nicht mehr so richtig. Ich weiß nur, dass sie vor kurzem gesagt hat, der Bruder von dem Arzt wäre nach Deggendorf gekommen, und dass sie da hinmüsse, um zu fragen, ob der etwas von meinem Vater erzählt hat. Und ... und deswegen bin ich jetzt da, um zu fragen...«

»So so, deswegen bist du jetzt also da. Und wo ist deine Mutter? Wieso schickt sie dich so spät abends durch die Gegend um so etwas zu fragen?«, der Mann sah ihn immer noch eher unfreundlich an.

Das war doch alles völlig unwichtig! Was sollte das denn jetzt? Warum konnte der Mann nicht einfach sagen, ob er etwas von Vater wusste oder nicht? Walli wurde immer unsicherer.

»Mutter ist ... sie ist etwas krank, sie konnte nicht selber kommen. Ist ... ist denn ihr Bruder hier angekommen?«

»Hör mal Junge, wo kommst du denn eigentlich her?«

Walli war enttäuscht, er fühlte sich unbehaglich, von dem Arzt schien er keine Hilfe und keine Auskunft erwarten zu können.

»Ich komme aus Zwiesel, wir sind geflohen aus Ratibor, letztes Jahr im Februar, vor Kriegsende. Seitdem haben wir keine Nachricht von meinem Vater erhalten. Er weiß vermutlich auch nicht, dass wir inzwischen hier in Niederbayern sind. Ich ... ich habe so gehofft, dass Sie vielleicht etwas wissen.«

Walli ließ die Schultern hängen, sah auf seine Schuhe. Nun, dann hatte er eben Pech gehabt.

»Aus Zwiesel? Wie bist du denn hergekommen?«, der Arzt schien endlich etwas freundlicher zu werden. »Nun, mein Bruder ist tatsächlich letztes Jahr im Herbst hier angekommen. Ich kann mich jedoch nicht erinnern, dass er von einem ... Erwin erzählt hätte. Er war mit mehreren Kameraden nach Kriegsende von Polen losgezogen, sie haben sich durchgeschlagen, hatten wohl auch großes Glück, nicht in irgendeinem Gefangenenlager der Russen zu landen. Die anderen Männer waren wohl irgendwelche Heimatlosen, die einfach hier gelandet sind, auf der Flucht vor den russischen Truppen. Manche arbeiten hier in der Gegend, auf irgendwelchen Höfen, bei Bauern. Hier, kurz vor Deggendorf war auch ein Gefangenenlager, die Amerikaner haben hier die ganzen versprengten, herumziehenden Soldaten aufgenommen. Im Herbst wurden dann viele entlassen, zum Teil heimgeschickt, wer ein Heim hatte, und zum Teil auf umliegende Höfe verteilt. Ich weiß nicht, ob dein Vater da dabei war. Mein Bruder ist auch nicht mehr hier, der wüsste es vielleicht. Er ist jetzt in Ingolstadt, da leben Verwandte. Mehr kann ich dir nicht sagen, Junge. Es tut mir leid, aber mehr weiß ich auch nicht. So, mir ist kalt, hier an der Tür. Gute Nacht.«

Der Mann nickte ihm noch kurz zu, dann schloss er die Türe. Wie Walli jetzt heimkam oder wo er die Nacht verbringen würde, darüber schien der Arzt sich keine Gedanken zu machen. Er wollte wohl hauptsächlich wieder in Ruhe gelassen werden. Walli stand vor der verschlossenen Tür und versuchte sich das Gespräch noch mal durch den Kopf gehen zu lassen. Sicherlich waren seine bangen Hoffnungen enttäuscht worden, aber zumindest hatte er erfahren, dass tatsächlich scheinbar mehrere Männer gemeinsam aus den Beskiden geflohen waren. Immerhin. Und dass es ein Gefangenenlager gab, dass es vielleicht eine Liste der Männer gab, die hier gelandet waren. Ja, das war zumindest eine, wenngleich geringe, Möglichkeit. Natürlich hatte er gehofft, dass der Arzt ihn freundlich hereinbitten würde, dass er vielleicht rufen würde, ach ja, der Erwin Kretschmer, natürlich, ja, der war hier, mit meinem Bruder, ja dem geht es gut, der ist gesund, er arbeitet hier in der Nähe.

Tja, das wäre natürlich herrlich gewesen. So wusste er eigentlich auch nicht viel mehr als vorher und dafür stand er jetzt in Deggendorf, vor einer verschlossenen Tür, in der Kälte. Und etwa vierzig Kilometer und die hereinbrechende, finstere Nacht trennten ihn von seinem warmen Bett. Wohl oder übel musste er sich zu Fuß auf den Heimweg machen. Er musste irgendwie heimkommen, bevor Mutter etwas merkte. Sie würde sich fürchterlich sorgen. Er musste morgen wieder daheim sein. Sich jetzt hier nachts irgendwo zu verstecken, half ihm auch nicht weiter. Er musste heimgehen. Allerdings hatte er nur eine grobe Vorstellung, in welche Richtung er musste. Er ging langsam los, weg von dem Haus des Arztes und versuchte sich verzweifelt den kleinen Kartenausschnitt seiner letzten Hausaufgabe in Erinnerung zu rufen: die Gipfel des Bayerwaldes. Zwiesel war auf alle Fälle auf der Karte über Deggendorf gewesen, also nördlich. Dazwischen war irgendein Berg. Er konnte sich gut erinnern, dass sie heute im Jeep eine ganze Weile immer wieder bergauf und wieder abwärts gefahren waren. Der Hohe Bogen? Oder die Rusel? Na, auch egal, wie der Hügel heißt. Hier waren sowieso überall Berge und irgendwie musste er da drüber gelangen. Nach Norden. Na, das war doch immerhin schon etwas.

Er überlegte fieberhaft. Wo war nur Norden? Ja, richtig, der hellste Stern des Abendhimmels war die Venus und die stand immer im Süden. Walli sah rasch nach oben. Der Abendhimmel war völlig bewölkt, man konnte dunklere Wolkenfetzen erahnen, die der Wind eilig vorantrieb. Den Mond sah man nur als einen schwachen helleren, unscharfen Fleck hinter der Wolkendecke. Nicht ein einziger Stern war zu sehen. Mist! Walli ging langsam von der Donaubrücke aus den Stadtplatz abwärts. Die Donau? Wusste er wie dieser Fluss floss? In welche Richtung? Walli überlegte. Nein. Er wusste es nicht. Das half ihm auch nicht weiter. Er wusste nur, dass durch Zwiesel der Regen floss, der irgendwo in die Donau mündete, aber wo nur? Regensburg? Das konnte doch gut sein. Aber das nützte ihm ja gar nichts. Verflixt, wenn er nur wüsste, aus welcher Richtung er mit dem Jeep angekommen war!

Aber er wusste gar nichts. Er hatte unter seiner Plane gesessen und hatte keinerlei Ahnung, welchen Weg sie genommen hatten. Vorsichtig huschte er über den menschenleeren Stadtplatz. Er hatte große Angst, von irgendjemand so spät entdeckt zu werden. Sicherlich würde er Ärger bekommen, wenn ihn jetzt irgendwer sah. Vor ihm tauchte der dunkle Umriss der Grabkirche auf. Der Kirchturm ragte als schwarzer Schatten vor ihm in die Höhe. Walli ging langsam daran vorbei. Auf einmal blieb er abrupt stehen. Das war es! Jawohl! Die Kirche! Das hatte er ja sogar schon in der Volksschule in Ratibor gelernt! Der Altar einer Kirche steht immer im Osten! Und die Eingangstüre ist immer im Westen! Na also! Rasch ging Walli die paar Schritte zurück zur Kirche. Da war das Eingangsportal. Hier war also Westen. War jetzt Norden links oder rechts davon?

Den Mond erahnte man rechts neben dem Kirchturm. Walli sah sich verzweifelt um. Rechts neben der Kirche waren nur der Friedhof und eine hohe Mauer. Links in der Ferne schienen dunkle Hügel am Horizont zu sein. Walli beschloss, dass er auf sein Glück vertrauen musste. Die dunklen Höhen in der Ferne – das musste der rechte Weg sein! Ein wenig konnte er sich an dem schwachen Schein des Mondes orientieren und hoffen, dass er es schaffen würde, möglichst geradeaus voranzugehen. Er durfte gar nicht daran denken, dass er vorhatte, jetzt nachts allein durch den Wald zu gehen. Er versuchte einfach an gar nichts zu denken, redete sich ein, dass er einfach nur immer geradeaus stapfen würde.

Er wollte an keine der gruseligen Geschichten denken, nein, an keine Wölfe oder wilden Hunde, an keine fremden Männer oder Landstreicher, an keine weißen Frauen oder sonstige Waldgeister, von denen der Bayerische Wald ja genügend zu haben schien. Er würde einfach nur drauflosgehen. Grimmig entschlossen machte Walli sich auf, verließ rasch die Straßen von Deggendorf, ging eine Weile an einer schmalen Straße entlang und gelangte schließlich auf einem Forstweg in den Wald.

Seit bestimmt zwei Stunden kämpfte sich Walli durch den grauen Wald. Zum Glück schien der Weg, den er gewählt hatte, ziemlich gerade durch das Holz zu führen. Zumindest hatte er sich noch an keiner Kreuzung für eine andere Richtung entscheiden müssen. Auf dem Weg waren Reifenabdrücke im matschigen Schnee zu erahnen, sodass Walli daraus schließen konnte, dass er benutzt wurde und irgendwo hinführen musste. Die Luft war feucht und klamm. Es war inzwischen so duster, dass er den Weg kaum mehr erkennen konnte. Die Bäume ächzten im Wind, der in eisigen Böen immer wieder durch den Wald fuhr. Von den Zweigen hingen schwere Tropfen, der Schnee war matschig und klebte an Wallis Stiefeln, die bereits durch und durch nass waren. Die nassen Socken rieben bei jedem Schritt an seiner Ferse und Walli ahnte, dass er sich bald schreckliche Blasen gelaufen haben würde. Er schniefte, seine Jacke war nass und so schwer, dass ihm die Schultern schon wehtaten.

Er blieb stehen, streckte seinen verspannten Rücken und versuchte durch das Gewirr der Bäume zu erkennen, wo der Wald aufhörte. Vor ihm schien es etwas heller zu sein und seufzend stapfte er weiter. Er wusste, wenn er erst einmal rasten würde, würde es ihm umso schwerer fallen wieder weiterzugehen. Und so versuchte er einfach immer weiterzugehen, möglichst geradeaus. Schritt für Schritt, versuchte er die Angst auszublenden, versuchte an nichts zu denken, nur immer weiter. Erinnerungen an die Flucht tauchten in ihm auf. Da hatte er auch die letzte Etappe, von ihrem Lager in Klein-Zdikau in Tschechien bis zur bayerischen Grenze nach Bayerisch Eisenstein gehen müssen. Gehen, gehen, gehen. Endlos war es ihm vorgekommen. Wenn er keine Kraft mehr gehabt hatte, hatte Mutter ihn an die Hand genommen. Der Führer, der ihnen vorangegangen war, hatte kein Wort gesprochen. Er war vor ihnen hergegangen und Walli hatte sich ständig gefragt, ob sie wirklich den richtigen Weg nach Bayern gingen, oder ob er sie irgendwohin ins Ungewisse führte, um dann einfach zu verschwinden. Wie bei Hänsel und Gretel, hatte er gedacht. Aber sie hatten ihm vertrauen müssen. Und er hatte sie ja tatsächlich bis nach Bayern gebracht.

Walli hatte es die ganze Zeit vermieden, an die Flucht zu denken. Er wollte es wegschieben, wollte nicht daran denken. Wollte einfach in Zwiesel sein, ein Bub wie alle anderen auch. Aber hier in diesem kalten, düsteren Wald kamen die Bilder und Gedanken zurück. Unheimlich war es ihm, alles um ihn herum war grau und düster, nur das nasse Schmatzen seiner Stiefel war zu hören. Genau ein Jahr war es jetzt her, Anfang Februar 1945, da waren sie aus Ratibor geflohen. Die Luftangriffe hatten stark zugenommen und alle hatten davon gesprochen, dass die russische Armee im Anmarsch sei. Alle hatten schreckliche Angst vor den Russen, denen man fürchterliche Grausamkeiten nachsagte, gehabt.

Deshalb hatte sich die Mutter zur Flucht entschlossen. Nur das Notwendigste war in aller Eile zusammengepackt worden, jeder hatte einen Rucksack aufgeschnürt bekommen. Mit Autobussen waren sie mit anderen Flüchtlingen von Ratibor hinaus nach Troppau befördert worden. Walli erinnerte sich noch viel zu genau an die schreckliche Fahrt durch zertrümmerte Straßen, immer wieder mit Unterbrechungen. Auf der Fahrt waren sie von Tieffliegern beschossen worden. Der Bus vor ihnen war getroffen worden und ging in Flammen auf. Walli blieb stehen und schloss die Augen. Er sah den brennenden Bus vor sich, hörte die panischen Rufe »Weiterfahren, nur weiter!«. Dachte, dass sie damals, wie später noch öfter, nur knapp mit dem Leben davongekommen waren.

Langsam ging er weiter. Er dachte an all die verschiedenen Lager, in denen sie immer wieder einquartiert worden waren, zusammen mit vielen anderen Menschen. Mal hatten sie in irgendwelchen alten Schulen geschlafen, mal zusammengepfercht im Stroh bei irgendwelchen fremden Leuten.

Von Troppau aus waren sie drei Tage mit der Eisenbahn gefahren. Hunderte von Menschen, alle auf der Flucht. Sie waren immer weitergefahren, die Nächte durch. Immer wieder hatte es längere Pausen gegeben, manchmal waren sie verpflegt worden, aber Walli erinnerte sich, dass er fast die ganze Zeit gehungert und gefroren hatte. Dann waren sie schließlich nach Tschechien, über Olmütz, Kolin nach Prag gekommen, wo sie einen halben Tag am Bahnhof gestanden hatten, bis es dann am Abend weitergegangen war. Wieder die ganze Nacht hindurch, bis sie am Morgen im Vorgebirge des Böhmerwaldes angekommen waren.

Hier waren sie in einer Schule untergebracht worden, wo sie fast zwei Wochen blieben. Dann waren sie zuerst mit Autos weitergebracht worden, danach hatten sie zu Fuß gehen müssen und hatten schließlich Klein-Zdikau erreicht. Sie waren in einer Schule einquartiert worden und hatten dort von Ende Februar bis zum 7. Mai, einen Tag vor Kriegsende, gewohnt. An diese sechs Wochen konnte sich Walli kaum erinnern, nur an das Zusammenleben mit den anderen Familien in dem kleinen Klassenzimmer und an das Schlafen auf dem kalten Boden, auf Stroh, ohne Decken und an den ewigen Hunger.

Hier hatten sie schließlich Ende April auch erfahren, dass Hitler tot war, angeblich hatte er Selbstmord begangen. Alle hatten gehofft, dass der Krieg nun bald zu Ende sein würde, dass sie eines Tages wieder nach Ratibor zurückkehren konnten. Was damals keiner von ihnen gewusst oder geahnt hatte, war, dass Ratibor zu diesem Zeitpunkt fast schon vollständig zerstört war. Nach dem Tod Hitlers hatte sich Deutschland den Alliierten ergeben. Alle besetzten Orte wurden wieder frei. Auch in Zdikau, das ja tschechisch war, waren wieder die tschechischen Fahnen gehisst worden. Die deutschen Soldaten, die die Flüchtlinge im Lager versorgt und betreut hatten, gaben die Waffen ab. Niemand wusste, was die tschechische Bevölkerung nun mit den deutschen Flüchtlingen tun würde. Alle packten so schnell wie möglich zusammen und zogen mit gesenkten Köpfen aus dem kleinen tschechischen Dörfchen.

Walli erinnerte sich noch an Mutters Worte an diesem Abend: »Dass die Tschechen uns Deutsche am Leben ließen, uns heute nichts getan haben und uns einfach ziehen ließen, grenzt an ein Wunder.« Von da an war es zu Fuß weitergegangen, sie mussten weiter nach Bayern, nach Deutschland. Ihr Ziel war Bayerisch Eisenstein, der erste bayerische Ort nach der Grenze. Walli dachte daran, wie ihnen auf den Straßen, die sie entlang zogen, ständig Panzer, andere Militärfahrzeuge und erste deutsche Gefangene begegnet waren.

Etwa 40 Kilometer waren sie an diesem Tag gegangen. Er dachte daran, wie er geheult hatte, nicht weitergehen wollte, wie er seine Mutter angeschrien hatte. Und schließlich an den nächsten Tag, mitten im tiefsten Böhmerwald, wo sie weder Weg noch Steg gekannt hatten, bis sich schließlich ein Einheimischer angeboten hatte, sie zu führen. Sie hatten die Wahl gehabt, ihm zu vertrauen und ihr Schicksal in seine Hände zu legen – er hätte sie ja wer weiß wohin führen können – oder selbst im Wald herumzuirren. Sie vertrauten dem Mann, der ja letztendlich sehr freundlich und hilfsbereit gewesen war und sie in Sicherheit gebracht hatte. So waren sie schließlich tatsächlich in Bayern angekommen, zunächst in Bayerisch Eisenstein, mit unendlich vielen anderen Flüchtlingen. Es hatte nirgendwo mehr eine Unterkunft gegeben. Am späten Abend waren sie zum Bahnhof gegangen und hatten einen leeren Wagon entdeckt. Er war völlig verdreckt gewesen und sie hatten sich schnell ans Säubern gemacht, denn die Amerikaner, die Bayern ja damals bereits besetzt hatten, bestimmten, dass nach neun Uhr niemand mehr draußen sein durfte.

Walli erinnerte sich genau an diesen Eisenbahnwagon, es war ein ungarischer, 3. Klasse, gewesen und sie hatten ihn sich mit einer Frau und vier kleinen Kindern teilen müssen. Er hatte harte, kurze Holzbänke, auf denen sie schlafen mussten, gehabt. Zwei Fenster hatten keine Scheiben mehr gehabt und wieder hatten sie gefroren, obgleich schon Frühling gewesen war. Denn die Nächte waren kalt, wenn man nur Jacken hatte, um sich zuzudecken. Mehr als zwei Monate hatten sie schließlich in diesem Eisenbahnwagon gewohnt. Walli hatte davor einen kleinen Ofen aus Ziegelsteinen gebaut, ein altes Blech, das er irgendwo entdeckt hatte, hatte als Herdplatte gedient. Nur leider hatte es nur sehr selten etwas darauf zu kochen gegeben. Der Hunger hatte ihnen fürchterlich zu schaffen gemacht. Zudem war das Wetter letztes Jahr besonders schlecht gewesen, es hatte sehr viel geregnet, immer wieder war es zu Hagelschauern und sehr kalten Nächten gekommen.

Walli dachte daran, dass die Eisensteiner-Zeit eigentlich ein ständiger Kampf ums tägliche Brot gewesen war. Durch die vielen Flüchtlinge hatte sich die Einwohnerzahl in Eisenstein verdoppelt und alle mussten sich irgendwie ernähren. Im vergangenen Herbst hatte hier Hungersnot geherrscht. Walli fiel die Geschichte mit den Pilzen wieder ein. Wenn er daran dachte, wurde er sehr wütend und auch sehr traurig. Jeder Tag hatte sich darum gedreht, wie sie irgendetwas zu essen bekamen. Wie hatten sie sich gefreut und wie dankbar waren sie gewesen, als eines Tages ein Mann mit einem Korb voll Pilze erschienen war, die er ihnen anbot. Sie hatten rote Kappen mit weißen Punkten darauf gehabt. Heute kannte Walli sie, aber damals hatten sie nichts darüber gewusst. Mutter hatte auch noch gefragt, ob sie auch wirklich essbar seien und der Mann hatte bejaht, es seien die besten Speisepilze.

So waren sie alle froh, etwas zu essen zu haben. Mutter hatte ihm später erzählt, dass er der erste gewesen war, der schneeweiße Ohren bekam und fürchterlich brechen musste. Nur Greta hatte das Gift nicht richtig aus ihrem Körper bringen können und hatte sterbenselend niedergelegen. Es hatte Tage gedauert bis sie sich erholt hatte und ihr Zustand nicht mehr lebensbedrohlich gewesen war. Mutter war ihr die ganze Zeit nicht von der Seite gewichen, obwohl es ihr selber schlecht gegangen hatte. Walli war überzeugt, dass der Mann in seinem Hass auf Flüchtlinge sie hatte vergiften und umbringen wollen.

Während er so gedankenverloren weitergegangen war, hatte der Wald sich um ihn gelichtet und als Walli aufsah, erkannte er, dass neben ihm nur mehr einige Sträucher und Brombeerranken waren, die in den Weg hingen. Dahinter schienen

Wiesen oder Felder zu sein – der Wald war zu Ende! Der Weg führte ihn durch das Dickicht des Waldrandes, dann hatte er es endlich geschafft. Seine Augen, die sich an die Finsternis gewöhnt hatten, empfanden es hier draußen als deutlich heller als im Inneren des Waldes, aber es war auch windiger. Der unangenehm kalte, nasse Wind ließ ihn schaudern. Er stand auf einer kleinen Anhöhe und konnte dort unten im Tal die beleuchteten Fenster von mehreren Höfen oder Häusern erkennen.

Walli war so erleichtert, dass ihm beinahe die Tränen kamen. Er hatte zwar keine Ahnung, wo er sich befand, aber zumindest wohnten hier Leute und er konnte sicherlich die Nacht in einem der Häuser verbringen. Und etwas zu essen würde er bestimmt auch bekommen. Mit neuem Mut stapfte Walli den Hügel hinunter und gelangte auf einen Feldweg, der geradewegs zu einem der größeren Höfe führte. Der Wind fuhr ihm von hinten in seine feuchten Kleider und Walli fror. Er orientierte sich an dem Licht, das aus den Fenstern leuchtete und ging rasch darauf zu. Als er sich dem Haus näherte, fing ein Hund wütend zu bellen an. Walli erschrak, aber der Hund schien angebunden oder eingesperrt zu sein, denn zum Glück kam er nicht näher, obwohl das Gebell immer lauter und drohender wurde.

Mit klopfendem Herzen näherte sich Walli vorsichtig der Haustüre. In Gedanken überlegte er sich schon, was er sagen wollte, wenn ihm jemand öffnete. Er wollte ganz höflich sein, vielleicht bekam er dann ja noch ein leckeres Abendessen? Brot und Butter und Speck ... hm:

Entschuldigen Sie die Störung, ich bin auf dem Weg nach Zwiesel und habe mich verlaufen, dürfte ich bitte hier bei Ihnen übernachten?

Wer würde wohl …? Zögernd stand er vor der Türe, da fuhr er zusammen. Ein Windstoß war in den Hof gefahren und irgendetwas hinter ihm hatte laut gescheppert. Er wartete, bis sich sein Pulsschlag wieder etwas beruhigt hatte, dann fasste er sich schließlich ein Herz und klopfte zaghaft an. Er lauschte und wartete eine Weile, aber nichts geschah. Da klopfte er noch einmal, lauter, und hörte dann tatsächlich Schritt näherkommen.

Walli war ganz flau im Magen, er räusperte sich ... da ging die Tür auf. Ein Schwall warmer Luft kam heraus. Eine Frau, etwa im Alter seiner Mutter, öffnete ihm. Sie hatte ein Kopftuch umgebunden und eine Schürze an, die viel zu eng aussah. Ein mächtiger, ausladender Busen türmte sich um den Ausschnitt ihrer Hausschürze, die in der Mitte ihres gewaltigen Bauches von einer Schleife zusammengehalten war, sodass sich darüber und darunter mächtige Wülste bildeten. Darunter steckten ihre dicken, weißen Waden in groben Wollstrümpfen.

Verwundert schaute Walli auf diese ungeheuerlich gefüllte, schrecklich rosarote Schürze. Die Frau starrte ihn einen Augenblick lang an und noch bevor Walli etwas hervorbringen konnte, keifte sie los: »Was fällt dir ein, dich hier spät abends herumzutreiben? Was willst du? Scher dich weiter. Wir haben hier nichts für dich. Fang ja nicht an, dass du was zu essen willst. Wir können nicht die ganze Gegend hier durchfüttern. Alles dasselbe Pack, Herumstreuner, Bettler! Hau ab! Sonst lass ich den Hund los, hörst du! Den haben wir extra, um solche wie dich loszuwerden! Mach, dass du fortkommst!«

Bei diesen letzten Worten wedelte sie mit ihrem teigigen, feisten Arm vor Wallis Nase herum, um ihn fortzuscheuchen.

Dabei sah Walli an ihrem Handgelenk etwas aufblitzen. Noch bevor er richtig darüber nachdenken konnte, erstarrte er. Etwas war in seinem Unterbewusstsein aufgetaucht. Gerade als die Frau vor ihm die Tür zuknallen wollte, stellte er rasch einen Fuß in die Türe. Er war selber über seinen Mut ganz erstaunt, aber er musste noch einmal ihre Hand sehen. Die Frau schrie ihn an und versuchte ihn aus der Tür zu schubsen, aber er achtete gar nicht darauf. Er starrte wie gebannt auf ihr Handgelenk. Ihm wurde eiskalt. Ihr schrilles Gekreische nahm er wie aus weiter Ferne wahr. Er hielt sich am Türstock fest und sah ihr zum ersten Mal direkt in die Augen. Auf einmal fühlte er sich ganz ruhig, er hatte keine Angst. Er starrte sie an. Mit einer ihm selbst fremden, kalten Stimme fragte er ganz ruhig: »Wo haben Sie dieses Armband her?«

Verdutzt hörte sie auf zu kreischen, sah kurz auf ihr viel zu dickes Handgelenk und das Armband, das im gedämpften Licht des Hausflurs hellblau schimmerte. Ihm war, als würde die hässliche, dicke Frau ihn kurz höhnisch angrinsen, dann verpasste sie ihm eine schallende Ohrfeige, sodass Walli aus der Tür stolperte. Im selben Moment schlug sie die Haustüre zu.

Bewegungslos stand Walli da und starrte auf die Haustüre. Er konnte keinen klaren Gedanken fassen. Natürlich konnte er sich getäuscht haben, aber ... Nun, vielleicht hätte er diesen fast schon absurden Gedanken einfach beiseitegeschoben, wenn nicht ... ja, wenn nicht dieses höhnische, triumphierende Grinsen gewesen wäre. Er war sich sicher. Es war nur ein ganz kurzer Moment gewesen, aber den überheblichen, spöttischen Gesichtsausdruck dieser Frau hatte er sich nicht eingebildet. Und das reichte ihm. Das war ihm Beweis genug. Je länger er darüber nachdachte, desto überzeugter war er: Diese böse, widerwärtige Frau trug das Armband seiner Mutter! Wie das sein konnte, war ihm völlig schleierhaft. Fassungslos schüttelte er den Kopf, löste sich langsam aus seiner Starre. Seine Wange brannte.

Er drehte sich um und ging langsam zurück. Tausend Gedanken schossen ihm durch den Kopf. Zunächst einmal musste er jedoch so tun, als ob er wirklich weiterzöge. Er ging langsam den Feldweg zurück, plante Überfälle und Einbrüche, verwarf seine Pläne und schmiedete neue, schwor Rache und versuchte sich zu beruhigen. Als er sicher war, dass man ihn von dem Bauernhaus aus nicht mehr sehen konnte, hielt er inne und sah zurück. Die Nacht war vollständig hereingebrochen. Über die sanften Hügel hatte sich Dunkelheit gesenkt. Der Himmel war bedeckt, die schweren, dunklen Wolken, die schon den ganzen Tag über ihm gehangen hatten, hatten sich nicht aufgelöst. Der Wind trieb sie rasch über den Nachthimmel. Kein Mond, keine Sterne waren zu sehen. Wie eine graue, nasse, kratzende Wolldecke hatte sich die Finsternis über die Landschaft gelegt. Der kalte Wind, der schon den ganzen Nachmittag ohne Unterlass über die Hügel gefegt war, hatte noch zugenommen. Eisig blies er durch Wallis klamme, feuchte Kleidung.

Unten im Tal sah er die einzelnen Lichter der Häuser. Vor sich am Horizont erahnte er den noch dunkleren Wald, aus dem er gekommen war. Er hatte sich entschieden. Er musste zurück. Unbemerkt. Was er dann tatsächlich machen würde, wusste er nicht. Er drehte sich um, hoffte darauf, dass sich irgendetwas ergeben würde. Der Hund war ein großes Problem. Aber nachdem der Hund vorher so früh angefangen hatte zu bellen, glaubte Walli, dass der Wind aus seiner Richtung nach unten ins Tal blies. Er spürte die eisigen Böen auch in seinem Rücken. Und das war genau richtig! Wenn er sich nun von der anderen Seite dem Hof nähern würde, käme der Wind von vorne und er hoffte, dass der Hund ihn dann nicht riechen konnte. Er würde einen großen Halbkreis gehen müssen, um sich unbemerkt an den Hof anschleichen zu können.

Walli verließ den Feldweg und begann in einem weiten Bogen über die Hügel zu gehen. Die Dunkelheit war ihm willkommen, er war überzeugt, dass man ihn so weit entfernt von den Häusern nicht sehen konnte. Nach einer ganzen Weile hatte er den Hof in großem Abstand umrundet und begann sich dann vorsichtig von hinten anzuschleichen. Dunkle Gebäude tauchten vor ihm auf. Walli vermutete, dass dies die Stallungen oder Scheunen des Hofes waren. Er überlegte, wie der Hof vorher ausgesehen hatte, aber er konnte sich nicht mehr richtig erinnern. Er hatte zu wenig darauf geachtet. Vorher hatte ihn nur das Wohnhaus mit seinen einladenden Lichtern interessiert, von denen er sich Wärme und Essen erhofft hatte.

Schritt für Schritt näherte er sich der dunklen Holzwand vor ihm. Wenn er nur gewusst hätte, wo der Hund eingesperrt war! Er hatte keine Ahnung, ob er nicht geradewegs auf dessen Zwinger zuging! Jeden Moment rechnete er damit, dass direkt vor ihm ein wütendes Gebell losbrach. Er hatte das Gebäude erreicht. Seine Augen hatten sich recht gut an die Dunkelheit gewöhnt und er erkannte, dass an der langen Holzwand keine Fenster angebracht waren. Am Gebäude entlang, schlich er langsam vorwärts. Dank des Dachüberstandes lag direkt an der Wand kein Schnee, sodass er fast völlig geräuschlos vorwärtskam. Er hatte die Ecke des Gebäudes erreicht.

Er blieb stehen, um bewusst tief durchzuatmen. Sein Herz schlug wie verrückt. Wenn nur der verflixte Hund nicht gewesen wäre! Vorsichtig lugte er um die Ecke. Er konnte in den Hof sehen. Rechts von diesem Nebengebäude stand das Wohnhaus, er konnte gerade so auf die Haustüre hinspähen. Links von ihm war ein weiteres Gebäude, eine Art offene Remise oder Scheune. Dann musste dieses Gebäude hier wohl der Stall sein. Während er so dastand und angestrengt versuchte, sich in der Dunkelheit zu orientieren, hörte er auf einmal links neben sich trotz der verschiedenen Geräusche, die der Wind verursachte, etwas klirren. Das Geräusch war aus der Scheune gekommen. Er starrte in die Dunkelheit. Und da sah er es! Vor der Scheune erahnte er eine Hundehütte. Das Klirren musste von einer Eisenkette gekommen sein, an der der Hund wahrscheinlich angehängt war.

Walli grinste erleichtert. Nun wusste er wenigstens, wo der Feind saß! Und er hatte ihn wohl noch nicht gerochen oder gehört. Zum Glück! Walli war dem kalten, lauten Wind auf einmal richtig dankbar. Nun aber kam das Schlimmste. Er wollte in den Stall hinein und dazu musste er irgendwie an der Vorderseite entlangschleichen, bis er die Stalltüre erreichte, diese öffnen und hineinschlüpfen konnte. Wie sollte er das denn nur schaffen, ohne gesehen oder gehört zu werden? Wenn ausgerechnet jetzt jemand herauskam. Sei‘s drum! Walli konnte nur beten, dass der Hund gerade tief genug schlief, keiner aus dem Haus kam und die Stalltüre offen war! Er atmete tief ein und schlich rasch los.

Als er vorsichtig um die Ecke bog, spürte er sogleich, wie ihm der kalte Wind kräftig ins Gesicht blies. *Na, das ist mein Glück*, dachte Walli. Der Wind kam aus der richtigen Richtung, der Hund konnte ihn nicht riechen. Walli zuckte zusammen. Wieder hatte irgendetwas neben ihm laut im Wind geklappert, wahrscheinlich die Stalltür. Der Wind pfiff über den Hof, überall schien irgendetwas zu scheppern oder zu quietschen. *Umso besser, dann wird mich der blöde Hund schon nicht hören, wenn hier dauernd alles klappert.* Walli atmete noch einmal tief ein, schob sich langsam um die Ecke, an der Vorderseite entlang, bis an die Tür – bitte, bitte, geh auf, nicht quietschen! Er erkannte, dass es eine große Schiebetür war, packte den Griff und schob vorsichtig. Sie bewegte sich! Nur einen kleinen Spalt zog er auf, dann schlüpfte er hinein und schloss hinter sich. Alles war ruhig! Er hatte es geschafft. Er war wohl in einem Kuhstall gelandet, denn es war angenehm warm, er hörte Tiere kauen und es roch vertraut nach Milch, Heu und warmen Rindern. Walli blieb an der Tür stehen, bis er sich etwas beruhigt hatte. Er stand in einer Art Stallgang, vor ihm in einer großen Box glaubte er liegende Körper zu erkennen, die ruhig weiter zu kauen schienen. Walli war sehr erleichtert. Die Vorstellung, die Nacht hier im warmen, trockenen Stall verbringen zu können, machte ihn zufrieden. Er hoffte, die Kühe würden nicht anfangen zu muhen, aber sie wirkten völlig ruhig auf ihn. Nach ein paar Minuten begann er vorsichtig sich etwas im Stall umzusehen. Rechts neben den Kühen war durch eine halbhohe Holzwand ein Verschlag abgetrennt, in dem Heu zu liegen schien. Dorthin ging Walli.

Er zog endlich seine nasse Jacke und die Stiefel aus und rieb seine kalten, schmerzenden Füße. Die Wärme im Stall tat ihm gut. Er kuschelte sich ganz nach hinten in das lockere, duftende Heu und packte dicke Schichten Heu über sich, bis nur noch sein Kopf herausschaute. Es juckte und stach ihn zwar anfangs ein wenig, aber schnell wurde ihm wärmer. Obwohl ihm sein Bauch vor Hunger wehtat, schlief er bald schon erschöpft ein.

15.

Walli wurde von lauten und äußerst seltsamen Geräuschen neben ihm wach. Es dauerte eine ganze Weile, bis ihm klar wurde, dass diese Geräusche von laut muhenden Kühen kamen. Als nächstes bemerkte er, dass alles um ihn herum fürchterlich juckte und pikste. Völlig verwirrt versuchte er zu verstehen, wo er sich befand. Gerade als ihm die ganzen Ereignisse der letzten Nacht einfielen und er erschrak, weil er viel zu lange geschlafen hatte, wurde mit einem lauten Ruck die Stalltüre aufgezogen. Walli fuhr der Schrecken so in seinen leeren Bauch, dass ihm schlagartig ganz schlecht wurde. Warum hatte er auch so lange geschlafen? Er hätte sich doch schon längst ein sichereres Versteck suchen müssen. Wenigstens hatte er sich in den hintersten Winkel der Heubanse zurückgezogen. Er konnte nur hoffen, dass er nicht gesehen wurde. Vorsichtig versuchte er sich noch tiefer in das Heu einzugraben, sodass auch sein Kopf nicht mehr herausschaute. Dummerweise kitzelte das Heu ihn nun überall, in den Augen, im Mund und vor allem in der Nase. Wenn er nur nicht niesen musste! Die Kühe neben ihm muhten immer lauter und eindringlicher, und er hörte die klappernden Schritte von Holzpantinen auf der Stallgasse und das Scheppern von Eimern. Der Bauer oder die schreckliche Bauersfrau schien in den Stall gekommen zu sein. Auf einmal fiel Walli entsetzt ein, dass er seine Stiefel und seine Jacke gestern im Dunklen irgendwo ausgezogen hatte. Hoffentlich waren die auch im Heu verborgen! Gerade als er glaubte, das Kitzeln in seiner Nase nicht mehr auszuhalten, erkannte er die Stimme der Bäuerin.

Mit müden Worten sprach sie zu den Kühen: »Na nu, gebt Ruhe, ihr kriegt ja gleich euer Heu.«

Oh nein, nur das nicht!

Walli versuchte sich noch tiefer an die hintere Wand zurückzuziehen. Die Frau hatte wohl eine Heugabel geholt und begann nun aus der Heulege, in der Walli lag, Heu zu den Kühen hinüberzuwerfen. Walli rechnete jede Sekunde damit, dass ihn entweder die Heugabel gleich irgendwo in den Bauch stechen würde, oder dass die schützenden Lagen Heu weggegabelt wurden und er völlig schutzlos den Blicken der bösen Frau ausgeliefert war. Da nützte es auch nicht viel, dass er den Atem anhielt und die Augen fest zukniff. Noch zweimal spürte er, wie die Heugabel nur wenige Zentimeter von ihm entfernt ins Heu packte.

Dann stoppte es. Gleich darauf hörte Walli die blechernen Eimer wieder scheppern. Immer noch völlig erstarrt, blieb er stocksteif liegen. Er wusste nicht einmal, ob überhaupt noch Heu über ihm lag, aber er wagte es nicht, sich auch nur einen Millimeter zu bewegen. Auf einmal hörte er ein zischendes Geräusch und gleich darauf schien etwas in den Eimer zu fließen: Die Kühe wurden gemolken! Walli beruhigte sich etwas – die Fütterung schien beendet zu sein! Und noch hatte sie ihn anscheinend nicht bemerkt. Man hörte nichts außer das regelmäßige Zischen des Milchstrahls und das geruhsame Mahlen und Kauen der Kühe. Trotzdem blieb Walli bewegungslos liegen. Nach einer ganzen Weile, die ihm wie eine Ewigkeit vorkam, hörte er wieder andere Geräusche. Eimer schlugen aneinander, wurden abgestellt und die Holzschuhe klapperten wieder in der Stallgasse. Die Stalltüre wurde aufgezogen und gleich darauf wieder zu. Dann war es still im Stall. Ganz still.

Walli konnte es gar nicht glauben. Sie schien weg zu sein. Er wartete noch kurz, dann löste er sich aus seiner Starre. Vorsichtig schob er den Kopf aus dem Heu und sah sich im Dämmerlicht des neuen Morgens im Stall um. Nichts – niemand war mehr da. Er grub sich aus dem Heu und versuchte es mehr oder weniger aus seinem Gesicht, den Haaren und seiner Kleidung zu entfernen, jedoch mit wenig Erfolg. Nach kurzer Suche fand er auch seine Stiefel und seine Jacke, die in der hintersten Ecke im Heu lagen. Was hatte er doch Glück gehabt. Angewidert zog er die nassen, kalten Stiefel an, dann reckte und streckte er sich, trat auf die Stallgasse an eines der vorderen Fenster.

Als er vorsichtig hinausblickte, sah er gerade, wie die Bäuerin dem Hund in der Scheune neben dem Stall einen Napf hinstellte und aus einem Eimer Wasser in eine weitere Schüssel schüttete. Er beobachtete sie weiter, wie sie in der Scheune verschwand. Walli blickte auf die friedlichen Kühe, die völlig ungestört, ohne von ihm Notiz zu nehmen, ihr Heu kauten. Gerade als er ernstlich anfing zu überlegen, was er denn nun eigentlich tun wollte, fiel sein Blick auf zwei Eimer, die neben der Stalltüre abgestellt waren. Waren das etwa...? Tatsächlich! Beide Eimer waren etwa halb voll mit Milch! Das bedeutete zwar, dass die Bäuerin sicher bald wieder zurückkommen würde, um die Milch zu holen, aber es bedeutete auch: Frühstück für Walli!

Er überlegte nur ganz kurz, dann beugte er sich über den Eimer und schöpfte mit beiden Händen Milch, die er gierig trank. Sie war noch warm und ein wenig rebellierte sein ausgehungerter Magen gegen den intensiven, warmen Kuhgeschmack. Aber Hunger und Durst waren doch größer und Walli schöpfte immer wieder seine Hände voll und trank. Von Mutter wusste er, dass man mit Milch äußerst sorgsam und reinlich umgehen musste um sie nicht zu verderben, und dass man sie wahrlich nicht mit einem schmutzigen Finger oder gar den ganzen Händen verunreinigen durfte, aber grinsend dachte er, dass das der bösen Bäuerin gerade recht geschah, wenn ihr die Milch sauer wurde. Schnell streckte er seine schmutzigen Hände auch noch in den anderen Eimer.

Walli fühlte sich zwar nun etwas gestärkt und auch ausgeruht, aber er wusste überhaupt nicht, wie es nun weitergehen sollte. Er sah sich im Stall um und versuchte zu überlegen. Es war früher Morgen. Das Vernünftigste war sicherlich, sich so schnell wie möglich davonzuschleichen, eines der anderen Häuser hier im Tal aufzusuchen und dort nach dem Weg nach Zwiesel zu fragen. Und dann so schnell wie möglich heimzumarschieren. Nun, am hellen Tag, schreckte ihn die Aussicht, noch vielleicht zwei oder drei Stunden laufen zu müssen, nicht mehr. Er dachte an Anton und Hans – sie machten sich bestimmt große Sorgen um ihn! Wenn sie nur ja nicht zur Mutter gingen und ihr alles erzählten! Ja, er musste so schnell wie möglich nach Hause!

Aber das Armband? Walli überlegte hin und her. Es erschien ihm sehr unwahrscheinlich, sich unbemerkt in das Haus einzuschleichen, das Armband zu finden, es an sich zu nehmen und wieder ungesehen verschwinden zu können. Und er war sich sicher, dass die böse Frau, wenn sie ihn erwischte, ihm übel zusetzen würde. Vielleicht würde sie ihn einsperren? Den Hund auf ihn hetzen? Er überlegte noch einen Moment. Nein, es hatte keinen Sinn. Er wollte sich jedoch den Hof genau einprägen und auch den Weg dorthin. Er würde Mutter nach ihrem Armband fragen. Und er würde zurückkommen, vielleicht mit seinen Freunden.

Jetzt musste er schauen, dass er hier wegkam, bevor die Bäuerin zurückkehrte, um ihre Milch zu holen. Walli sah nach draußen, in den Hof. Nun konnte er bei Tageslicht den Hund gut erkennen. Er stand vor seinem Napf und fraß noch. Ein struppiges, dunkelbraunes, riesengroßes Tier an einer langen Eisenkette. Fast tat der Hund ihm leid. Aber er war doch heilfroh, dass das Tier angekettet war. Walli warf noch einen letzten Blick zurück, auf den Heuhaufen, sah noch einmal aus dem Fenster und beschloss, sich schleunigst aus dem Staub zu machen. Er schob die Stalltüre wieder einen kleinen Spalt auf, gerade weit genug, dass er sich hindurchzwängen konnte. Der Hund, noch über seinen Napf gebeugt, sah auf, sah genau zu Walli. Für eine Sekunde starrten die beiden sich an.

Dann, von einem Moment auf den anderen, sprang der Hund nach vorne. Aus dem Nichts fing er an zu toben, ungeheuer laut und wütend bellte er los. Er sprang auf Walli zu, soweit es die Kette erlaubte. Voll Raserei kläffte er, knurrte, fletschte die Zähne, hing an der Kette, die ihn immer wieder zurückriss. Einen Moment war Walli wie erstarrt. Dann lief er los, so schnell er nur konnte. Um den Stall herum und hinter dem Gebäude einfach über eine mit Schneematsch bedeckte Wiese. Er rutschte aus, fiel hin, rappelte sich auf, lief den Hang hoch. Das wütende Gebell verfolgte ihn, er bildete sich ein, dass es hinter ihm herkam. Hatten sie den Hund von der Kette gelassen? Wurde er verfolgt? Aber er sah sich nicht um, er wusste nicht, ob die Bauersleute herausgekommen waren, wusste nicht, ob sie ihn sahen. Er stolperte den ganzen Hang hoch und erreichte oben einen Feldweg. Hier erst, hinter einem Ranken warf er sich auf den Boden und hielt inne. Er war weit genug von dem Hof entfernt, das Gebell hatte endlich aufgehört. Niemand lief hinter ihm her. Sein Herz raste, er hatte Seitenstechen und atmete keuchend. Hinter den Ranken geduckt, beobachtete er den Hof, der unter ihm in der Senke lag. Kein Mensch war zu sehen.

Walli beruhigte sich langsam. Er war davongekommen! Noch eine ganze Weile kauerte er auf dem Boden, aber schließlich richtete er sich vorsichtig auf. Nass und grau kroch der Morgen über die Hügel heran. Es hatte nicht einmal gefroren in der Nacht. Die Wege und Wiesen waren immer noch matschig und schlammig, aufgeweicht von dem schmelzenden Schnee, der schwer, nass und dreckig auf den Wiesen lag und in sich zusammensackte. An manchen Stellen war schon die Erde des Weges zu sehen, ein Flickenteppich aus Schneematsch und Dreck. Die Wolken hingen schwer und wie grauer Flanell über dem Waldrand und ließen nur wenig Licht durch.

Er blickte sich in dem kleinen Tal um: Vier größere Höfe und einige kleinere Nebengebäude und Schuppen lagen weit verstreut unter ihm. Weit hinten in der kleinen Talsenke, am gegenüberliegenden Ende, fast schon am Waldrand der anderen Seite, sah er noch ein weiteres kleines Häuschen. Es war am weitesten entfernt von dem Hof der bösen Frau und Walli beschloss, dorthin zu gehen und nach dem Weg zu fragen. *Mehr als wegjagen werden sie mich dort auch nicht*, dachte er sich. Er folgte dem Feldweg noch ein Stückchen, dann musste er über die Wiesen querfeldein abwärts auf das Häuschen zugehen. Unten angekommen, stieß er auf einen größeren Weg, der die Häuser und Höfe des kleinen Weilers miteinander zu verbinden schien. Auf diesem konnte er weitermarschieren, auf das kleine Häuschen zu. Er kam an einem weiteren Bauernhof vorbei und sah sich ängstlich um, ob nicht auch hier ein wütender Hund hervorgeschossen kam.

Im kleinen Nebengebäude des Hofes hörte er etwas. Walli blieb stehen. Jemand spaltete in dem kleinen Schuppen anscheinend Holz. Walli zögerte nur kurz, dann ging er auf den Schuppen zu, ängstlich und unsicher.

Er blieb vor der Schuppentüre stehen und rief zaghaft: »Hallo? Hallo?«

Die Brettertür wurde halb aufgestoßen und Walli blickte in das von tiefen Falten durchzogene, wettergegerbte Gesicht eines alten Mannes. Durchdringende blaue Augen hinter buschigen grauen Augenbrauen blickten ihn ruhig an. Klein und gebeugt stand der Alte vor Walli. Seine knochige, dünne Hand hielt sich am Türstock fest, in der anderen hielt er eine Axt. Er hatte einen alten, schmutzigen Hut auf und eine dunkle Jacke schlotterte um die gebückte, magere Gestalt.

Walli schrak zusammen, aber die wachen Augen des alten Mannes sahen ihn ruhig und abwartend an.

»Ich ... entschuldigen Sie bitte ... ich ... ich habe mich verlaufen. Ich möchte nach Zwiesel. Bitte ... können Sie mir sagen ... wie ich ... da gehen muss?«

Walli hatte Angst vor dem alten Mann, unsicher sah er ihn an. Am liebsten wäre er wieder weggelaufen, wie vorher vor dem Hund. Aber das ging nicht und schließlich wollte er ja wirklich den Weg nach Zwiesel wissen.

Der Mann wandte sich um, zum Inneren des Schuppens und Walli hörte, wie er die Axt in Holz schlug, wahrscheinlich in den Hackklotz. Dann kam er ganz heraus und sah Walli an.

»Nach Zwiesel willst du, Junge?«, der Alte hatte eine angenehm tiefe Stimme und sah Walli nun freundlich an. Durch seine gebückte Haltung war er kaum größer als Walli. Walli nickte nur. Er fühlte sich immer noch sehr unbehaglich.

»Wo kommst du denn her?«

»Ich ... ich komme aus Zwiesel. Ich war gestern in Deggendorf und möchte nun heim.«

»Zu Fuß? Und ganz allein?«

Walli nickte wieder. Da nickte auch der Alte. Nachdenklich sah er Walli an. Dann lächelte er ihm aufmunternd zu. »Komm mit, ich zeig dir den Weg. Du bist hier in Thurndorf, das ist zwischen Bischofsmais und Regen.«

Der alte Mann schlurfte vor ihm her, an seinem Hof vorbei und eine kleine Anhöhe hinter seinem Haus hoch. Von hier aus konnte man wieder in das ganze kleine Tal sehen, bis zu dem Häuschen ganz hinten am Waldrand. »Siehst du das kleine Haus, da hinten am Waldrand, Junge?«

»Ja.«

»Da gehst du hin, hier an der Straße entlang. Links von dem Haus beginnt ein kleiner Weg, der führt in den Wald hinein. Auf dem kannst du bleiben. Immer auf dem Weg, hörst du?«

Walli nickte wieder.

»Der Weg führt dich an einen kleinen Bach, die Rinchnacher Ohe, den überquerst du einfach, da ist ein kleiner Steg und folgst weiter dem Weg, bis du nach Rinchnachmündt hineinkommst. Das ist auch nur ein kleiner Weiler. Bis dahin ist es etwa eine Stunde. In Rinchnachmündt hältst du dich rechts und folgst dem Forstweg. Wenn du dann aus dem Waldstück herauskommst, siehst du rechts von dir ein kleines Dorf. Mit einer Kirche. Das ist Schweinhütt. Das ist noch mal eine gute halbe Stunde bis dahin. Da gehst du drauf zu und geradewegs durch. Bleib auf der Straße, die aus dem Dorf hinausführt. Da ist Zwiesel schon angeschrieben. Du kannst immer auf der Straße bleiben. Von Schweinhütt sind es noch ungefähr fünfeinhalb Kilometer. Du gehst immer am Tausendbach entlang und kommst dann über Zwieselberg nach Zwiesel hinein.«

Der Mann sah Walli an. »Kannst du dir das merken?«

»Ja ja, ich glaube schon. Da vorne in den Wald rein, immer geradeaus durch, über einen Bach, in ein Dorf hinein, Rinch...?«

»Rinchnachmündt«, half ihm der Alte und nickte ihm freundlich zu.

»Gut. Rinchnachmündt. Dann rechts weiter bis Schweinhütt, da durch und immer weiter auf der Straße, oder?«, versuchte Walli zu wiederholen.

»Genau, mein Junge. Gut so.«

»Wie lange wird das dauern, insgesamt?«, traute Walli sich noch zu fragen.

»Etwa zweieinhalb, vielleicht drei Stunden, vermute ich. Schaffst du das?«

»Ja ja, bestimmt.« Auch Walli lächelte nun den Alten an. Er fürchtete sich nicht mehr.

»Darf ich Sie noch etwas fragen? Die Familie dort hinten, mit dem großen Hof, die mit dem Hund, der dauernd bellt – wie heißen die?«, Walli deutete mit der Hand auf den Hof, wo er die Nacht verbracht hat.

»Die da? Das sind die Kumpfmüllers«, der Alte schüttelte den Kopf und Walli sah ihn abwartend an, »das sind ... harte Leute. Aber wahrscheinlich auch zu sich selbst.«

Mehr wollte der Mann dazu nicht sagen. Er ging vor Walli den Hang hinunter und wieder zu seinem Hof.

»Warte hier noch kurz, ja?«, rief er Walli dann zu und verschwand in seiner Haustüre. Walli stand etwas unschlüssig vor dem Haus, aber er wartete. Kurz darauf kam der Alte wieder hinaus und gab ihm eine Art Beutel. In ein großes rotes Schnupftuch war etwas eingewickelt, oben waren die Enden verknotet.

»Hier Junge, nimm das. Ist noch etwas Wegzehrung. Mehr habe ich leider selber nicht.«

Der Alte nickte ihm zu und hielt ihm das Tuch hin. Walli lächelte den Mann an. Dankbar nahm er das schöne rote Tuch.

Dann streckte er dem alten Mann seine Hand hin: »Auf Wiedersehen. Und vielen Dank.«

Der Mann sah ihn ernst an, dann drückte er ihm fest die

Hand: »Gott behüte dich, Junge. Wirst sehen, es kommen auch wieder bessere Zeiten.«

Walli nickte, dann wandte er sich um und marschierte los. Nach einer Weile drehte er sich nochmal um und sah, dass der Alte noch immer vor seinem Haus stand und ihm nachsah. Er winkte noch einmal und auch der Mann hob die Hand zum Gruß. Dann ging Walli weiter, froh wieder unterwegs zu sein und zu wissen, wie er wieder nach Hause kam. Der lange Weg machte ihm nichts aus. Er fühlte sich beinahe übermütig. Der freundliche, alte Mann hatte ihm Mut gemacht. Mit raschen Schritten stapfte er voran. Das schöne rote Schnupftuch hatte er vorne in seine Jacke gesteckt. Er konnte mehrere harte Dinge spüren, die gegen seine Brust drückten. Er wollte noch nicht hineinsehen. Er nahm sich vor, erst eine weite Strecke hinter sich zu bringen, bevor er sein Geschenk öffnete. So war es beinahe wie ein kleines Geheimnis. Es war spannend und aufregend, sich auszumalen, was wohl darin sein würde. Mit seiner Hand drückte er leicht gegen seine Jacke. Ein gutes Gefühl.

16.

Hans hatte seinen Frühstücksbrei so schnell wie möglich gelöffelt. Er hatte eine unruhige Nacht hinter sich. Immer wieder war er mit klopfendem Herzen aus dem Schlaf geschreckt und hatte dann wach in seiner Kammer gelegen, das finstere Fenster angestarrt, zutiefst gehofft, Walli möge schon sicher im Schuppen liegen. Wenn er wieder eingeschlafen war, hatte er wüste Träume, von riesigen, schwarzen

Soldaten, dunklen Gestalten in finsteren Wäldern und den beiden Hasen, unter deren riesengroßen Ohren sich Walli versteckt hatte, gehabt.

Am Morgen war er früh wachgeworden, hatte der Mutter geholfen Frühstück herzurichten und so unauffällig wie möglich versucht, sie zu bitten, dass er gleich zum Anton laufen dürfe. Er hatte sich bemüht, nicht ständig herumzuzappeln und hatte von einem wichtigen Geheimnis berichtet, das er einfach nicht erzählen könne, und dass er sofort zum Anton müsse.

Seine Mutter hatte ihn misstrauisch angesehen. »Hans, ihr macht keinen Blödsinn, oder?«

»Nein Mama, bestimmt nicht, ehrlich nicht!«

»Ihr macht nichts Verbotenes, oder? Oder irgendetwas was anderen ... Kummer macht?«

»Nein Mama, wirklich nicht!«

»Hans, ich verlasse mich darauf, dass du ein anständiger Mensch bist und nichts Unrechtes tust, ja?«

Hans mochte es gar nicht, wenn seine Mutter so eindringlich mit ihm sprach. Obwohl er ja eigentlich kein schlechtes Gewissen haben musste, fühlte er sich unwohl.

»Mama, ich gehe nur zum Anton. Wir machen wirklich nichts Schlimmes. Ehrlich!«

»Na gut, Hans, dann lauf. Aber vorm Mittagessen bist du wieder da. Und am Nachmittag brauch ich dich daheim, ja? Da musst du mir helfen.«

»Ja Mama, mach ich, danke! Bis dann!«

Nun flitzte Hans in seine Kammer, riss seinen Mantel vom Haken, stürmte zurück, nahm seine Mütze und die Handschuhe, die am Ofen hingen und schlüpfte in seine Stiefel.

Er sprang zur Haustüre hinaus und zog sich im Laufen fertig an. Draußen vor der Haustüre war alles matschig und bereits nach wenigen Schritten bemerkte Hans, dass die Nässe durch seine Schuhe drang. Auf der leicht abschüssigen Straße lief ein Rinnsal stetig bergab, die gewaltigen Schneeberge an den Straßenrändern waren in sich zusammengesackt, nasse, graue Hügel, unter denen beständig Wasser in kleinen Bächen hervorzulaufen schien. Hans fiel auch auf, dass es trotz der frühen Stunde nicht sonderlich kalt war, nur grau und nass. Kein Sonnenstrahl konnte sich durch die bleiernen Wolken stehlen, das Morgenlicht war neblig und trüb. Er lief so schnell er konnte, von seinen Schuhen spritzte es über die aufgeweichten Wege.

»Bitte, lass ihn im Schuppen sein, bitte, bitte«, im Rhythmus seiner schnellen Schritte wiederholte sich ständig dieser Gedanke, wie ein Echo. Er bog um die Ecke, vor ihm lag Antons Haus. Er hielt sich keinen Moment auf, sondern rannte in den Garten, zum Schuppen, riss die Tür auf, mit klopfendem Herzen, mit banger Hoffnung – und erstarrte. Nichts, niemand war da. Die Kaninchen hoben die Köpfchen, sahen ihn kurz an und widmeten sich wieder eifrig ihrer kleinen Schüssel, die voller Körner war. Anton war hier gewesen, er hat sie schon gefüttert – das war der erste zusammenhängende Gedanke, den Hans fassen konnte. Warum war niemand im Schuppen? Warum war Walli nicht da? *Aber ja, wahrscheinlich ist er schon heimgegangen, ganz bestimmt, ja, ich muss nur Anton rasch fragen.*

Hans verließ den Schuppen, zog mit Bedacht die Tür hinter sich zu und ging mit langsamen Schritten auf die Tür von Antons Elternhaus zu. Er hatte Herzklopfen, nicht nur vom schnellen Laufen. Er hatte Angst, Anton zu fragen. Hans klopfte zaghaft an die Haustüre. Nur einen Moment später wurde sie aufgemacht und Hans konnte in Sekundenschnelle das wechselnde Mienenspiel in Antons Gesicht sehen: Voller Erleichterung, voller Vorfreude schien Anton die Tür aufgerissen zu haben, doch die Freude und das Strahlen in seinen Augen erloschen im selben Moment, als er Hans erkannte. Enttäuscht und voller Sorge starrte er Hans an. Beide wussten nicht, was sie sagen sollten.

»Ist er nicht...?«

Anton schüttelte nur den Kopf.

»Oh, Mist!!«, stieß Hans entsetzt hervor, »und jetzt?«

»Ich weiß es auch nicht. Wir ... wir müssen es sagen.«

»Ja, du hast recht. Wir müssen zu seiner Mutter.«

»Ja ... ja, das müssen wir«, unschlüssig sahen sie sich an, »sie wird...«

»Ja, das wird sie«, seufzte Anton.

»Nun komm, zieh dich an. Ich warte hier. Und dann gehen wir.«

»Hm. Gut. Ich komme gleich.«

Es dauerte eine ganze Weile, bis Anton zurückkam.

»Ich kann nicht lange weg, meine Mutter ... sie war eh schon sauer...«

»Klar, verstehe. Ich kann auch nicht lange. Es wird ja nicht lange dauern, bis wir...«, Hans stockte und seufzte.

»Na los, bringen wir's hinter uns. Was ... was sagen wir ihr denn?«

»Ich weiß auch nicht. Am besten - die Wahrheit.«

»Oh, sie wird uns...«

»Ja, und das geschieht uns auch recht. Was für eine total

bescheuerte Idee!« Anton stieß wütend seinen Stiefel in einen nassen Schneehaufen.

Walli kam gut voran. Er schritt zügig aus und war recht guter Laune. Obwohl er sich eingestehen musste, dass er eigentlich überhaupt nichts erreicht hatte, war er froh, dass doch alles so gut ausgegangen war. Er hatte Glück gehabt, in dem warmen Stall übernachten zu können, morgens nicht entdeckt worden zu sein, wusste, dass er auf dem rechten Weg war und es schaffen würde, wieder nach Zwiesel heimzukommen.

Es war früh am Morgen und er wusste, dass seine Mutter ihn erst zum Mittagessen erwartete – er konnte es schaffen, er würde rechtzeitig daheim sein. Mutter würde sich keine Sorgen machen müssen. Er hatte keine Angst. Mit raschen Schritten ging er durch den Wald und hörte bald Wasser rauschen. Schon tauchte der Bach vor ihm auf und querte den Weg. Ja, da war ein kleiner Steg, genau wie der Mann gesagt hatte. Walli war froh, dass der freundliche alte Mann ihm so gut den Weg erklärt hatte. Jetzt noch etwa eine halbe Stunde, dann sollte er nach Schweinhütt kommen. Er fasste sich wieder an seine Jacke. Sein Geschenk war noch da. Walli hatte großen Hunger, aber er nahm sich vor, seine Wegzehrung erst aufzuessen, wenn er das Dorf Schweinhütt erreicht hatte. Von da aus noch fünfeinhalb Kilometer, hatte der alte Mann gesagt. Das war dann noch etwas über eine Stunde zu gehen. Ja, das würde er gut schaffen.

Anton und Hans gingen schweigend nebeneinander her. Beiden graute vor dem, was sie nun hinter sich bringen mussten. Sie würden Wallis Mutter sagen müssen, dass Walli heimlich auf einem Jeep der amerikanischen Soldaten mitgefahren war. Sie würden ihr sagen müssen, dass sie keine Ahnung hatten, wo Walli jetzt war, ob er überhaupt bis Deggendorf gekommen war, oder ob die Soldaten ihn schon unterwegs entdeckt hatten. Vielleicht hatten sie ihn einfach unterwegs rausgeschmissen und Walli irrte irgendwo im Wald herum. Hatte vielleicht die ganze Nacht allein irgendwo im Wald verbringen müssen – niemand würde wissen, wo man ihn suchen sollte. Wie kalt war es eigentlich heute Nacht gewesen? Konnte man nachts im Wald erfrieren? Oder war er in Deggendorf entdeckt worden? Vielleicht saß er im Gefängnis der Amis? Das war fast noch am besten. Irgendetwas war jedenfalls gründlich schiefgelaufen und die Vorstellung, dass Walli sich vielleicht im Wald verlaufen hatte, war schrecklich. Die beiden Jungen hingen, jeder für sich, schweren Gedanken nach. Der Entschluss, Wallis Mutter alles zu beichten, war wohl das einzig Vernünftige – wenn man an der Sache überhaupt noch irgendetwas vernünftig finden konnte. Wallis Mutter würde einen fürchterlichen Schreck bekommen. Bestimmt durften sie auch nie mehr mit Walli spielen. Wenn er überhaupt wieder zurückkam.

»Meinst du, sie geht gleich zu den Amis und erkundigt sich?«, fragte Hans schließlich leise und brach damit das drückende Schweigen.

»Wär wohl am besten«, antwortete ihm Anton nach einer ganzen Weile.

»Werden sie uns dann ... verhaften?«

»Keine Ahnung.«

Obwohl sie sehr langsam gegangen waren, hatten sie den kleinen Steg, der über den Regen in die Hafnerstadt führte, bereits überquert und gingen nun den Weg entlang, der nach Lichtenthal hinausführte. Die große Kirche am Stadtplatz schlug und die beiden Buben hielten inne, um zu lauschen. Die Glockenschläge waren weithin zu hören und beide zählten im Stillen mit.

»Neun«, sagte Hans.

»Hm.«

»Was meinst du, was wohl mit Walli passiert ist?« Hans blickte den Freund ängstlich an.

Anton sah auf und starrte Hans wütend an. »Woher soll ich das denn wissen?!«, stieß er zornig hervor.

Walli war tapfer weitermarschiert, obwohl sein Bauch schon knurrte und die Beine ihm anfingen wehzutun. Der lange Marsch gestern Abend, bis in die Nacht hinein, schien ihm doch noch in den Knochen zu stecken. Vor ihm waren im grauen Licht ein paar Dächer zu erkennen und er hoffte von Herzen, dass das vor ihm die Häuser von Schweinhütt waren. Der schmale Pfad, auf dem er ging, mündete in eine kleine Teerstraße, die ins Dorf führte. Er folgte der Straße und erreichte das erste Haus. Klein und niedrig, das Dach weit über die hölzernen Wände gezogen, duckte es sich unter einer mächtigen Linde, die ihre kahlen Äste weit über das kleine Dach in den grauen, verhangenen Himmel reckte. Walli konnte niemanden sehen. Er ging die Dorfstraße weiter, links und rechts zurückgesetzt waren einige etwas größere Höfe zu sehen, dann war das kleine Dorf schon wieder zu Ende.

Unschlüssig blieb Walli stehen. Nirgends war ein Dorfschild oder ein Wegweiser zu entdecken, um ihm zu zeigen, dass er auf dem rechten Weg war. Walli blickte zurück. Nichts regte sich in dem kleinen Dörfchen. Aus den Kaminen stieg Rauch auf, der in der feuchten, nebligen Luft wie Wolken über den Dächern hing und sich nur zögerlich zu verteilen schien. Walli wollte nicht klopfen und irgendjemanden nach dem Weg fragen. Er entschloss sich noch etwas aus dem Dorf hinauszugehen und folgte weiter der schmalen Teerstraße, die aus dem Dorf hinaus auf eine leichte Anhöhe führte. Als er den kleinen Hügel erreicht hatte, tauchte tatsächlich aus dem düsteren Licht vor ihm ein hölzerner Wegweiser am Straßenrand auf. Walli atmete erleichtert auf und schritt rasch darauf zu. Ein hölzerner Pfeil wies nach unten, in die Richtung, aus der er gerade kam: Schweinhütt. Der andere zeigte nach vorne, der Straße folgend: Zwiesel. Walli grinste. Jawohl, er hatte es wirklich geschafft. Nun musste er nur noch dieser Straße folgen und würde in etwa einer Stunde zu Hause sein!

Er hatte sich nun wirklich sein Frühstück verdient. Walli setzte sich auf einen größeren Granitfindling, der in der Nähe des Wegweisers am Straßenrand lag. Beinahe etwas aufgeregt zog er vorsichtig das schöne rote Tuch aus seiner Jacke. Er legte es sich auf den Schoß, hielt einen Moment inne und dachte an den freundlichen, alten Mann. Dann begann er den Knoten aufzumachen, öffnete gespannt das Tuch, das nun wie ein kleines Tischtuch auf seinen Knien lag und sah auf seine Schätze: vier hart gekochte Eier und drei kalte, kleine, schrumpelige Pellkartoffeln. Walli wurde ganz warm ums Herz. Der alte Mann hatte ihn reich beschenkt, obgleich er sicherlich selbst nicht allzu viel hatte. Wahrscheinlich lag das Mittagessen des Alten hier gerade vor Walli ausgebreitet auf dem Schoß. Walli hatte Hunger und war froh und glücklich über seine Wegzehrung. Er pellte rasch das erste Ei und verschlang es mit drei Bissen. In kurzer Zeit hatte er mit großem Appetit alles aufgegessen, schüttelte das rote Tuch aus und knotete es sich als Halstuch um. Gestärkt und voller Vorfreude bald daheim zu sein, machte Walli sich wieder auf den Weg.

Hans und Anton waren stehengeblieben. Etwa fünfzig Meter entfernt sahen sie Wallis Wohnhaus. Der Kamin rauchte, aber niemand war um das Haus herum zu sehen. Anton starrte finster vor sich hin und Hans scharrte unsicher mit der Stiefelspitze im Matsch vor sich auf dem Weg. Schließlich sagte Anton: »Na los, jetzt. Vom dumm Rumstehen wird auch nichts besser.«

Er fühlte sich völlig hilflos und hatte große Angst, Wallis Mutter gegenüberzutreten. In seiner ruppigen Art wirkte er jedoch zornig und wütend. Hans seufzte und folgte ihm.

Sie erreichten die Haustüre und Hans flüsterte: »Und wenn wir doch noch ein bisschen warten? Vielleicht kommt er ja noch.«

Anton schien einen Moment zu zögern. Die Vorstellung einfach umzudrehen und so schnell wie möglich wegzulaufen war äußerst verlockend. Er atmete tief ein und sah Hans an. Dann schüttelte er langsam den Kopf.

»Na gut. Du hast ja recht«, murmelte Hans.

Anton klopfte. Es dauerte eine ganze Weile, dann sahen sie Gretas Gesicht hinter dem Fenster. Sie klopfte leicht an die Scheibe. Anton trat ans Fenster, das Greta nur einen kleinen Spalt öffnete.

»Grüß dich, Greta, ist deine Mutter zu Hause?«, fragte Hans.

»Nein, sie ist gerade vorhin mit Helene zur Kramerbäuerin

gegangen. Wir sollten heute zwei Kannen Milch von ihr bekommen, weil Mutter ihre ganzen Sachen gestopft und geflickt hat.«

»Wann kommt sie denn wieder?« fragte Anton nach.

»Na, etwa in einer Stunde. Aber wieso denn? Und wo ist eigentlich der Walli? Ich dachte, der ist bei dir?«

Darauf waren die beiden Buben nun gar nicht vorbereitet und Hans spürte, wie seine Backen heiß wurden. Und jetzt? Was sollten sie denn jetzt sagen? Aber Anton ergriff rasch das Wort.

»Ja ja, ist er ja auch, aber ... aber ... wir wollten fragen, ob er ... ob er noch zum Mittagessen bleiben kann. Ja, meine Mutter hätt ihn eingeladen«, stieß Anton schließlich ziemlich atemlos hervor.

Hans bewunderte ihn für seinen schnellen Entschluss.

»Und warum kommt er da nicht selber und fragt?«, bohrte Greta misstrauisch weiter.

»Ja weil, weil er Angst hatte, dass er dann vielleicht nicht darf und ... und gleich daheim bleiben muss.«

»Hä? Das ist aber sonderbar? So ein Unsinn.«

»Ja und weil er gerade beim Alois ist, die bauen nämlich noch ein kleines Häuschen für unsere Kaninchen, in der Garage von Alois‘ Vater«, warf Hans schnell ein, »und das wollten sie noch schnell fertigmachen. Da haben wir eben angeboten, zu euch zu laufen und zu fragen.«

»Na, ihr seid ja alle komisch«, Greta wunderte sich noch immer.

»Naja, dann ... dann kommen wir eben in einer Stunde nochmal ... oder der Walli kommt dann selber. Also dann, servus Greta!«

Anton drehte sich um und ging mit großen Schritten davon, Hans lief ihm rasch hinterher. Erst als sie außer Sichtweite waren, wurde Anton etwas langsamer.

»Puh, das war ganz schön dämlich, was? Aber was hätten wir denn machen sollen?«

»Ne, so dämlich war das gar nicht«, entgegnete Hans, »toll, dass dir überhaupt was eingefallen ist. Das war schon richtig, der Greta jetzt erst mal nichts zu sagen. Sie hätte uns ja auch nicht helfen können und dann hat sie auch noch Angst. Und wir müssen ja sowieso erst mal warten, bis die Mutter heimkommt.«

»Aber sie hat bestimmt gemerkt, dass irgendwas nicht stimmt.«

»Es stimmt ja auch nichts ... na, dann müssen wir eben noch eine Stunde warten. Was machen wir denn jetzt?«

»Weiß auch nicht, ich müsste eigentlich heim, ich krieg Ärger, wenn ich so lange weg bin,« meinte Hans verdrossen.

»Ich auch. Ich hab auch gesagt, dass ich gleich wieder komme. Aber das hilft jetzt nichts. Sollen wir mal eben schnell nochmal zu den Amis laufen? Zur Villa? Vielleicht erfahren wir ja doch irgendwas?«

»Ja Anton, gute Idee, los!«

Die beiden Buben liefen los, froh, doch noch einen Aufschub bekommen zu haben.

Außer Puste und mit roten Backen liefen sie den Stadtplatz hinauf und rechts in die Frauenauer Straße. Sie wollten wieder von hinten in den Innenhof der Villa sehen. An der größeren Scheune, bei der sie erst gestern noch mit Walli gestanden hatten, hielten sie inne und schlichen vorsichtig ums Eck. Im Innenhof ging es schon betriebsam zu, mehrere Soldaten liefen eilig hin und her, in der Mitte waren zwei Fahrzeuge geparkt. Die Männer schienen sie zu beladen. Eines der Fahrzeuge war Wallis Jeep, der andere ein etwas Größeres, beinahe wie ein kleiner Lastwagen.

»Der da, der ist gestern auch gefahren. Der hat den Walli gefahren«, flüsterte Hans und deutete vorsichtig auf einen der Amerikaner.

»Sollen wir ... sollen wir ihn fragen?«

»Spinnst du?«, herrschte Anton ihn heftig an, »was willst du ihn denn fragen: T'schuldigung, unser Freund hat sich gestern auf eurem Auto versteckt – habt ihr ihn vielleicht zufällig gesehen? Hä? Oder ob er vielleicht bei ihnen in der Villa sitzt? Mann, Hans!«

»Reg dich nicht so auf, Anton, ja? Und hör auf, mich so anzufahren. Wir sitzen beide in derselben Tinte. Du wolltest ja herkommen!«

»Du wolltest genauso herkommen. Und überhaupt, ich war von Anfang an gegen diese bescheuerte Idee!«, zischte Anton wütend.

»Ja – und? Hast du ihn vielleicht davon abgehalten? Toll echt, jetzt hier rumzumaulen. Typisch. Wenn du nicht mehr weiterweißt, maulst du erst mal alle anderen an. Klasse.«

»Immer noch besser als so saudumme Sprüche abzugeben und gescheit daher zu reden. *Wenn du nicht mehr weiterweißt...*«, spöttisch und übertrieben machte Anton Hans nach. »Weißt du was, du Knallkopf? Ihr könnt mich alle mal. Ich geh jetzt heim, ich krieg eh schon Ärger.«

Anton drehte sich wütend um und ging rasch weg. Hans stand völlig verdattert da. Was war das denn jetzt? Ihr Freund irrte vielleicht gerade irgendwo durch die Wälder und sie fingen einfach an sich anzuschnauzen? Und nun? Sie mussten doch zu Wallis Mutter? So ein Depp, dieser Anton! Sollte er hinter ihm herlaufen? Das nützte jetzt wahrscheinlich auch nichts. Was sollte er denn machen? Sollte er etwa allein zu Wallis Mutter gehen? Das konnte doch nicht wahr sein!

Hans stand immer noch wie festgenagelt am Schuppen und starrte Anton hinterher. Er konnte es gar nicht fassen, dass der ihn einfach stehenließ und abzog. Sie wussten doch beiden, dass sie irgendetwas unternehmen mussten, dass sie zu Wallis Mutter mussten. Doch es war gerade einmal eine halbe Stunde um, sie war gewiss noch nicht daheim. Hans wollte auch viel lieber nach Hause gehen, er hatte seiner Mutter ja gesagt, er käme rasch wieder. Er seufzte. In was für eine dämliche, schlimme Geschichte waren sie da nur hineingeraten! Und Walli? Wo steckte der nur?

»Es geht nicht anders, ich muss zu seiner Mutter. Wenn Anton schon kneift, dann muss ich eben allein hin. Irgendjemand muss ja etwas unternehmen, um Walli zu helfen«, Hans seufzte. Dann machte er sich langsam auf, um noch einmal zu Wallis Haus zu gehen. Er trottete missmutig über den Stadtplatz, in die Hafnerstadt. An der Regenbrücke blieb er eine Weile stehen und schmiss Schneebälle in das zügig unter ihm dahinfließende Wasser. Er starrte eine ganze Weile in den kleinen Fluss, der durch die Schneeschmelze der vergangenen Tage viel mehr Wasser führte als sonst. Das Wetter war unverändert, recht mild, aber grau, nass und matschig. Hans dachte daran, dass die Sonne schon seit Tagen nicht mehr geschienen hatte. Dieses graue Wetter, bei dem es den ganzen Tag nicht richtig hell wurde und der tief hängende Himmel drückten einem aufs Gemüt. Nicht einmal die Berge und Hügel konnte man richtig erkennen, die nassen Luftschichten hüllten alles in ein feucht-kaltes, graues Tuch.

»Guten Morgen, Frau Kretschmer, ich muss Ihnen leider etwas ganz Schlimmes sagen ... nein. Guten Morgen, Frau Kretschmer, kann ich bitte hineinkommen. Ich muss Ihnen etwas von Walli erzählen. Ach, nein. Frau Kretschmer, ich muss Ihnen leider etwas erzählen...«, Hans starrte ins Wasser und überlegte, was er nur sagen konnte. Ihm wollte nichts Rechtes einfallen. Wie man es anpackte, es war immer gleich schlimm und das konnte man auch durch Worte nicht besser machen.

Er ging langsam weiter, aus der Hafnerstadt hinaus und weiter auf dem kleinen Pfad nach Lichtenthal. In Gedanken sah er die Szene schon vor sich: Wie er anklopfte, Wallis Mutter ihm erstaunt öffnen würde und er ... ja, er ihr dann alles erzählen musste. Hans fühlte sich schrecklich.

»He ... Hallo! Haalloo!«

Im ersten Moment wusste Hans gar nicht, wo das leise, entfernte Rufen herkam. Bis er endlich eine winkende Gestalt entdeckte, die über den Hügel angelaufen kam, der sich rechts neben dem Tal, das sich nach Lichtenthal hineinzog, erhob. Direkt über den Kamm der Hügel, noch relativ weit entfernt, kam die Gestalt eilig auf ihn zu, winkend und rufend: »Haalloo!«

Anton kommt doch noch, Gott sei Dank! dachte Hans erleichtert, *was bin ich froh, dass ich wenigstens nicht allein zu Wallis Mutter muss! Aber – wieso kommt er auf einmal da über den Hügel?*

Hans wollte nicht nachtragend sein, winkte auch und rief zurück: »Hallooo!«

Er blieb am Weg stehen und wartete. Aber nach wenigen

Augenblicken erstarrte er. Mit offenem Mund stand er da, schnappte nach Luft und bekam heftiges Herzklopfen. Die Gestalt, die da auf ihn zulief, hatte keine Mütze mit Dackelohren. Sie hatte überhaupt keine auf, sondern eine in der Hand, mit der sie immer wieder winkte. Und Hans erkannte die blonden Locken.

Auf einmal brüllte er, so laut er konnte: »Walli! Walliii!« Er rannte los, mitten durch den Schneematsch, den Hügel hinauf, dem Freund entgegen.

»Walli, mensch Walli!«, atemlos und etwas verlegen stand er schließlich vor seinem Freund. »Ja, sag mal, wo kommst du denn her?«

»Na ja, aus Deggendorf eben.«

Die beiden grinsten sich an. Es war auch nicht nötig, jetzt irgendetwas Vernünftiges zu sagen. Hans konnte sich nicht erinnern, sich in letzter Zeit so gefreut zu haben, so froh gewesen zu sein, wie in diesem Moment. Schließlich umarmte er seinen Freund, knuffte und packte ihn, bis sie beide im Schneematsch landeten und den Hügel hinunterkullerten. Nass, dreckig und glücklich lagen sie am Wegrand. Hans rappelte sich auf, schüttelte den Kopf und seufzte: »Mensch, Walli!«

Mehr gab es nicht zu sagen.

»Ich ... ich glaube, ich geh erst mal heim, zu meiner Mutter. Weiß sie irgendwas? Habt ihr...?«, fragte Walli nach einer Weile.

»Ne, wir haben nichts gesagt. Sie weiß von nichts. Ja, mach das, geh gleich zu ihr. Und ich gehe und sag dem Anton Bescheid ... Walli?«

»Hm?«

»Ich ... ich bin ganz schön froh, dass ...«

»Ja, ich auch!«

»Also dann!«

»Ja, servus, Hans!«

Hans lief los und wäre am liebsten ständig in die Luft gehüpft. Er grinste über das ganze Gesicht und lief so schnell er konnte zu Antons Elternhaus. Laut und kräftig pochte er an die Haustüre, mit roten Backen, klopfendem Herzen und einem Grinsen von einem Ohr zum anderen. Anton selbst öffnete die Haustüre, trotzig und bockig. Dann sah er dem Freund ins Gesicht, sah dessen strahlendes Grinsen. Nur langsam schien er zu verstehen.

»Nein…«, flüsterte er, »nein ... ehrlich? Ist er wirklich...?«

Hans nickte nur.

»Willst du reinkommen?«

»Nein, ich muss schleunigst heim. Ich ... ich hab ihn einfach getroffen. Er ... kam über den Hügel, von Zwieselberg her. Auf einmal kam er angelaufen ... Einfach so.«

Anton schüttelte den Kopf. Dann musste er auch grinsen: »Manometer!«

»Aber echt! Also dann: Bis morgen – servus, Knallkopf!«, Hans drehte sich um und winkte ihm noch einmal grinsend zu.

»He, selber Knallkopf!«, Anton strahlte und winkte zurück.

Mit leichtem Herzen ging Walli die letzten Meter nach Hause. Zum Glück hatten die Freunde dichtgehalten und der Mutter nicht gesagt, dass er nicht heimgekommen war! Als er daheim ankam, kam Greta gerade mit einem Korb aus dem kleinen Anbau. Sie hatte Holz geholt.

»Nanu, kommst du jetzt doch selber? Ich dachte du wolltest noch beim Anton mittagessen? Aber – ich fand das auch albern, dass du Hans und Anton geschickt hast um zu fragen.«

»Äh, ich ... ja ... wieso – den Anton und Hans geschickt?«, Walli war völlig verwirrt und brauchte eine ganze Weile um endlich zu reagieren.

»Na, die waren doch gerade vorher da, die beiden.«

»Ach so, ja ja, gerade vorher. Ja, jetzt bin ich lieber selber gekommen«, stammelte er.

»Walli? Was ist denn los mit dir? Und wie siehst du eigentlich aus? Du bist ja völlig verdreckt!«, Greta sah ihn misstrauisch an.

»Nichts nichts, alles in Ordnung«, langsam hatte Walli sich gefasst, »ich dachte nur, ich komme doch lieber heim. Ist der Mutter bestimmt lieber so. Ist sie drinnen?«

»Ne, sie ist noch unterwegs, Milch holen. Aber sie wird bald da sein.«

»Geht's der Mutter besser?«, fragte Walli. Es kam ihm so vor, als wäre er tagelang von daheim fort gewesen.

»Mit ihrer Erkältung, meinst du?«

»Ja.«

»Ich glaub schon, ja. Sie hustet jedenfalls nachts nicht mehr so oft. Und ich finde sie sieht auch nicht mehr dauernd so müde aus. Ja, ich glaube, es geht ihr besser.«

»Schön.«

»Na, komm rein.«

Walli versuchte sich die nassen Stiefel auszuziehen und merkte dabei erst, wie ihm alles wehtat. Er hatte das Gefühl, als wäre es ihm zu anstrengend, die Schuhe hinunterzubekommen. Er stöhnte, als die nassen Socken über seine wundgelaufenen Fersen kratzten. Er nahm die klatschnassen Stiefel und stellte sie neben den Ofen. Seine Beine, seine Schultern und sein Rücken, alles tat ihm weh. Mühsam schälte er sich aus den nassen Anziehsachen und versuchte sie einigermaßen um den Ofen herum aufzuhängen.

»Du bist ja pitschenass, Walli. Was habt ihr denn gemacht?«

»Nichts. Ne Schneeballschlacht.«

»Mit dem Matsch?«

Walli fühlte sich zu müde um mit Greta zu reden. Am liebsten wäre er einfach nur in sein Bett gekrochen. Er ging in seine Kammer um sich neue, trockene Sachen anzuziehen. In dem Moment hörte er die Haustür aufgehen, die Mutter kam zurück. Er hörte sie hereinkommen und mit Greta reden. Er war so froh, wieder daheim zu sein! So froh, dass Mutter von allem nichts mitbekommen hatte.

»Ja, er ist in der Kammer, er zieht sich gerade um«, hörte Walli Greta sagen.

Mutter lugte zur Kammertür herein: »Grüß dich, Walli, da bist du ja wieder. Na, war‘s schön?« Schön? »Ähm, ja ja, sehr schön.«

»Komm und hilf mir dann mal eben, ja?«

»Ja, gleich.«

Walli starrte sehnsüchtig auf sein Bett. Er hatte das Gefühl, im Stehen einschlafen zu können, so erschöpft fühlte er sich. Aber das durfte er nicht zeigen. Er würde wohl oder übel durchhalten müssen. Er setzte sich aufs Bett um die nassen Socken vorsichtig auszuziehen. Seine Füße sahen schlimm aus. Die ganze Ferse des rechten Fußes war blutig aufgerieben von den nassen Wollsocken und an den beiden großen Zehen hatte er riesige Blasen. Die linke Ferse war auch eine einzige rote Blase, aber wenigstens nicht offen. Es brannte höllisch, als er die neuen Socken anziehen wollte. Tränen schossen ihm in die Augen. Er rollte die Strümpfe wieder hinunter, humpelte zu seiner Kommode und kramte darin herum, bis er ein sauberes Taschentuch fand. Das legte er vorsichtig um seine Ferse und versuchte den Socken darüber zu ziehen. Er schniefte. So ging es einigermaßen. Langsam zog er sich an. Seine Beine fühlten sich so steif an, dass er seine lange Unterhose kaum anziehen konnte.

»Walli? Was treibst du denn? Komm doch bitte endlich!«

»Ja, ich komme gleich.«

Walli zog mit zusammengebissenen Zähnen die Strümpfe hoch, schlüpfte in ein trockenes Hemd und zog noch rasch eine Hose über. Dann schlurfte er in die Küche um seine nassen Sachen aufzuhängen. Mutter hatte sich ausgezogen und stand am Herd. Sie lächelte ihm freundlich zu.

»Walli, bring die Milchkannen in die Speis. Ich hab hier schon etwas in den Topf gegeben. Ich mache uns gleich was zu essen. Und bring noch ein paar Graupen mit.«

Sie hielt ihm ein kleines Schüsselchen hin. Walli versuchte zurück zu lächeln. Er nahm die schweren Milchkannen, ging in die Speisekammer, suchte nach den Graupen, kam dann in die Küche zurück und stellte die kleine Schüssel neben den Ofen. Dann ließ er sich auf die Eckbank plumpsen. Endlich daheim, endlich wieder trocken und warm und endlich einfach nur sitzen. Er streckte vorsichtig die Beine unter dem Tisch aus und unterdrückte einen Seufzer.

»Na Walli, erzähl doch ein bisschen, was habt ihr denn alles angestellt, ihr Buben, hm?«, Mutter drehte sich freundlich zu ihm um, als sie jedoch einen Blick auf ihn geworfen hatte, wie er so auf der Bank hing, zog sie etwas kritisch die Augenbrauen zusammen. »Du siehst ja hundemüde aus, Walli! Ihr wart wohl die halbe Nacht wach und habt Unfug gemacht, was? Das finde ich aber nicht gut. Wenn du dann am nächsten Tag nur so rumhängst und völlig erledigt bist, dann möchte ich das nicht mehr!«

Wallis Mutter klang ärgerlich.

»Wenn du daheim dann deine Pflichten nicht erledigen kannst, dann machen wir das lieber nicht mehr mit dem Übernachten! Oder ihr seid vernünftig genug und schlaft dann auch, ja?«

Mutter sah ihn abwartend an, mit dem Kochlöffel in der Hand.

»Ja Mama, ist ja gut. Ich ... nun, ich bin wirklich etwas müde. Es tut mir leid. Ich kann trotzdem helfen ... Beim nächsten Mal werd ich auch ...«

»Na, da schauen wir erst, ob's so bald ein nächstes Mal geben wird!« Mutter schüttete die Graupen in die heiße Milch und rührte im Topf.

»Du kannst den Tisch decken, Walli!«

17.

»... naja. Nach dem Mittagessen hatte sie wohl doch Mitleid mit mir. Ich wäre wahrscheinlich sonst auch am Tisch eingeschlafen. Sie brummte noch etwas vor sich hin und murmelte was von einem kleinen Mittagsschläfchen. Na und dann hab ich erst mal gepennt, da war's dann schon dunkel, als ich aufgewacht bin. Und nach dem Abendbrot bin ich eigentlich auch ziemlich bald zu Bett gegangen und hab bis heute Morgen geschlafen wie ein Stein. Bis auf die wunden Füße und einen höllischen Muskelkater in den Beinen bin ich jetzt auch wieder ganz fit. Erkältet hab ich mich wohl auch nicht, zum Glück!« Walli grinste die Freunde an. »Ja, das war's. Die ganze Geschichte.«

»Mensch, Walli! Gut, dass das alles noch so gut ausging!«

»Hm.«

»Wir haben uns ganz schön in die Hosen gemacht, wegen dir.«

»Tja, richtig gut fand ich das auch nicht, als der Jeep einfach weg war, das könnt ihr mir glauben!«

Die Jungen saßen zu viert in ihrem Kaninchenschuppen. Anton hatte sie eingeladen, nachmittags nach den Hausaufgaben, zu einem geheimen Treffen. Sie hatten Walli natürlich gleich morgens in der Schule bedrängt, ihnen alles haarklein zu erzählen, aber Herr Brehmer hatte das recht schnell unterbunden. Auch die Pausen reichten für das ganze Abenteuer nicht aus und so hatten sie sich nun getroffen und Walli hatten ihnen alles berichtet.

Alois, der von dem ganzen Abenteuer nichts gewusst hatte, starrte Walli immer noch verblüfft an. Er hatte atemlos der ganzen Geschichte gelauscht und fragte jetzt: »Und du bist wirklich den ganzen Weg zu Fuß gegangen? Mitten in der Nacht?«

»Naja, einen Teil am Abend, den Rest dann morgens am nächsten Tag.«

»Aber woher wusstest du, in welche Richtung du gehen musstest?«

»Ich wusste es nicht genau. Ich hab es vermutet und einfach Glück gehabt.«

Alois schüttelte den Kopf. Bewundernd sah er Walli an. »Ich ... ich hätte bestimmt ganz schön Angst gehabt, nachts allein im Wald.«

»Naja. Ich ... ich bin einfach gegangen. Mir ging auch so viel durch den Kopf ... ich wollte einfach nicht darüber nachdenken, Angst zu haben ... Schwer zu sagen. So jetzt im Nachhinein finde ich es auch ganz schön unheimlich. Aber – irgendwie ging's einfach. Wenn man muss, schafft man mehr, als man glaubt.«

»Hm.«

»Du, jetzt nochmal zu der Sache mit dem Armband – bist du dir da sicher?«

Walli hatte den Freunden natürlich auch von der gemeinen, widerlichen Bauersfrau erzählt und Hans fragte noch einmal nach. »Was willst du da denn machen?«

»Ich werd erst mal Mutter fragen, wo ihr Armband ist. Und wenn ... dann ... naja ... dann müssen wir was unternehmen.«

Walli sah die Freunde herausfordernd an. Anton nickte bedächtig, Hans murmelte »Hm…« und Alois meinte leise nach einer Weile: »Ich bin dabei, wenn du willst.«

Walli lächelte: »Prima. Na dann. Bis morgen, Leute. Vielleicht weiß ich dann schon mehr. Jetzt geh ich lieber mal heim.« Walli stand auf: »Servus!«

Tatsächlich dauerte es bis zum nächsten Wochenende, bis die Jungen sich wieder in ihrem Schuppen treffen konnten. Immer hatte einer von ihnen etwas vor, musste etwas erledigen. Anton hatte in der Mathe-Arbeit eine Fünf geschrieben und durfte die letzten Tage gar nicht aus dem Haus. Er musste mit seiner Mutter Mathe üben und war davon furchtbar genervt und selbst vormittags in der Schule in übler Stimmung.

Im Laufe der Woche war es wieder kälter geworden. Es hatte nachts tüchtig gefroren, sodass der ganze angeschmolzene Schneematsch sich zu hartem Eis verwandelt hatte. Die Wege waren durch die hart gefrorenen Spuren und Furchen, die sich durch den angeschmolzenen Schneematsch gebildet hatten, unwegsam wie ein umgepflügter, gefrorener Acker. Wenn man darüber ging, krachte und knirschte es und alle Leute schimpften über die gefährlich glatten, eisigen Straßen. Splitt und Asche wurden gestreut und trotzdem konnte man nur vorsichtig und langsam gehen. Auch die Straßen waren eisglatt. Wenn nicht alles so uneben gefroren gewesen wäre, hätte man wohl den ganzen Stadtplatz hinunter schlittern können. Die feuchte, neblig nasse Luft war einer klaren Kälte gewichen und die Sonne, die sich heute endlich wieder zeigte, ließ überall die Eiszapfen glitzern. Äste und Zweige waren von Eisschichten umhüllt und darin eingeschlossen, sodass das Licht darauf funkelte. Endlich konnte man auch wieder die Wälder der nahen Berge sehen, die nicht mehr von bleigrauen Nebelschwaden verschluckt waren, sondern ganz und gar vom Raureif überzogen in der hellen Sonne leuchteten.

Anton hatte gerade über die schrecklichen Sachaufgaben, die seine Mutter sich immer für ihn ausdachte, gemault. Hans lachte, als Anton von den 18 Knöpfen erzählte, die jemand an Jacken nähen musste, an die immer sechs gehörten.

»Als ob ich Knöpfe annähen würde, pff!«, Anton schnaubte verächtlich. Alois erzählte ihnen, er hätte gestern mit seinem Vater mitgehen und ihm auf dem Magistrat dabei helfen dürfen, verschiedene Aufgaben für die Amerikaner zu erledigen. Walli fand, dass Alois jetzt öfter von seinem Vater und dessen Arbeit erzählte und freute sich darüber. Anscheinend kam Alois nun besser mit seinem Vater aus.

Schließlich brachte Hans dann die Sprache auf das Armband: »Hast du jetzt eigentlich deine Mutter gefragt, Walli? Wegen des Armbands?«

»Ja. Aber … irgendwie ... hat sie nicht viel dazu gesagt. Ich ... ich habe ihr gesagt, ich würde das Armband so gerne mal wieder sehen. Da hat sie ganz verwundert geschaut und irgendwas gesagt, sie hätte es zu Verwandten geschickt, damit es in Sicherheit ist und sie würde es wieder holen, wenn das hier alles vorbei ist, wenn wir wieder daheim wären und so. Aber ich kenne überhaupt keine Verwandten, zu denen sie irgendetwas schicken würde. Ich ... na, sie war schon irgendwie komisch. Ich hab mir vorgenommen, mit Helene darüber zu reden, aber die seh ich im Moment fast nie. Sie kommt immer erst so spät von ihrer Näherei heim, da bin ich meistens schon im Bett. Morgen, am Sonntag, da hab ich mir vorgenommen, sie zu fragen. Wenn Mutter nicht dabei ist. Vielleicht weiß ja Helene mehr, als mir Mutter sagen mag. Mal sehen.«

»Und jetzt? Was machen wir?«

Der ganze Samstagnachmittag lag vor ihnen und das gute, klare Wetter schien dafür zu sorgen, dass sie bester Laune waren und eigentlich keine schweren Gedanken hin und her wälzen wollten. »Sollen wir zum Bahnhof gehen, zu den

Bretterstapeln? Zum Verstecken spielen? Da ist heut Nachmittag bestimmt keiner mehr«, fragte Alois.

»Ach, nicht sicher. Da ist Samstagnachmittag oft noch Betrieb in den Glashütten«, winkte Anton ab, »aber meint ihr, ob man nicht auf dem Weiher in der Anlage wieder Schlittschuh laufen kann? Es hat doch die letzten Tage kräftig gefroren.«

»Keine Ahnung, ich war die ganze letzte Woche nicht in der Nähe«, antwortete ihm Hans, »aber wir können's uns ja mal anschauen.«

»Habt ihr denn eigentlich Schlittschuhe?«, wollte Walli verwundert wissen.

»Ne, haben wir nicht«, meinte Anton, »aber vielleicht leiht uns ja jemand welche.«

»Na, das würde mich überraschen«, antwortete Walli.

Die Buben sprangen auf und liefen in den hellen Sonnenschein hinaus. Klar und kalt war die Luft, in dicken Dampfwolken stieg ihr Atem vor ihnen auf und im Nu hatten sie rote Backen. Übermütig alberten sie herum, schubsten sich auf den eisigen Straßen, stießen lautes Gelächter aus, wenn einer von ihnen ausrutschte und hinfiel und sich stöhnend sein Hinterteil hielt. Sie marschierten weiter, durch die Anlage bis zu dem Weiher, auf dem im Winter oft Schlittschuh gefahren oder auch Eisstock geschoben wurde. Vor Weihnachten hatte man schon einmal darauf fahren können, da war gutes Eis gewesen.

»Ui, schaut, da ist ja mächtig was los!«, rief Alois erfreut.

Und wirklich, auf und um den Weiher waren viele Leute – Kinder und Erwachsene. Das herrliche, kalte Winterwetter schien an diesem Samstagnachmittag die Zwiesler hervorzulocken. Eine Gruppe älterer Männer mit ihren Eisstöcken hatte sich an einer Seite des Weihers eine besonders glatte Bahn gemacht. Auf dem restlichen Weiher liefen bestimmt 20 Kinder herum. Einige hatten Schlittschuhe angeschnallt, die meisten jedoch schlitterten einfach so mit ihren Stiefeln über das Eis.

»He, schaut, da ist ja die Katja, aus unserer Klasse, da mit ihren Zöpfen«, Hans deutete auf eine vermummte Gestalt mit roter Mütze, aus der zwei dicke, braune Zöpfe baumelten, »und schaut, sie hat ja richtige Schlittschuhkufen dran!«

Die Jungen liefen an den Rand des Eises und Hans rief das Mädchen an: »Hallo, Katja! Grüß dich! Du hast ja prima Schlittschuhe!«

Das Mädchen fuhr auf sie zu und strahlte sie an: »Ja, hab ich von meinem Großvater. Ich hab sie auch erst das zweite Mal heute dran, aber es geht schon recht gut.«

Etwas wackelig fuhr Katja wieder los und die Buben blickten ihr hinterher. Eine Weile sahen sie dem Mädchen zu, dann sprangen sie selbst aufs Eis und schlitterten etwas hin und her. Das wurde ihnen aber bald langweilig und sie sahen etwas missmutig den Kindern zu, die auf ihren Kufen übers Eis glitten. Manche konnten es richtig gut und sausten schnell dahin.

»Mann, ich möcht auch mal richtig fahren«, murmelte Anton verdrossen.

»Ich auch«, seufzte Walli.

»Na, dann fragen wir doch die Katja, oder?«, rief Hans.

»Pfff«, machte Anton abschätzig, »ich frag sie nicht. Das kannst du ja machen, Hans. Ich frag kein Mädchen.«

»So ein Quatsch! Die Katja ist doch ganz nett«, erwiderte Hans.

»Na und? Aber ein Mädchen«, brummte Anton.

»Ach was, komm, ich geh mit, Hans«, rief Walli, »wir fragen sie einfach. Mehr als nein sagen, kann sie ja nicht. Und dann sind wir auch nicht schlechter dran als jetzt.«

Die beiden liefen auf das Mädchen zu, das langsam und etwas unsicher über das Eis glitt.

»Du, Katja«, begann Hans, »meinst du, wir könnten uns mal deine Kufen ausleihen ... nur mal kurz, wenn du ... vielleicht mal ne Pause machst?«, unsicher blickte Hans sie an.

»Aber ja doch, kannst du ruhig. Komm, gehen wir da an die Bank, dann kannst du sie anschnallen«, Katja fuhr langsam auf eine Bank zu, die am Rande des Eisweihers stand.

Hans und Walli grinsten sich froh an und liefen rasch hinterher. Katja setzte sich auf die Bank und zog einen kleinen Schraubschlüssel aus ihrer Hosentasche. Damit hantierte sie an ihren Kufen, die an den Stiefeln festgeschnallt waren, herum.

»Wie ... wie kriegst du die denn an den Schuhen fest?«, fragte Walli sie.

»Hier, mit dem Schlüssel kann man die Klammern festziehen. Da, die packen dann um den Schuh«, Katja deutete an die Stelle, an der sie gerade versuchte, die Klammer zu lösen.

Dann wackelte sie an der Kufe und zog sie von ihrem Schuh. Sie hielt die Konstruktion den beiden Buben entgegen.

»Hier, die Kufen sind hier an diesem Steg festgemacht«, sie deutete auf einen Steg aus Metall, an dem unten die Kufe festgelötet war und von dem vorne und hinten auf beiden

Seiten Klammern weggingen. Diese Klammern konnte man mit dem Schraubschlüssel weiter und enger schrauben. »Und da, von dem Steg gehen diese zwei Klammern weg – die eine packt vorne am Spann an die Schuhsohle, die hintere am Absatz. Aber – so richtig gut hält das oft nicht. Manchmal werden die Klammern lose und alles fängt an zu wackeln und man kippt um – oder«, und dabei grinste Katja verschmitzt, »oder man macht sich die Schuhe kaputt! Deswegen sagt man ja auch Stöcklreißer dazu!«

Sie hatte die beiden Kufen von ihren Schuhen abgemacht und hielt sie nun Hans hin.

»Da. Setz dich am besten her, dann helf ich dir.«

»Magst du erst, Walli?«, Hans blickte auf seinen Freund.

»Nein nein, mach du nur, Hans!«, winkte Walli ab.

Hans setzte sich neben Katja und ließ sich von ihr zeigen, wie man die Kufen festmachte. Etwas unsicher stand er auf und wackelte die wenigen Schritte von der Bank hinunter auf das Eis.

»Wart, halt dich fest an mir«, bot Walli ihm an und half seinem Freund.

Hans versuchte vorsichtig auf dem Eis zu rutschen, aber schon nach zwei Schritten knallte er auf seinen Hintern. Walli und Katja lachten los und Hans funkelte die beiden an, während er mühsam versuchte auf dem glatten, rutschigen Untergrund wieder aufzustehen.

»Mach dir nichts draus«, meinte Katja versöhnlich, »gestern bin ich eigentlich auch den ganzen Nachmittag nur aufgestanden. So geht's jedem, am Anfang fällt man dauernd hin.«

Hans grummelte etwas vor sich hin und wagte sich erneut an kleine vorsichtige Schritte. Walli musste immer noch grinsen, denn die Haltung seines Freundes sah wirklich lustig aus: Die Arme hatte er weit von sich gestreckt und ruderte immer wieder hektisch mit ihnen herum, um das Gleichgewicht zu halten, seinen Po hatte er, damit sein Schwerpunkt möglichst vorne lag, weit nach hinten gestreckt um nicht wieder schmerzhaft darauf zu landen. Dazu machte er kurze, wackelige Schritte, die mit dem eleganten Dahingleiten von Eisläufern überhaupt nichts gemein hatten.

»Ja, grins' du nur«, blaffte er Walli an, »du wirst schon sehen, dass das gar nicht so leicht ist!«

»Ich grinse ja gar nicht«, versuchte Walli ihm zu antworten, während er kaum unterdrücken konnte, heftig loszuprusten, »sieht wirklich ... elegant aus!«

»Ha, ha, ha, na warte nur!« Hans versuchte sich etwas rascher von Walli wegzubewegen und landete prompt wieder auf dem Hosenboden.

Inzwischen hatten sich auch Anton und Alois an Katja herangewagt und waren zu ihnen gekommen. Auch die beiden konnten sich ihr Grinsen nicht verkneifen, als sie dem armen Hans zusahen, wie er sich wieder aufrappelte.

»Ich hab's schon mal probiert, vor Weihnachten, da war der Weiher doch auch zugefroren – ist echt nicht einfach beim ersten Mal«, versuchte Alois Hans in Schutz zu nehmen, der gerade seine ersten Gleitbewegungen vorführte.

»Na, was sagt ihr, geht doch schon ganz ...« – und schon krachte Hans direkt vor ihnen wieder auf das harte Eis.

»Puh, aua, mein Hintern. So ein Mist! Ah, ich schwitz' schon«, jammerte er, »magst du jetzt mal Walli, ich brauch ne Pause!«

Lachend half Walli ihm auf und führte ihn wieder zur Bank.

Doch als Walli die Kufen angeschnallt hatte, ging es ihm damit nicht besser und auch er musste es sich gefallen lassen, dass seine Freunde ihm grinsend bei seinen wackeligen Fallübungen zusahen. Anton wollte sich natürlich nicht dazu herablassen, die Kufen eines Mädchens anzuschnallen, obwohl man ihm genau ansehen konnte, wie gern er es auch einmal probiert hätte. Zwischendurch drehte auch Katja immer wieder einige Runden und die Buben mussten ihr bewundernd dabei zusehen, nachdem sie jetzt festgestellt hatten, dass das wahrlich gar nicht so leicht war.

Vergnügt verging der Nachmittag am Eisweiher, bis der strahlend blaue Himmel immer heller wurde. Die tief stehende kalte Wintersonne färbte sich rosarot und tauchte alles in ein milchiges Abendlicht. Der Raureif an den Bäumen um den zugefrorenen Weiher funkelte wie tausend Diamanten.

»Danke Katja, gell! War echt nett von dir!«, meinte Hans etwas verlegen, als sie beschlossen hatten, dass es wohl langsam Zeit zum Heimgehen war.

»Ach, gern geschehen, war lustig mit euch! Vielleicht klappt‘s ja morgen nochmal mit dem Eislaufen. Und sonst – bis Montag in der Schule!« Das fröhliche Mädchen mit den dicken, braunen Zöpfen grinste die Buben an, winkte ihnen noch einmal zu und ging los.

»Die ist eigentlich ganz nett, find ich. In der Schule sagt sie nur immer nichts, da merkt man das gar nicht...«, meinte Hans.

»Ja ja, ganz nett...«, grinste Anton ihn frech an, »ich ...«

»Ach, sei bloß still, du!«, fuhr Hans ihn verärgert an, »du traust dich ja nicht mal Eislaufen!«

»He, hört auf ihr beiden!«, versuchte Alois sie zu beruhigen, »das war doch wirklich nett, dass sie ihre Kufen hergeliehen hat«, schnell versuchte er das Thema zu wechseln, »ich muss jetzt jedenfalls heim. Morgen schaut‘s schlecht aus bei mir, da muss ich daheimbleiben. Wir sehen uns Montag in der Schule, ja?«

»Ja gut, also dann, bis Montag«, erwiderte Hans.

18.

Die Schulwoche verlief recht ereignislos, in den Pausen stänkerte der Rehmbichler sie nicht mehr an als sonst und Schwester Emalia war nicht gemeiner als üblich. Am Donnerstagmorgen erzählte Walli seinen Freunden jedoch aufgeregt, dass er gestern Abend endlich mit Helene gesprochen hatte. Nachdem er hartnäckig auf sie eingeredet hatte, hatte Helene ihm tatsächlich erzählt, Mutter hätte das Armband hergegeben, um an Lebensmittel zu kommen. Walli war entsetzt gewesen und er war davon überzeugt, dass die schreckliche Bäuerin wirklich das Armband seiner Mutter hatte. Damit stand für ihn fest, dass er es zurückholen würde. Als er den Freunden davon erzählte, erklärten sie einstimmig, ihm dabei zu helfen.

Sie hatten vereinbart, sich Samstagnachmittag bei den Kaninchen zu treffen und sich zu beraten. Und da saßen sie nun.

»So Leute: Wie sieht‘s aus, Alois? Hast du eine Karte von der Gegend auftreiben können?« wandte Walli sich an seine Freunde.

Alois hatte angeboten, seinen Vater zu fragen, ob er ihm eine gute Karte besorgen würde.

»Vater wollte sie mir nicht mitgeben, aber ich hab sie abgemalt, heute Vormittag. Vater hat eine sehr genaue, von einem Ami-Major. Da hab ich sie. Ich hab sie ganz genau nachgemalt.«

Alois zog ein zusammengefaltetes Blatt Papier aus seiner Jackentasche und hielt es ihnen hin.

»Ui, prima, Alois! Das ist ja ne Wucht! Da hast du aber ganz schön lange gezeichnet, was?«, freute sich Walli.

»Naja...«, meinte Alois etwas verlegen. Auch die anderen besahen sich die Karte von Alois.

»Und was hast du deinem Vater gesagt, wofür du auf einmal eine Karte brauchst?«, fragte Anton ihn.

»Ich hab halt gesagt, ich wolle ... eine genaue Karte der Gegend ... damit ich mich hier mal ein bisschen besser auskenne und so ... auch dann im Erdkundeunterricht, die wichtigsten Gipfel des Bayerwaldes und...«, antwortete Alois ausweichend.

»Und das hat er dir geglaubt?«, fragte Anton nach.

»Na, stimmt doch auch. Ist doch gar nicht geschwindelt. Wir wollen uns doch auch etwas besser auskennen«, kam Hans Alois zu Hilfe.

»Ja, das wollen wir...«, grinste Anton.

»Hm ... Thurndorf ... hat der nette alte Mann gesagt, heißt die Ortschaft ...«, Walli studierte schon die von Alois gezeichnete Karte. Dieser wies sogleich auf eine Stelle.

»Hier, hier ist es: Thurndorf. Das weiß ich noch, vom Abzeichnen, du hattest uns den Namen ja schon gesagt. Und wie hießen die Leute nochmal?«

»Kumpfmüller«, antwortete Walli. »Hm, da unten ist das also ... wie lange sagtest du, bist du da am Morgen dann noch marschiert?«, wollte Anton wissen.

»Etwa zwei Stunden.«

»Puh, ganz schön weit«, schnaufte Anton.

»Da müssen wir früh aufbrechen«, meinte Hans.

»Heißt das ...«, fragte Walli etwas unsicher nach, »heißt das, dass ihr wirklich mitmacht? Wollt ihr wirklich mitgehen? So weit?«

»Na klar, Walli! Ehrensache!«, meinte Anton und grinste.

»Hans?«

»Sowieso.«

»Und du, Alois?«

»Na, ich werde doch meine Karte selber am besten lesen, oder? Klar!«

Walli nickte ihnen zu. So ein Glück, solche Freunde zu haben!

Sie hatten noch eine Menge zu besprechen und zu planen. Es galt zu überlegen, wann es wohl am besten war, dort anzukommen, wie sie an Reiseproviant kommen würden und vor allem, wie sie es hindrehen konnten, dass ihre Mütter sie einen ganzen Tag weglassen würden, ohne groß nachzufragen.

»Ein Riesenproblem ist, dass wir davon ausgehen müssen, dass diese schreckliche Frau das Armband auch trägt«, überlegte Alois, »schließlich hat Walli es ja am Abend an ihr gesehen. Wahrscheinlich legt sie es aber über Nacht ab ... Walli, als sie in der Früh in den Kuhstall kam, hatte sie es da wohl schon an?«

»Keine Ahnung! Da hatte ich ganz andere Sorgen, als nach

dem Armband zu schauen ... da hab ich mich so tief ins Heu geduckt, wie möglich, die Luft angehalten und Höllenangst ausgestanden, dass sie mich entdeckt! Da hab ich wirklich nicht...«

»Ja, ist schon gut, Walli. Aber nun, ich könnte mir vorstellen, wenn sie in aller Herrgottsfrüh aufsteht, um erst mal zu melken, dass sie sich da vielleicht noch nicht zurechtgemacht hat. Vielleicht erst später, nach dem Frühstück oder so ... vielleicht legt sie es da dann erst an...«

»Vielleicht, vielleicht, vielleicht! Das hilft uns aber nicht weiter!«, schnaubte Anton.

»Aber wir müssen ja überlegen, wie‘s am besten gehen könnte. So einfach ist das Ganze schließlich auch nicht, da sollten wir uns lieber vorher ein paar Gedanken machen«, wandte Hans ernst ein, »da hat der Alois schon recht. Und das ist sowieso unsere einzige Möglichkeit, dass wir an das Armband rankommen, wenn sie es nicht umhat. Oder sollen wir es ihr vom Arm reißen? Sollen wir sie überfallen – Armband her oder Leben? Oder was?«

»Na, schlecht wär das nicht...«, schnaubte Anton.

»Das ist doch Quatsch! Dann zeigt die uns bestimmt an. Oder sie und ihr Mann, die schnappen uns einfach. Nein, das Beste wäre schon, wir könnten irgendwie heimlich an das Armband rankommen ... hm...«, Walli grübelte vor sich hin, »aber das würde bedeuten, wir müssten schon da sein, wenn sie zum Melken geht ... vielleicht muss ihr Mann ja auch früh weg ... dann wäre das Haus leer ... das wäre der einzige Moment, in dem wir danach suchen können ... wenn sie es morgens noch nicht umhat – die alte Hexe!«

»Moment mal! Hast du gerade gesagt, wir sollten *schon da*

sein, wenn sie morgens zum Melken geht?«, wollte Anton verdutzt wissen.

»Hm, ja. Das wär am besten...«, antwortete Walli zögerlich.

»Und ist dir auch klar, wann wir dann loslatschen müssten?«, fragte Anton empört.

»Naja ... als sie in den Stall kam, dämmerte es draußen gerade ... da war es vielleicht sieben oder so ... dann müssten wir ...«

»Um fünf losgehen«, murmelte Hans.

»Ihr seid ja alle verrückt!«, knurrte Anton, »wie sollen wir das denn machen? Was soll ich denn meiner Mutter sagen? Hör mal, ich müsste morgen um fünf aufstehen, wir wollen einen kleinen Waldspaziergang machen? Hm? Klasse Idee!«

»Na, dann müssen wir eben heimlich morgens aufstehen ... und einen Zettel dalassen, damit sie sich nicht wundern«, überlegte Hans, »dann sind wir ja auch am Nachmittag wieder da...«

»Wenn alles gut geht«, brummte Anton.

Er war von dem ganzen Plan wenig überzeugt, und die Vorstellung morgens um fünf durch Kälte und Dunkelheit zu marschieren, erschien ihm völlig unsinnig.

»Und könnt ihr mir mal sagen, wie das gehen soll, um fünf Uhr morgens? Ich werde da ganz bestimmt nicht wach, und ich kann ja schlecht meine Mutter bitten, mich zu wecken, oder?«, maulte Anton weiter.

»Ich hab einen Wecker...«, sagte Alois leise.

»Na, schön für dich!«, antwortete Anton giftig, »und wenn uns da einer rumschleichen sieht, um die Zeit? Da ist doch bestimmt noch Ausgangssperre, da darf man ja noch gar nicht draußen sein, oder? Du weißt das doch bestimmt, du kennst dich doch aus mit den Amis.«

»Anton, jetzt hör schon auf!«, versuchte Walli ihn zu beruhigen. »Aber es wäre wirklich am besten, so früh aufzubrechen. Und die Idee mit dem Zettel ist auch gar nicht so schlecht ... nur, was sagen wir denn unseren Müttern? Wir müssen ihnen doch vorher sagen, dass wir den ganzen Tag weg sind. Und wo kriegen wir nur was zu essen her? Wir müssen ja was mitnehmen, wenn wir den ganzen Tag unterwegs sind.«

»Vielleicht könnten wir ja noch mal einen Tag beim Schäffler arbeiten. Da könnten wir uns vielleicht was verdienen«, überlegte Hans.

»Oh nein, nicht schon wieder. Meine Arme haben mir bestimmt noch eine ganze Woche davon wehgetan!«, rief Anton.

»Doch, doch das ist gut! Prima Idee, Hans!«, rief Walli. »Und jetzt sind wir sogar zu viert! Da geht doch ordentlich was weg, wenn wir alle zusammenarbeiten. Wir müssen ihn fragen, ob er uns was zahlt. Dann könnten wir uns ein Brot kaufen und mitnehmen. Das wäre klasse. Wer geht zum Schäffler und fragt ihn? Willst du das übernehmen, Hans?«

»Ja, kann ich machen, kein Problem«, meinte dieser.

»Aber jetzt sind wir immer noch nicht weiter, wie wir das in der Früh machen sollen. Ich will auch nicht einfach abhauen. Meine Mutter wird sonst bestimmt stinksauer ... und einfach anlügen will ich sie auch nicht«, sagte Hans.

»Ne, ich auch nicht. Aber können wir nicht sagen, wir möchten gemeinsam einen Ausflug machen ... und früh aufbrechen, um ... um ...«, Walli blies laut die Luft aus und schien schwer nachzudenken.

»Um das Wild zu beobachten!«, rief Alois auf einmal aus, »ja, wir möchten einfach mal früh miteinander in den Wald gehen, um Tiere zu beobachten! Vielleicht eine Wildsau und Rehe ... oder einen Luchs! Ja, wir möchten Spuren im Schnee lesen und ... und…«

»Ja, ja das ist gut! Saugut! Wir sagen, wir wollen eine Wanderung miteinander machen, und Tiere beobachten! Ja, das ist es!«

»Oh, Mann! Glaubt ihr, damit kommen wir durch?«, Anton schien wenig begeistert, aber die anderen drei wurden ganz aufgeregt.

»Ja, prima! Das ist gut! Wir sagen, wir möchten am Samstag oder Sonntag alle zusammen eine Wanderung machen zum ... zum Falkenstein hoch vielleicht, na und dann schreiben wir einen Zettel, dass wir eben etwas früher los sind. Ja, so machen wir's!« Der kleine Hans war Feuer und Flamme.

»Ja, ich finde das auch gut, und gelogen ist es auch nicht ... nicht schlimm«, Walli nickte und war mit dem Plan sehr zufrieden, »komm schon Anton, das ist echt in Ordnung so, das klappt!«

»Na, ich weiß nicht...«, Anton schaute immer noch etwas missmutig drein, »und wie machen wir das mit dem Wecken?«

»Meine Mutter hat auch einen Wecker, den ... leih ich mir aus. Ich kann ja bei dir ans Fenster klopfen und dich wecken, Anton!«, bot Hans an.

»Hm. Dass dich aber ja keiner hört!«

»Na, wenn du nicht zu tief pennst, dann hört uns schon keiner. Und du, Walli?«

»Ach, ich werde schon rechtzeitig wachwerden. Ich bin bestimmt so aufgeregt, dass ich dauernd wachwerde. Und wenn wirklich nicht – na, dann müsst ihr mich auch wecken, du und Anton, ja? Also – abgemacht?«, Walli schaute erwartungsvoll in die Runde.

Alois und Hans nickten ihm lächelnd zu und sogar Anton vergaß, grimmig zu kucken und nickte schließlich auch: »Ziemlich schlechter Plan, find ich, aber es sieht so aus, als gäbe es wohl keinen besseren. Dann müssen wir's eben so machen. Na gut. Und wie geht's jetzt weiter?«

»Ich werd jetzt gleich mal beim Schäffler vorbeigehen und fragen«, sagte Hans, »sobald wir genug verdient haben, dass wir etwas zu essen besorgen können, kann es losgehen. Was brauchen wir noch, außer Proviant?«

»Eine Taschenlampe wäre gut. Um fünf ist es ja noch stockdunkel«, sagte Alois, »vielleicht kann ich ja eine besorgen.«

»Das wäre prima, Alois!« antwortete Walli.

»Und wann soll's dann losgehen?«, fragte Alois, »nächstes Wochenende, oder wann?«

»Ja, von mir aus gerne. Je eher desto besser«, antwortete Walli, »und ihr seid euch auch wirklich alle sicher, dass ihr mitwollt? Ich wäre keinem böse, wenn...«

»Hör auf, Walli. Wir haben doch schon gesagt, dass wir mitgehen. Allein schaffst du's auch nicht. Je mehr wir sind, desto besser.«

»Na, und ... wenn was schiefgeht? Wenn sie uns erwischen? Dann hängt ihr alle mit drin!«, ernst sah Walli die Jungen an.

»Na dann – lassen wir uns eben nicht erwischen!«, grinste Hans.

19.

In vier verschiedenen Häusern in Zwiesel wurden an diesem Abend fast die gleichen Diskussionen geführt: Die vier Buben versuchten jeweils mit allen Mitteln ihre Mütter und zum Teil auch Väter zu überreden, sie mit ihren Freunden auf eine längere Wanderung zu lassen, um Luchsspuren am Falkenstein zu beobachten oder Hirsche oder Füchse. Selbst die Tatsache, dass sie zu viert unterwegs sein würden, schien die Eltern nicht wirklich zu überzeugen und sie brachten die verschiedensten Einwände vor. Als sie sich aber am nächsten Tag, am Sonntag, gleich nach dem Mittagessen zu einer kurzen Lagebesprechung trafen, brachten glücklicherweise alle vier gute Nachrichten mit.

»Ich darf mit, aber ich soll spätestens um fünf daheim sein, bevor es duster wird«, begann Alois.

»Ja, ich darf auch, aber dafür musste ich versprechen, den ganzen Sonntag zu Hause zu sein und nächstes Wochenende Vater beim Holzmachen zu helfen«, erzählte Anton mit einem etwas gequälten Grinsen.

»Mutter hat‘s mir schließlich auch erlaubt, ich hab ihr gesagt, wir wollten recht früh los, und dass wir uns selber um Brotzeit kümmern, naja ... es dauerte eine Weile, bis sie es endlich einsah...«, erzählte Walli, »und du Hans?«

»Ich darf auch, zum Glück! Ich hab sie auch gleich gefragt, ob sie mir ihren Wecker leiht, weil wir ja früh aufbrechen wollen, und damit sie am Wochenende nicht so früh aufstehen muss ... sie hat sich zwar gewundert und gemeint, sie wäre eh spätestens um sieben wach und könnte mich dann wecken. Naja, ich hab ihr jedenfalls nicht gesagt, dass wir da schon längst weg sind ... ich glaub, das war auch besser! Auf alle Fälle bekomme ich den Wecker und darf mit! Und beim Schäffler war ich auch, aber der hat leider gesagt, er hat zurzeit keine Arbeit für uns. Es wird wohl gerade hauptsächlich nur Brennholz gemacht und da gibt's ja nichts zum Entrinden. Tja, leider«, Hans schaute Walli etwas ratlos an.

»Hm, ich hätte da vielleicht noch eine andere Idee«, meinte Anton, »da in der Nähe von uns, bei den Glashütten, da steht so ein Schuppen, ein Holzschuppen, da liegt lauter altes Gerümpel, lauter rostige Eisenteile von irgendwelchen alten Maschinen oder Gussformen ... na, wenn wir da vielleicht ein bisschen was ... entsorgen würden, bei dem Alteisenhändler in Rotkot, ihr wisst schon, bei dem alten Kerl, wo wir auch die Sachen hingebracht haben, als wir unseren Schuppen hergerichtet haben, der hat uns doch da auch bezahlt...«

»Aber ... das gehört doch bestimmt irgendwem...«, argwöhnte Alois.

»Na und? Aber das braucht doch niemand mehr, sonst würde das doch nicht alles so in dem Schuppen rumliegen!«, antwortete Anton bestimmt.

»Naja, aber wir können das doch nicht einfach so ... so ... nehmen!«, meinte Hans.

»Ach was, das merkt doch keiner! Wir nehmen ja nicht alles, nur so ein paar Trümmer halt!«, versuchte Anton sie zu überzeugen »wir könnten es uns ja wenigstens mal anschauen. Heute ist doch Sonntag, da ist da keiner...«

»Naja, anschauen könnten wir's uns schon mal«, meinte Walli, »oder?«

Alois und Hans nickten schließlich doch auch und die vier marschierten los.

Bis zu den Glashüttenwerken war es nicht weit und als sie ankamen, sahen sie sich zunächst vorsichtig um. Das weitläufige Gelände mit den großen Hallen, verschiedenen Schuppen und dem lang gestreckten Gebäude der Glasfabrik, lag ruhig und verlassen vor ihnen. Es war ein Leichtes hineinzukommen: Der ehemalige Zaun, der die Glashütten umgeben hatte, war an vielen Stellen kaputt, eingerissen, Zaunpfosten hingen schief und krumm in ihren Verankerungen und an manchen Stellen war der Zaun fast ganz zu Boden gedrückt. Hier gab es scheinbar nicht mehr viel, was sich einzuzäunen lohnte. Die Glasmacher hatten erst vor Kurzem ihre Arbeit wieder aufnehmen dürfen und die Produktion schien nur langsam wieder in Gang zu kommen. Als Erstes mussten die Zeichen der Zerstörung beseitigt werden, die verschiedensten Gebäude wieder aufgebaut oder zumindest renoviert werden. Und während des kalten, schneereichen ersten Winters nach Kriegsende konnte nur wenig draußen gearbeitet werden. Man wartete auf den Frühling, um mit den Aufräumarbeiten weitermachen zu können.

Die Buben stiegen über den Zaun und huschten rasch hinter Anton her, der sich hier gut auskannte. Schließlich hatte sein Vater hier gearbeitet und er war schon oft hier gewesen – auch unerlaubt, denn auf den hohen Bretterstapeln hatte man mutig hochklettern, Verstecken spielen und nach Resten und Teilen von den Glasröhren der Schottwerke suchen können, denn diese waren begehrte Trophäen bei den Buben von Zwiesel, eigneten sie sich doch wunderbar als Blasrohre, um sich gegenseitig mit Vogelbeeren zu beschießen.

Davon war wenig übriggeblieben: Die Bretterstapel waren alle verheizt oder gestohlen worden und die letzten Jahre hatten die Glaswerke die Kriegsmaschinerie des Naziregimes mit Fliegerscheiben beliefern müssen. Nur mehr wenige grünliche Scherben, die man auf schneefreien Flecken direkt unter den Dächern und vor den Mauern der Hütten fand, zeugten von den herrlichen Glaswaren, die hier in alter Handwerkskunst vor dem Krieg hergestellt worden waren.

Anton hatte sie zu einem kleineren, hölzernen Schuppen geführt, der an ein größeres Lagergebäude angebaut war. Der Schuppen hatte wahrscheinlich einmal als Holzlagerplatz gedient, denn die Wände waren nicht dicht verbrettert, sondern bestanden, wohl zur Belüftung, nur aus senkrechten Holzlatten, die mit größerem Abstand zueinander angebracht waren. Durch die Spalten konnte man gut in den Schuppen hineinsehen. Es fiel genug Licht in das Innere, sodass man die unterschiedlichsten Metallteile und Gerätschaften erkennen konnte. Alte Blasbälge, Gasbrenner, Gussformen, alte Rohre, verbogen und rostig, und viele andere Teile, deren Zweck und Nutzen man nicht mehr erkennen konnte.

»Ui, das ist ja eine echte Fundgrube! Was hier alles drin liegt! Das könnte man ja prima brauchen, um die verschiedensten Dinge zu bauen!«, flüstert Hans begeistert.

»Hab ich euch doch gesagt!«, erwiderte Anton stolz.

»Und ihr meint, das können wir einfach so nehmen?«, fragte Alois, noch immer etwas verunsichert. Walli lief um den Schuppen herum und kam an eine Tür, die etwas schief in den Angeln hing. Leise quietschend ging sie auf, als Walli vorsichtig daran zog.

»Kommt her, die Tür ist offen!«, rief Walli seine Freunde.

Er sah hinein: »Mann, was hier alles rumliegt, also toll!«, murmelte er.

»Na, wenn sogar die Tür einfach offen ist, werden die das alte Zeug wohl nicht mehr brauchen, oder?«, flüsterte Alois heiser.

»Ne, glaub ich auch nicht«, meinte Hans, »wenn es wirklich wertvoll wäre, hätten sie die Sachen bestimmt irgendwo weggeschlossen«.

»Ja, glaub ich auch. Die haben den alten Krempel hier hinten bestimmt einfach vergessen. Zu brauchen scheinen sie das Zeugs jedenfalls nicht mehr, sonst würden sie das nicht alles hier einfach so rumliegen lassen«, sagte Anton, »aber der Alteisenhändler wird uns bestimmt noch was dafür geben. Also los, beeilt euch, holen wir die Sachen raus!«

Anton sprang aufgeregt von einem Bein aufs andere. Alle standen nun vor der Schuppentür. Hans schlüpfte als Erster hinein und reichte ihnen die rostigen Dinge zu.

»Wie sollen wir das denn alles transportieren – wir haben ja nichts dabei! Ui, sind das geniale Sachen!« Alois hielt ein völlig verbogenes Rohr mit einem Ende, das wie ein breit gedrückter Entenschnabel aussah, hoch.

»Nicht schlecht!«, flüsterte er anerkennend.

»Wir bräuchten ein Leiterwägelchen oder so was«, sagte Walli.

»Haben wir aber nicht!«, antwortete Anton und griff nach einem alten Bunsenbrenner, an dem noch ein Stück brüchiger Schlauch hing, »wir nehmen eben was wir tragen können und bringen es in unseren Schuppen.«

»Das ist doch Blödsinn, Anton! Wenn uns jemand sieht mit all den Sachen, was dann, hm?«, entgegnete Hans, der eben aus der Schuppentür trat, eine sperrige Blechplatte hinter sich herziehend.

»Ne, da kriegen wir Höllenärger. Am besten wir verstecken die Sachen irgendwo und holen sie dann erst, wenn's finster wird.«

»Da kann uns aber genauso jemand erwischen. Ich finde wir bräuchten irgendeinen Wagen oder eine Schubkarre oder so...«, meinte Walli.

»Eine Schubkarre haben wir!«, rief Anton. »Die lehnt doch gleich bei uns hinterm Haus, bei der Holzlege. Die können wir holen.«

»Ja genau, und dann legen wir einfach oben irgendwas drüber, unsere alte Decke aus dem Schuppen oder so. Dann sieht man nicht, was wir da drunter haben. Und dann können wir die Sachen auch gleich nach Rotkot rausfahren«, rief Hans.

»Hm, das ist ja ewig weit bis da raus, das dauert ja Jahre, bis wir da mit dem Schubkarren hinkommen«, seufzte Anton.

»Na, wir können uns ja abwechseln beim Schieben«, antwortete Walli, »und dann haben wir das gleich hinter uns und müssen die Sachen nicht noch irgendwo zwischenlagern. Da raus bringen müssen wir sie ja sowieso, dann ist es doch wirklich am besten wir machen's gleich.«

»Ja, find ich auch. Hauptsache wir verschwinden hier jetzt schnell. Ich hab so ein blödes Gefühl ... nicht, dass doch noch jemand kommt und uns schimpft...«, meinte Alois.

»Ja, los. Lauf du schon mal heim und hol die Schubkarre, Anton. Wir bringen die Sachen derweil hier weg, da hinter den Zaun. Da kannst du auch mit der Schubkarre hinkommen. Los Leute, Beeilung!«, rief Walli und packte sich so viele Blechteile auf die Arme, wie er nur tragen konnte. Anton lief los und Alois und Hans luden sich die restlichen Sachen auf. Alois sah noch einmal vorsichtig um die Ecke des Schuppens, aber niemand war zu sehen.

»Los, die Luft ist rein!«, flüsterte er und die drei schleppten ihre schwere Last hinter den kaputten Zaun. Alois sah sich unruhig um.

»Hoffentlich kommt niemand!«, murmelte er.

»Der Anton wird gleich da sein«, versuchte Hans ihn zu beruhigen, »und dann marschieren wir los, mit dem ganzen Zeug hier.«

»Und auf dem Weg nach Rotkot, wenn uns da jemand sieht? Mit einem Schubkarren? Und einer Decke darüber? Wirklich unauffällig, also echt! Da wird uns doch jeder darauf anreden, was wir da drunter haben. Und was sagen wir dann?«, erwiderte Alois aufgebracht.

»Na, dann sagen wir eben Alteisen, was denn sonst!«, meinte Walli.

»Wir bringen das Alteisen, das sich bei ... sagen wir ... bei Antons Eltern im Schuppen so angesammelt hat, zum Schrotthändler. Was soll denn daran so schlimm sein?«

»Alte Brenner und Glasbläserformen, hm. Oh Mann!«, rief Alois.

»Ach was, wird schon gut gehen, wirst sehen, Alois! Und dann geht's auf zur Eroberung von Wallis Armband! Ist doch für eine gerechte Sache!«, meinte Hans zuversichtlich.

»Schau, da hinten kommt schon der Anton!«

Hans lief dem Freund entgegen und half ihm mit der Schubkarre.

»So, das hätten wir schon mal, war gerade keiner daheim, zum Glück, da konnte ich die Karre einfach nehmen, ohne groß Erklärungen abgeben zu müssen«, sagte Anton und grinste die anderen an, »los, rauf mit dem Plunder! Wir müssen uns beeilen, dass wir hier endlich wegkommen. Und der Weg ist weit genug. Hoffentlich sind wir wieder zurück, bevor es dunkel wird.«

»Bestimmt. Ho- hopp!«, Hans wuchtete schon die ersten Teile auf die Schubkarre.

Gemeinsam luden sie die Sachen rasch auf, breiteten die alte Decke darüber, die Anton aus ihrem Schuppen mitgebracht hatte, und machten sich auf den Weg.

»Ich fang an mit Schieben, ja?«, meinte Alois.

»In Ordnung«, Walli nickte, »sag Bescheid, wenn du nicht mehr kannst, dann lösen wir dich ab.«

Die vier Freunde zogen mit ihrer Karre los, zum Teil mit einem etwas mulmigen Gefühl im Bauch, aber doch davon überzeugt, dass dies ja alles dazu diente, das Armband von Wallis Mutter zurückzuholen.

Um möglichst nicht gesehen zu werden, mieden sie die Theresienthaler Straße, und schoben über einen Feldweg entlang der Bahnlinie bis zur Straße, die nach Rabenstein führte. Von dort aus gingen sie am Regen entlang stadtauswärts, bis sie zur Eisensteiner Straße kamen. Sie hatten Glück und trafen tatsächlich niemanden. Sonntagnachmittag schienen die Zwiesler Besseres vorzuhaben als am Stadtrand über unwegsame, eisige und hart gefrorene Feldwege zu marschieren. Obwohl sie sich immer wieder abwechselten, waren die Buben ins Schwitzen gekommen und stöhnten über die Anstrengung, die wackelige, voll beladene Schubkarre über die holprigen, unebenen Wege zu schieben. Immer wieder mussten sie zu beiden Seiten mit anfassen, mit aller Kraft und

Schwung die Karre über gefrorene Furchen und Wagenrinnen wuchten und ständig Acht geben, dass ihnen die Fuhre nicht umkippte.

Sie kamen nur langsam voran, und als sie endlich an der Eisensteiner Straße waren, setzten sie stöhnend und schnaufend ab. Von hier aus war es nicht mehr weit, sie mussten die Straße überqueren und kamen dann in die kleine Siedlung Rotkot, die außerhalb des Stadtgebietes von Zwiesel in Richtung Bayerisch Eisenstein lag. Diese hatte einen etwas zwielichtigen Ruf und den meisten Zwiesler Kindern wurde verboten, dort hinzugehen. Gerüchte und zweifelhafte Geschichten brachten die kleine, ärmliche Siedlung in Verruf. Das war den Buben jedoch egal, wichtig war ihnen nur, dass hier ein Alteisenhändler lebte, der nicht lange nachfragte, wo die Sachen herstammten, die man ihm brachte, und der für alle möglichen Waren sofort bezahlte.

Die vier Freunde waren heilfroh, als sie endlich mit langen Armen und schmerzenden Schultern dort ankamen. Zu ihrer großen Erleichterung war der alte Schrotthändler auch zu Hause und nach wenigen mürrischen Blicken in ihre Schubkarre ging er brummend zurück ins Haus. Noch während sich die Jungen unsicher und verwirrt ansahen, kam er zurück und drückte Anton einige Münzen in die Hand.

»Fahr es da rüber, in den Stall. Kipp es hin, wo Platz ist, Junge. Wenn ihr noch mehr von dem Zeug habt, könnt ihr es ja bringen«, war alles, was er noch murmelte, dann drehte er sich um und ging ins Haus. Verdutzt sahen die vier dem Alten hinterher, dann öffnete Anton die Hand.

»80 Pfennig. Das war bestimmt mehr wert, das ganze Zeug. So ein Betrüger!«, murmelte Hans.

»Ach was. 80 Pfennig, das reicht doch für eine ordentliche Brotzeit! Mehr wollten wir doch nicht. Und wir können froh sein, dass alles so gut geklappt hat!«, meinte Walli.

»Ja, das stimmt. Aber so eine Schinderei, puh!«, stöhnte Anton.

»Na, Hauptsache wir haben jetzt Geld«, grinste Alois, »und sind nicht geschnappt worden!«

Froh und befreit von der Last liefen sie mit dem nun leichten Schubkarren zurück, sodass dieser wild und laut scheppernd über die Wege hüpfte. Der Nachmittag war schon weit fortgeschritten, aber die Tage wurden doch langsam wieder länger. Es war noch hell und sie würden rechtzeitig zu Hause sein. Sie alberten herum, erleichtert und glücklich, dass alles so gut gegangen war und dass sie nun einen wichtigen Schritt weiter waren.

Während der Schulwoche nützten die Buben jede freie Minute, um alles für ihr großes Abenteuer am nächsten Samstag vorzubereiten. Viel Zeit hatten sie nicht, denn neben den Schularbeiten mussten sie noch jeweils ihre häuslichen Pflichten erledigen und so blieb ihnen meist nur wenig Gelegenheit um sich zu treffen, alles zu planen und zu besorgen. Am Ende der Woche hatten sie jedoch erledigt, was sie sich vorgenommen hatten und am Freitagmittag, nach Schulende und auf dem Nachhauseweg, klärten sie noch einmal ab, ob auch alles für den großen Tag bereit war. Sie waren alle aufgeregt und sprachen noch einmal alles Wichtige durch, was sie sich so überlegt hatten.

»Ich hab die Taschenlampe und die Karte und einen kleinen Rucksack. Und ein Taschenmesser. War sonst noch was, was ich besorgen sollte?«

»Ne, das war alles. Prima, Alois. Ich habe gestern Nachmittag ein paar Schlachtabfälle vom Kaindl Metzger besorgt. Der hat gestern doch seine Sau geschlachtet. Eine Hand voll Knochen und Flachsen hat er mir gegeben, viel ist es nicht. Aber es reicht hoffentlich um den Hund abzulenken, im Notfall, wie wir besprochen haben.«

»Gut gemacht, Walli«, nickte Hans, »und du Anton? Hast du schon was bekommen, für unser Geld?«

»Ja, logisch. Ich hab ein kleines Töpfchen Griebenschmalz und ein Tütchen Mehl und das Brot kaufe ich heute Nachmittag. Ein Kilo Gerstenbrot kriege wir noch für den Rest von dem Geld, ich hab gestern schon gefragt, beim Bäcker.«

»Das ist gut, das muss reichen. Aber – wieso denn eine Tüte Mehl? Was sollen wir denn damit?«, fragte Walli erstaunt.

»Naja, ähm, ich weiß auch nicht so recht...«, wand sich Anton etwas verlegen, »aber es gab nichts anderes beim Kramer ... und ich dachte...«

»Was dachtest du?«, fragte Alois skeptisch.

»Ach, ich weiß auch nicht. Ich dachte halt ich kaufe ein paar verschieden Dinge von unserem sauer verdienten Geld, damit wir eine ... schöne Brotzeit haben, mit lauter verschiedenen Sachen, so richtig lecker eben und ... und...«, rief Anton aufgebracht.

Die anderen sahen ihn verdutzt an. Dann meinte Hans: »Ist schon gut, Anton. Schon in Ordnung. Das haben wir ja auch. Eine richtige Brotzeit.«

»Ich hätte auch lieber ein Stück Wurst gekauft, oder Käse ... oder Schinken. Oder Kekse ... oder Kuchen«, Anton schniefte, »aber das gibt es ja alles nicht. Die ganze Zeit nicht. Nie! Ich weiß gar nicht mehr, wie das alles schmeckt! Dauernd alte Kartoffeln, sonst nichts! Ach, es ist so gemein!«

Anton trat heftig mit dem Fuß gegen den Zaun, an dem sie gerade vorbeigingen. Er blieb stehen, wischte sich mit dem Ärmel übers Gesicht und blickte starr nach unten auf seine Füße. Die anderen wussten nichts darauf zu antworten und blieben ebenfalls betroffen stehen.

Schließlich räusperte sich Hans: »Brauchen wir sonst noch was? Den Wecker hab ich schon. Den hab ich gleich heute Morgen an mein Bett gestellt.«

»Na, dann haben wir doch alles«, meinte Walli, »ich hab auch noch was besorgt, was ich noch mitnehmen wollte. War zwar nicht einfach, aber ich hab's.«

»Wieso? Was brauchen wir denn noch? Was hast du noch besorgt?«, fragte Hans erstaunt nach.

»Ach ... ihr werdet schon sehen«, antwortete Walli ausweichend, »wartet's nur ab. Also, wie ausgemacht: Wir treffen uns um halb fünf an dem kleinen Steg, der hinter der Hafnerstadt über den Regen führt. Da gehen wir dann über den Feldweg hoch Richtung Zwieselberg. Alles klar?«

Hans nickte, Alois stöhnte: »Oh Mann, halb fünf. Mitten in der Nacht. Stockfinster und eiskalt. Wenn uns da jemand erwischt, wie wir uns wegschleichen.«

»Willst du kneifen?«, Anton hob den Kopf und funkelte Alois angriffslustig an.

»Hör auf, Anton. Lass es nicht an Alois aus, ja?«, Walli sah Anton ernst an, bis dieser schließlich den Blick senkte und vor sich hin brummte: »Ja, schon recht.«

»Seid vorsichtig, Leute, dass euch keiner sieht! Und verschlaft ja nicht!«, grinste Walli und versuchte die gedrückte Stimmung etwas aufzulockern, »also, bis morgen Früh! Viel Glück!«

An der alten Linde gingen sie auseinander, jeder marschierte mit langsamen, zögerlichen Schritten nach Hause. Jeder machte sich seine Gedanken, voller Sorge, dass das, was sie sich da vorgenommen hatten, vielleicht doch viel zu gefährlich war, dass so leicht etwas dabei schiefgehen konnte, allein schon, bis sie dort waren. Und dann, wenn sie es tatsächlich bis zu dem Bauernhof geschafft hatten? Wie ging es dann weiter? Das konnten sie nicht planen, niemand konnte wissen, was dann auf dem Hof passieren würde. Ja, am liebsten hätten sie eigentlich doch gekniffen. Einfach morgen liegenbleiben im warmen Bett, ausschlafen, ein bisschen daheim helfen, ein bisschen Mathe üben. Dies war alles verlockender, als morgens um halb fünf durch die Gegend zu schleichen und damit zu rechnen, erwischt zu werden.

20.

Sie hörten die Uhr der Zwieseler Stadtkirche schlagen. Die Nacht war still, unglaublich still, und die Glockenschläge hallten weit und deutlich durch die rabenschwarze, kalte Dunkelheit. Hans musste nur einmal vorsichtig ein kleines Stück Eis gegen Antons Fenster werfen, schon öffnete sich das Fenster einen Spalt.

»Ich komme«, hatte Anton leise geflüstert, das Fenster vorsichtig wieder geschlossen und war keine Minute später aus dem schlafenden Haus gehuscht. Rasch waren sie von Antons

Haus weggeeilt, darauf bedacht, nicht in knirschende Schneehaufen zu treten und so schnell wie möglich Richtung Hafnerstadt zu gelangen. Sie sprachen kein Wort miteinander, liefen durch die Anlagen, wo es stockdunkel war und die Häuser weit genug weg waren, sodass man ihre schnellen Schritte wohl nicht hören konnte. Am unteren Stadtplatz mussten sie die Straße überqueren und sahen sich unsicher in alle Richtungen um. Alles war wie ausgestorben, in keinem Fenster brannte Licht. Nicht einmal ein Hund bellte. Alles schlief einem harten, arbeitsamen, oft schweren neuen Morgen entgegen. Die Kinder huschten weiter, über die Regenbrücke am unteren Stadtplatz und gelangten in die Hafnerstadt. Vorsichtig drückten sie sich an ein Hauseck, um die Lichtenthaler Straße entlang zu spähen. Und erstarrten. Sie hörten ein Geräusch, ganz in ihrer Nähe, vorsichtige Schritte. Hans packte Anton an der Jacke. In der Finsternis konnte man sein Grinsen nur ahnen: »Alois, bestimmt. Wir warten hier.« Anton nickte nur. Da sahen sie die kleine Gestalt, nur wenige Meter vor ihnen, die zwischen den Häusern heranschlich. Leise ahmte Hans den Ruf eines Käuzchens nach und Alois blieb abrupt stehen. Hans und Anton lösten sich von der Häuserwand und gingen auf den Freund zu.

»Puh!«, Alois stieß leise die Luft aus und Hans nickte ihm nur kurz zu: »Weiter!«, flüsterte er und ging voran.

Sie ließen die letzten Häuser der Hafnerstadt hinter sich und liefen die Lichtenthaler Straße entlang, bis sie zu dem kleinen Steg kamen. Als sie nahe genug waren, sahen sie eine dunkle Silhouette neben der kleinen Brücke, vor einem kleinen Busch am Rande hingekauert, sodass man sie kaum erkannte. Walli wartete schon auf sie. Sie nickten sich nur kurz zu, angespannt, ängstlich. Dann liefen sie den Feldweg entlang, der in westlicher Richtung nach Zwieselberg führte. Erst als sie weit genug von den letzten Häusern entfernt waren und vor ihnen der schwarze Waldrand auftauchte, hielt Walli an. Sie atmeten auf.

»Alles gut gegangen, oder?«, fragte Walli leise.

Die anderen nickten. Sie waren alle hellwach vor Aufregung und erleichtert, dass sie es soweit geschafft hatten. Alle vier standen sie nun tatsächlich hier, am Waldrand, mitten in der Nacht.

»Na dann, los!«, Walli ging weiter, in den Wald hinein.

Gut, dass sie alle gekommen waren, seine Freunde. Alle hatten es irgendwie geschafft, da zu sein. Es war kalt, er fror und sein Rucksack drückte ihn unangenehm auf die Schultern. Im Wald vor ihnen konnten sie kaum mehr den Weg erkennen. Ihm war beklommen zu Mute, er musste es zugeben, er fürchtete sich. Auch wenn sie zu viert waren, er fühlte sich ganz unbehaglich. Hinter den schwarzen Umrissen der Bäume konnte sich alles Mögliche verbergen – Diebe, Räuber, Landstreicher, Wölfe. Und er hatte seine Freunde da mit hineingezogen. Auch wenn er heilfroh war, jetzt hier nicht allein entlanglaufen zu müssen, so hatte er doch die nagende Sorge, dass es seine Schuld war, wenn ihnen etwas zustoßen würde. Unbewusst atmete er tief aus.

»Ist was, Walli?«, fragte Hans, der neben ihm ging, leise.

»Hm«, murmelte Walli, »ziemlich … unheimlich hier, oder?«

»Hm. Ziemlich. Alois, machst du die Taschenlampe an? Hier drinnen sieht man ja überhaupt nichts mehr.«

»In Ordnung, Moment«, Alois nahm seinen kleinen Rucksack ab und suchte kurz darin herum. Dann strahlte das Licht der Lampe auf, so hell, dass es die Buben im ersten Moment blendete.

»Ah, prima! Das ist ja gleich was anderes!«, meinte Anton erleichtert.

»Glaubt ihr nicht, dass man das Licht noch von unten sehen kann?«, fragte Alois flüsternd.

»Nein, wir sind ja jetzt schon im Wald drin. Da sieht man nichts mehr. Und es ist viel … angenehmer«, meinte Walli.

»Das schon, aber die ganze Zeit können wir die Lampe bestimmt nicht anlassen. So lange halten die Batterien nicht.«

»Aber wenigstens jetzt am Anfang. Nachher wird es ja eh irgendwann hell«, bat Hans.

»Ja, schon gut, jetzt wenigstens hier im Wald. Also, weiter!«

Alois mit der Lampe in der Hand ging mit raschen Schritten voran, der Kegel der Taschenlampe erhellte ihnen einen kleinen Ausschnitt des Weges und sie schritten tüchtig weiter. Hinter ihnen schloss sich die Dunkelheit des Waldes wieder. Niemand sagte etwas, jeder lauschte angespannt auf jedes Geräusch aus dem finsteren Inneren des Waldes. Nervös, angespannt und mit klopfendem Herzen eilten sie dahin. Krachend brach auf einmal ein Reh vor ihnen aus dem Unterholz und wechselte über den Weg. Kurz erfasste es der Lichtschein der Taschenlampe, sodass man das schlanke, schnelle Tier erkennen konnte. Alois schrie erschrocken auf und ließ die Lampe fallen. Sie kullerte über den Weg, war jedoch zum Glück nicht ausgegangen. Sie alle hatten sich fürchterlich erschrocken.

Mit bebender Stimme flüsterte Alois: »Oh Mann! Noch so etwas und ich bekomme einen Herzschlag, glaub ich.«

Walli hob die Taschenlampe auf. »Ich aber auch«, stöhnte er.

»Mach sie lieber aus, Walli. Sie flackert schon«, sagte Anton.

»Unsinn. Sie flackert überhaupt nicht. Lass sie bloß an!«, entgegnete Alois.

»Nein, Anton hat recht. Ich finde auch, dass sie schon viel schwächer leuchtet. Wir sollten sie eine Zeit lang aus lassen ... vielleicht ... erholen sich die Batterien ja«, entgegnete auch Hans.

»Blödsinn. Batterien erholen sich nicht. Wenn sie leer sind, sind sie leer. Aus. Und diese hier werden eben schon schwächer. Also sollten wir sie lieber nur noch für Notfälle benutzten«, antwortete Anton.

»Mann, nachts durch einen stockdusteren Wald zu gehen ist ein verdammter Notfall. Lass die blöde Lampe an!«, fauchte Alois panisch.

»Also gut, lass sie noch eine Weile an«, lenkte Hans ein.

»Wie ihr meint, aber dann haben wir bald gar kein Licht mehr«, meinte Anton erstaunlich ruhig. Überhaupt schien Anton die ganze Sache am wenigsten mitzunehmen. Er wirkte ruhig und gefasst und schien sich von allen am wenigsten zu fürchten. Er war es jetzt auch, der sich an die anderen wandte: »Können wir weiter?« Seufzend nickten sie und gingen vorsichtig weiter, Walli voraus, er hatte nun die Lampe in der Hand. Auf einmal blieb er stehen und hob warnend die Hand: »Psst!«, zischte er.

Die anderen blieben stocksteif und mucksmäuschenstill stehen. Nach unheilvollen, endlosen Sekunden, in denen sie wie erstarrt in die undurchsichtige Schwärze des Waldes hineinlauschten, flüsterte Hans schließlich: »Was ist denn, Walli?«

Walli antwortete nicht, er schien angespannt zu horchen. Schließlich machte er die Taschenlampe aus.

Auch Alois fragte ängstlich nach: »Walli? Was ist denn?«

»Ich hab was gehört«, antwortete Walli endlich, so leise, dass man ihn kaum verstehen konnte, »los, runter vom Weg, da in das Gebüsch rein«, Walli drang leise in das Unterholz am Wegesrand ein, die anderen schlichen hinter ihm her. Sie kauerten sich zwischen einigen jungen Fichten zusammen. »Mann, Walli, was soll das denn?«, flüsterte Anton, »das war doch bestimmt nur wieder so ein blödes Reh«.

»Nein, war es nicht. Ich … ich hab Stimmen gehört«, flüsterte Walli heiser.

Die anderen erstarrten. Sie hockten eng aneinandergepresst in den Fichten, deren Äste ihnen das Gesicht zerstachen und ihr Herz hämmerte ihnen bis zum Hals. Nichts rührte sich. Es war still, unheimlich still, in dem kalten, dunklen Winterwald. Eine ganze Weile wagten die Kinder nicht sich zu bewegen, kaum zu atmen.

Endlich flüsterte Anton: »Du hast dich getäuscht, Walli, da ist nichts. Kommt, wir gehen weiter. Aber lass das Licht lieber aus«.

Sie krochen unter den pieksigen Fichten hervor und tasteten sich vorsichtig zurück auf den Weg. Alois schimpfte leise, als er in einigen Brombeerranken hängen blieb. Sie konnten den Weg vor sich nur erahnen, es war völlig dunkel um sie herum.

Die Morgendämmerung schien noch weit entfernt, auch wenn sie nach oben blickten, konnten sie keinerlei Aufhellung erkennen. Kein Mond schien und auch keine Sterne waren am schwarzen Nachthimmel zu erkennen. Wenigstens war es nicht mehr ganz so kalt, die frostklaren, eisigen Nächte der letzten Tage schienen vorbei zu sein und wärmere, feuchtere Luftmassen kamen mit den dunklen Wolken heran, die bereits gestern Nachmittag aufgezogen waren.

Sie stolperten langsam vorwärts, immer wieder hielt Walli inne und lauschte angestrengt, aber es blieb alles still. Beinahe zu still. Es kam ihnen endlos vor, doch schließlich schien sich der Wald vor ihnen in graue Umrisse aufzulösen und sich zu lichten. Endlich verließ der kleine Feldweg den Wald und führte sie hinaus. Sie blieben am Waldrand stehen und versuchten sich zu orientieren, sie spähten in die noch immer dichte Dunkelheit um sie herum.

»Lass uns mal auf die Karte sehen, ja?«, flüsterte Walli, »mach mal kurz die Lampe an, Anton.«

Anton schaltete das Licht an und leuchtete etwas in ihrer direkten Umgebung herum. Der Lichtstrahl erfasste den Feldweg vor ihnen, der sich nun abwärts an verschneiten Feldern oder Wiesen entlang zu schlängeln schien. Weit konnten sie den Weg nicht verfolgen, denn schon nach wenigen Metern verschluckte ihn wieder die Dunkelheit, denn der Strahl der Taschenlampe reichte nicht mehr sonderlich weit.

»Wir müssten jetzt oben am Zwieselberg sein, hier schräg hinter uns müsste Zwiesel liegen und da…«, Walli deutete in die Nacht links vor ihnen, »da müsste es weiter gehen Richtung Schweinhütt … so bin ich doch auch beim letzten Mal hergekommen, da unten irgendwo muss dann Rinchnachmündt liegen … aber, aber so in der Nacht sieht irgendwie alles ganz anders aus … es kommt mir alles viel weiter vor.«

»Du meinst, wir haben jetzt erst den blöden Hügel von Zwieselberg geschafft? Mehr nicht? Oh Gott, und mir kommt es schon ewig vor, seit wir losgegangen sind!«, jammerte Hans.

Alois hatte inzwischen seine Karte herausgesucht und Anton leuchtete darauf.

»Hm, ja hier … hier ist alles Wald … Und hier hört er auf … hier, wir müssten genau hier sein … wartet mal…«, Alois drehte die Karte, sodass der eingezeichnete Weg in die Richtung wies, in die sie weitergehen mussten, »ja, hier der Weg, er führt hier schräg nach links, genau, wie du gesagt hast, Walli. Also sind wir genau hier, an dieser Stelle.«

Alois zeigte mit dem Finger auf die Karte und in dem Moment flackerte das Licht der Taschenlampe. Ganz deutlich wurde das Licht schwächer, ging einen Moment ganz aus und leuchtete dann wieder, allerdings wesentlich schwächer.

»Mist, mach aus, Anton. Manometer, auch das noch!«, schimpfte Alois.

»Ich hab's euch gesagt, so Taschenlampen halten nun mal nicht lange auf Dauerbetrieb«, meinte Anton ruhig, machte die Lampe aus und steckte sie in die Jacke.

»Na, macht auch nichts, wir wissen ja jetzt zum Glück, wie wir weiter müssen und bald wird es sowieso hell werden, da brauchen wir die doofe Lampe nicht mehr«, versuchte Walli sie zu beruhigen.

»Wieviel haben wir denn schon geschafft, Walli?«, fragte Hans zögerlich, »also, ich meine, wie weit haben wir noch, ungefähr?«

»Na, ich würde sagen, das war jetzt gerade mal ein Drittel, vielleicht. Wenn überhaupt. Ein bisschen müssen wir schon noch. Aber jetzt geht es wenigstens erst mal über freie Flächen und nicht mehr durch den Wald. Bis Schweinhütt hinunter gehen wir eigentlich nur zwischen Wiesen und an einem

Bach entlang und erst hinter Schweinhütt Richtung Rinchnachmündt geht's wieder in den Wald rein.«

»Na, prima«, murmelte Alois, »also dann, weiter geht's!«

Außerhalb des Waldes war der Weg deutlich besser zu erkennen und sie kamen rascher vorwärts. Kaum merklich schien sich der rabenschwarze Himmel um sie herum zu verändern und Hans war der Erste, der auf einmal stehen blieb und nach vorne deutete: »Schaut mal, da vorne … es, wird tatsächlich langsam hell…«

Am Horizont glaubte man einen hellgrauen Streifen wahrnehmen zu können, nur eine Ahnung von Dämmerung, bleigrau, aber doch deutlich heller als die bedrückende Schwärze um sie herum.

»Ja, du hast recht Hans, da vorne ist es wirklich heller – Gott sei Dank!«, seufzte Alois, »ich wusste gar nicht, wie dunkel es in so einer Nacht sein kann. Und … wie … wie … unheimlich das dann draußen ist. Ich bin noch nie nachts so durch den Wald gegangen.«

»Na, meine Hauptbeschäftigung ist das auch nicht«, brummte Anton, »aber es ist doch einfach nur finster, mehr nicht.«

»Na, das reicht ja auch«, meinte Hans und marschierte weiter.

Bald schon glaubten sie vor sich die ersten Häuser von Schweinhütt zu erkennen.

»Wir gehen besser in einem Bogen um das Dorf herum, nicht dass da doch gerade einer aufsteht. Hier, gehen wir hier oben herum, da müssten wir dann da hinten am Waldrand wieder auf den Weg treffen!«, Walli ging voraus und sie stapften über einen verharschten Acker, in einem großen Bogen um den Weiler herum.

Tatsächlich wurde es jetzt deutlich heller und der Streifen am Himmel vor ihnen wurde grauer und breiter. Mit dem Heranbrechen des neuen Tages kehrten endlich auch wieder ihre Zuversicht und ihr Mut zurück. Die heranbrechende Dämmerung nahm ihnen die Beklommenheit und Angst und je deutlicher sie sich gegenseitig in dem farblosen Licht zwischen Nacht und Morgen erkennen konnten, desto leichter wurde ihnen ums Herz. Sie gingen rasch vorwärts, erreichten das Waldstück zwischen Schweinhütt und Rinchnachmündt und schritten tapfer hindurch. Auch in das Waldesinnere trafen die ersten fahlen Lichtstrahlen des neuen Tages und sie konnten den Weg zwischen den grauen Gestalten, die ihn links und rechts säumten, gut erkennen. Als sie den Wald wieder verließen, hielten sie nochmals an, um einen Blick auf die Karte zu werfen. Sie wollten auch das Dorf Rinchnachmündt weitläufig umgehen, um nicht Gefahr zu laufen, von jemandem entdeckt zu werden. Anton holte noch einmal die Taschenlampe heraus und trotz des immer schwächeren Lichts konnten sie zum Glück Alois' Zeichnung noch deutlich erkennen. Sie einigten sich rasch auf einen eingezeichneten Nebenweg, der sie auch an die Rinchnacher Ohe führen sollte. Und von dem Bach aus würden sie immer flussaufwärts gehen, bis sie auf den kleinen Steg stießen, den Walli schon einmal, auf seinem Nachhauseweg, überquert hatte. Von da aus war es noch etwa eine Stunde bis Thurndorf.

Sie fanden sich gut zurecht, das graue Licht um sie herum gab ihnen Sicherheit, sie kamen an den kleinen Steg, den

Walli erleichtert wiedererkannte und marschierten von dort aus denselben Waldweg entlang, den auch Walli genommen hatte. Ab und zu raschelte und knackte es im Unterholz neben ihnen, aber sie erschraken dabei kaum mehr. Nichts und niemand begegnete ihnen und flüsternd begannen sie sich darüber zu unterhalten, wie es denn nun in Thurndorf weitergehen sollte. Als sich bald darauf der Wald lichtete, gewahrten sie das kleine Häuschen am Waldrand, das zuhinterst des Tales, in dem Thurndorf lag, stand.

»Wir sind da«, flüsterte Walli.

»Endlich!«, stöhnte Hans.

»Ich hab einen Mordshunger«, sagte Anton.

»Ja, ich auch. Wollen wir uns hier nicht erst mal ein wenig stärken?«, wandte Alois sich an die anderen.

»Gut, machen wir. Wir gehen aber am besten vom Weg hier runter, da hinten, zwischen die Fichten. Da kann man uns am wenigsten sehen. Da machen wir Brotzeit«, entschied Walli und stieg über Sträucher und Geäst hinweg wieder tiefer in den Wald hinein.

Dort fanden sie eine geeignete Stelle, gut geschützt und von Sträuchern und Fichten umrandet. Anton, der den Rucksack mit ihrer Brotzeit getragen hatte, stellte ihn auf einen Baumstumpf und packte aus. Er nahm den schönen Brotlaib heraus und Hans rief erfreut: »Ui, lecker, ein richtiges, großes Brot! Mensch prima, Anton!«

Anton stellte noch das kleine Fetttöpfchen auf den Baumstumpf und nahm sein Taschenmesser heraus. Er schnitt dicke Scheiben von dem Brot ab und reichte sie den anderen. Den Rest des Brotes packte er gleich wieder ein. Mit großem Hunger und Appetit bissen sie hinein, strichen sich mit dem

Taschenmesser etwas Griebenschmalz darauf, kauten mit vollen Backen und grinsten zufrieden.

»Das ist das leckerste Frühstück seit Langem!«, murmelte Hans glücklich zwischen zwei Bissen. Walli reichte die Wasserflasche herum, die er mitgetragen hatte. Einträchtig genossen sie gemeinsam ihren Proviant.

»So, jetzt kann es losgehen!«, rief Alois abenteuerlustig, als sie alle mit dem Essen fertig waren.

Der Morgen dämmerte über dem schmalen Tal heran und als sie wieder auf den Weg zurücktraten, sahen sie, dass vereinzelt hinter manchen Fenstern schon Licht brannte. Der neue Tag brach an.

»Ja, wir sollten uns beeilen. Also, wir schleichen erst mal von hinten an den Hof heran, wie besprochen«, meinte Walli, »wir können hinter dem Kuhstall erst mal abwarten und schauen. Von dort haben wir auch den Hund im Auge. Hoffentlich schlägt der nicht gleich Alarm! Das ist meine größte Sorge, dass der durchdreht, wenn wir uns dem Hof nähern. Na – wir werden ja sehen! Kommt, wir gehen hier gleich den Abhang hoch und gehen da oben über die Felder, da kommen wir in einem Bogen von hinten an den Hof heran.«

Walli ging voran, die anderen folgten ihm leise. Sie mussten nun vorsichtig sein, denn in dem grauen Dämmerlicht konnte man ihre Umrisse auf dem Feldweg sehen und so huschten sie am Waldrand entlang so lange es ging und kamen dann von hinten langsam näher an die Höfe heran. Der kleine Weiler erwachte. Vereinzelt bellten Hunde, ein Hahn krähte aus Leibeskräften, erste Schritte hörte man auf dem verharschten Schnee, quietschende Tore wurden auf- und zugezogen:

Die Geräusche des neuen Morgens waren weithin zu hören. Die vier Buben hatten sich an die Rückseite des Kuhstalls herangeschlichen und drückten sich von dort vorsichtig um die Ecke. Im rechten Winkel zum Kuhstall, nur ein paar Schritte vom Stall getrennt, stand die Scheune, in der auch der Hund angekettet war. Zwischen den beiden Gebäuden lugte Walli vorsichtig in den Innenhof. Der kleine Hof war wie ein Hufeisen angelegt: Die Scheune war das mittlere Gebäude, der Kuhstall und das Wohnhaus bildeten die beiden Seiten dazu. Rechtwinklig zur Scheune grenzte also das langgezogene, niedrige Wohnhaus an. Hier war noch alles still, auch von dem Hund war noch nichts zu sehen. Walli schlich wieder zurück, hinter den Kuhstall.

»Da ist noch alles ruhig, niemand zu sehen«, flüsterte er, »ich glaube, am besten schleichen wir hinter der Scheune an das Wohnhaus heran. Wir müssten uns in der Nähe des Wohnhauses verstecken und abwarten, bis jemand herauskommt.«

Die anderen nickten und so leise wie möglich schlichen sie los, einer hinter dem anderen, eng an die Scheune gepresst, denn unter dem Dachvorsprung lag kein Schnee und so machten sie die wenigsten Geräusche. Walli rechnete ständig damit, dass der Hund anschlagen würde. Nur die Rückwand der Scheune war zwischen ihnen. So leise er nur konnte, Schrittchen für Schrittchen schlich er weiter und hielt dabei sogar die Luft an. Aufgeregt schlug sein Herz ihm bis zum Halse und er merkte, wie er in seinen Handschuhen zu schwitzen begann. Sie waren die Rückseite der Scheune etwa zur Hälfte entlanggetappt, als Walli innehielt. Er lauschte, schob sich sogar die Mütze hoch, um alles genau hören zu können. Sie konnten nichts sehen, konnten von dieser Stelle nicht in den Hof blicken, denn die Scheunenrückwand versperrte ihnen die Sicht. Nun hörten sie jedoch alle deutliche Schritte, die sich scheinbar über den Hof der Scheune näherten. Walli versuchte durch die Bretterspalten der Scheune zu spähen, aber er konnte nichts erkennen.

Gleich darauf konnte man aufgeregtes Jaulen und Winseln hören, ein Scharren von Hundekrallen, das Klirren der Kette. Der Hund und die Person, die sich ihm zu nähern schien, waren höchstens zwei Meter von den Jungen entfernt – nur die Bretterwand der Scheune war zwischen ihnen. Die Kinder sahen sich angstvoll an, Walli legte den Zeigefinger an die Lippen, aber das war wahrlich nicht nötig: Keiner machte auch nur die leiseste Bewegung, sie standen stocksteif, wagten kaum zu atmen.

Sie zuckten alle zusammen, als sie auf einmal, fast neben sich, eine Stimme hörten: »Na, schon gut, Harro, kusch – na, wirst du wohl! Geh weg, sonst schüttest du mir noch alles aus – Kusch! Gehst du wohl…«, der Hund heulte auf, vielleicht hatte er einen Tritt bekommen, und gleich darauf hörte man ihn gierig kauen und schmatzen.

Walli nickte den anderen zu und grinste. Der Hund war erst einmal beschäftigt und das war sehr gut für sie! In dem Moment hörten sie, wie ein Tor geöffnet wurde und Walli deutete auf den Kuhstall. Seine Lippen formten Worte, die man eher erraten als hören konnte: »Schnell, jetzt!«

Sie huschten weiter, erreichten die Ecke der Scheune, sahen kurz in den Innenhof, in dem niemand zu sehen war, huschten rasch über die kleine freie Stelle zwischen den Gebäuden und kamen an die Rückseite des Wohnhauses.

»Und jetzt?«, flüsterte Alois ratlos.

»Ich geh rein, ihr bleibt da und steht Schmiere. Sie ist jetzt im Kuhstall, ihr müsst aufpassen, wenn sie herauskommt. Sie braucht nicht lange mit dem Melken, vielleicht 20 Minuten. Bis dahin muss ich es schaffen. Wenn sie kommt, ruft ihr wie ein Käuzchen, ja?«

»Du bist verrückt, Walli! Du kannst doch nicht einfach da reinspazieren! Ihr Mann ist doch bestimmt noch da drin … oder … oder sonst jemand!«, flüsterte Hans entsetzt.

»Egal, anders geht es nicht. Ich muss da jetzt rein! Die Tür ist bestimmt auf. Ich geh rein und such das Schlafzimmer. Vielleicht hat sie da den Schmuck. Ich muss mich beeilen. Wenn der Hund mit seinem Frühstück fertig ist, macht er uns bestimmt Ärger«, Walli flüsterte aufgeregt und schnell, »von hier könnt ihr den Innenhof einsehen. Einer bleibt vielleicht hier am Eck und einer geht hier hinters Haus. Hier hinten ist ein Fenster gekippt. Vielleicht ist das das Schlafzimmer und sie lüftet jetzt gerade nach dem Schlafen. Wenn sich einer hier unters Fenster stellt, kann ich es gut hören.«

Walli hatte seinen Rucksack abgesetzt und zerrte eine braune Papiertüte heraus.

»Mann, Walli, das ist saugefährlich!«, Hans sah ihn ängstlich an, aber Walli zuckte nur die Schultern.

Da nickte Anton ihm zu: »Gut. Hans bleibt hier am Eck, Alois geht unter das Fenster. Ihr nehmt auch unsere Rucksäcke … hier. Ich geh mit rein. Los jetzt!«, raunte er.

»Nein, Anton, ich geh allein rein. Wenn … wenn … was schief geht, haut ihr einfach ab.«

»Blödsinn«, zischte Anton, »ich geh mit. Zu zweit sind wir schneller, können schneller alles absuchen. Und zur Not…«,

»Anton, ich…«

»Hör auf jetzt, Walli. Wenn wir noch länger hier quatschen, versauen wir alles. Los!«

Anton sah ums Eck, der Hof lag immer noch verlassen vor ihnen. Aus dem Kuhstall drang gedämpftes Muhen.

»Was willst du mit der Tasche? Lass die bei Hans!«, flüsterte Anton.

»Nein, die muss mit!«, erwiderte Walli leise.

Anton nickte nur kurz und huschte dann zur Haustüre. In dem Fenster rechts von der Haustüre brannte Licht. Vorsichtig drückte er die Klinke herunter, öffnete die Tür einen Spalt und lugte in den dunklen Hausflur. Er winkte Walli zu, er könne kommen und schlüpfte in den Hausflur, Walli hinter ihm her. Nur einen Moment hielten sie in dem Flur inne, links und rechts gingen Türen weg, die allerdings beide geschlossen waren. In dem Raum rechts von ihnen hatte das Licht gebrannt. Gleich ein paar Schritte weiter führte eine Treppe nach oben. Mit einem kurzen Blick verständigten sie sich, dann zog Anton die Haustüre hinter ihnen zu und sie stiegen vorsichtig die Treppen nach oben. Die Stiege unter Anton knarrte und sie hielten erschrocken inne. Wenn jetzt die Tür unten aufging, würde man sie beide mitten auf der Treppe stehen sehen.

Wallis Herz raste. Anton wies mit dem Kinn nach oben und sie stiegen einfach rasch weiter. Oben am Treppenabsatz blieben sie stehen. Hier endete die Treppe in einem kleinen Flürchen, von dem drei Türen abgingen. Zwei davon, rechts von ihnen und vor ihnen, standen halb auf. Die linke war geschlossen. Aus den geöffneten Kammern fiel kein Licht heraus.

Unsicher sahen sich die Buben an. Dann nickte Anton Walli zu und wies auf die Türe rechts von ihm und dann auf sich. Walli nickte. Er nahm die Türe direkt vor sich. Anton wollte sich also in die rechte Kammer schleichen. Zögernd öffnete Walli die Türe, Stückchen für Stückchen. Was würde ihn dahinter erwarten? Was, wenn der Bauer dort hinter der Türe in seinem Bett lag und ihn geradewegs anstarren würde? Wallis Hände zitterten. Er sah sich noch mal nach Anton um, aber der schien schon in dem Zimmer zu sein. Nichts rührte sich. Kein Geschrei, kein Gebrüll. Walli atmete tief ein und schob die Türe auf. Er sah in ein Badezimmer. An der einen Seite standen eine Badewanne, davor ein Holzofen und ein Boiler. Dahinter eine Toilette. Wallis gehetzter Blick blieb an dem Waschbecken hängen. Links und rechts des Waschbeckens hingen zwei Handtücher. Zwei Handtücher! Es schien also doch noch mindestens eine zweite Person hier zu geben, wie er vermutet hatte. Und die saß wohl scheinbar unten. Und konnte jeden Moment hier hochkommen.

Er schlich hinein. Sah sich um. Fiebernd öffneten seine Hände die Schubladen und Türchen einer kleinen Kommode. Waschlappen, Handtücher, Seife, eine Cremedose. Nichts, kein Schmuck. Er lauschte. Nichts war zu hören. Ein Hängeschränkchen über dem Waschbecken. Er öffnete es. Rasierapparat, Pinsel, ein Becher. Seife. Walli schluckte. Zahnbürsten. Drei Stück, in einem Glas. Sonst nichts. Er erstarrte. Von unten drangen Geräusche herauf. Eine Tür war geöffnet worden. Er hatte das Türchen des Hängeschranks noch in der Hand, wagte keine Bewegung zu machen. Unten schlurften Schritte, eine weitere Tür wurde geöffnet. Walli spürte das Blut in seinen Ohren rauschen. Wohin? Was jetzt? Langsam, ganz langsam schloss er das Schränkchen, wandte sich um zur Türe. Es drangen keine Schritte herauf. Zumindest schien niemand die Treppe hochzukommen.

Genau in dem Moment hörte er den Käuzchenruf. Einmal, noch einmal. Walli konnte die Angst darin hören. Wieder rief das seltsame Käuzchen.

Walli lehnte sich an die Wand, schloss die Augen. Jetzt war alles aus, der Rückweg, der Fluchtweg war versperrt. Alles umsonst. Und jetzt? Was würden sie mit ihnen machen? Auf einmal wurde die Türe aufgestoßen und Anton hastete herein, er packte Walli am Arm und zog ihn hektisch heraus.

»Schnell, weg hier!«, raunte er ihm zu und riss an Wallis Jacke.

Walli taumelte ihm nach, Anton zog ihn hinter sich her in die linke Kammer, deren Türe jetzt offenstand. Walli erkannte kurz, dass es das Schlafzimmer sein musste, ein großes Bett stand mitten darin, die Betten waren aufgeschlagen. Anton hastete ans Fenster, es war das gekippte, das sie von außen gesehen hatte. Darunter stand Hans, der aufgeregt in den Hof zu starren schien. Jetzt hatte Hans sie hinter dem Fenster wahrgenommen und machte ihnen hektische Zeichen.

Anton riss das Fenster ganz auf und flüsterte Walli heiser zu: »Los, spring, schnell! Es ist nicht tief!«

Panisch sah sich Walli um, dann sprang er noch einmal zurück zu dem großen Bett und kippte den Inhalt seiner Tasche, die er die ganze Zeit fest umklammert hatte, mitten in das Bett: Dreckige, kleine, verhutzelte Kartoffeln kullerten in die durchgelegene Senke des Ehebetts.

Anton packte ihn am Ärmel, schob ihn zum Fensterbrett, knuffte und drückte ihn von hinten, sodass Walli halb aus dem Fenster flog. Er hatte keine Zeit nachzudenken, setzte nur rasch einen Fuß aufs Fensterbrett und sprang. Im selben Moment landete auch schon Anton neben ihm. Alois, der am Eck zur Scheune hin gestanden hatte, sah sie und kam schnell zu ihnen.

Walli und Anton hatten sich aufgerappelt und Alois zeigte nach vorne. Stolpernd rannten sie einen niedrigen Abhang hoch, der sich hinter der Rückwand des Hauses nach oben zog. Dahinter standen einige kahle Holunderbüsche und allerhand Unrat und Gerümpel: Teile eines Traktors, ein alter Anhänger, Bretter und Blechteile. Sie stürzten sich dahinter, kauerten sich in Deckung. Der Hund hatte angefangen zu bellen, wütend schien er hinter ihnen her zu kläffen. Nur einen Moment hielten sie inne, verborgen hinter dem Gerümpel. Das Kläffen wurde immer lauter und zorniger.

»Weiter, weiter!«, stieß Anton hervor und sie sprangen auf. Geduckt liefen sie weiter, mussten eine freie Fläche überqueren, eine Wiese, die sich leicht ansteigend hinter dem Hof nach oben zog. Rutschend und strauchelnd liefen sie über die verschneite Ebene, sie sahen sich nicht um, eilten so rasch sie konnten davon. Nun hatten sie einen Feldweg erreicht, der sich etwas über dem Tälchen dahinzog und wieder Richtung Waldrand führte, von wo sie hergekommen waren. Auf dem Weg kamen sie besser vorwärts, sie rannten weiter, hatten nun einen weiteren Hof zwischen sich und den Kumpfmüller-Hof gebracht, aber sie wagten nicht langsamer zu werden. Sie eilten dem Waldrand entgegen, schnaufend und keuchend.

Nur mehr wenige Meter trennten sie nun vom Wald, der ihnen wie eine sichere Burg vorkam. Hans rannte voraus, verließ den Weg, um in direktem, kürzeren Weg in den Wald einzudringen, sie sprangen mit großen Schritten über die ersten Brombeerranken, erreichten die ersten Büsche, rannten zwischen die Bäume. Hinein, nur hinein in den Wald, da standen in einer Schonung die jungen Bäumchen eng an eng, dorthinein sprangen sie, ließen sich dazwischen auf den Boden fallen, einer nach dem anderen stürzte zwischen die eng stehenden Fichten. Dort blieben sie liegen, schnaufend, keuchend, unfähig auch nur ein Wort zu sagen.

Nach einer ganzen Weile setzte Hans sich als Erster auf. Er wischte sich Nadeln, Waldboden und Schnee aus dem Gesicht und stöhnte: »Manomann! Das war knapp. Sauknapp. Heiliger Strohsack!«

Er versuchte die Äste etwas auseinander zu schieben und lugte nach draußen. Niemand war zu sehen.

»Puh! So etwas Verrücktes! Ich kann's gar nicht glauben, dass wir entkommen sind! Gott sei Dank! Gott sei Dank!«, murmelte Alois.

»Oh Mann, bin ich erledigt. Ich bin völlig fertig. Ich dachte, jetzt haben sie uns. Ich dachte echt…«, Walli schniefte, seine Stimme zitterte. »So was Bescheuertes, und alles umsonst. Alles umsonst. Der weite Weg. Alles. Alles!«, flüsterte Walli verzweifelt.

»Ach, das würde ich so nicht sagen…«, antwortete Anton grinsend.

»Naja, du hast schon recht. Hauptsache, es ging noch mal gut. Hauptsache, sie haben euch nicht erwischt!«, meinte Alois auch.

»Hm, und Hauptsache…«, Anton packte in seine Hosentasche, »Hauptsache, wir haben das hier.« Er streckte Walli die Hand entgegen und öffnete sie.

Darin lag – das Armband! Silbern glänzend, mit den wunderschönen hellblauen Steinen. Fassungslos starrte Walli ihn an.

Anton grinste bis zu den Ohren. Walli stand immer noch der Mund offen.

Hans jedoch schrie: »Juchu! Hurra!«, und klopfte Anton fest auf die Schulter.

»Klasse! Oh, prima!«, rief auch Alois, »wir haben's geschafft! Wir haben's wirklich geschafft! Du bist ne Wucht, Anton!«

Anton kroch aus den Fichten heraus, die anderen hinter ihm her.

»Aber … aber…«, Walli fand keine Worte.

»Da, nimm schon!«, Anton gab ihm das Armband.

Walli starrte es an, dann blickte er auf den immer noch grinsenden Anton.

»War im Schlafzimmer, wie du ja vermutet hattest. Im Nachtkästchen. Gut, dass du es so genau beschrieben hattest. Mit blauen Steinen, so blau wie ein Frühlingsmorgen – weißt du noch?«

Walli nickte nur. »Aber wie hattest du…?«

»Na, in dem rechten Zimmer, wo ich zuerst war, war nur ein Bett, Schrank und Tisch. Es sah aus, wie eine Gesindekammer, von einer Magd, oder einem Knecht, oder so. Da bin ich gleich wieder raus, und in das andere, das linke. War ein bisschen spannend, weil ja die Tür zu war, aber, naja, ich bin einfach rein. Ich fand es ziemlich schnell, in dem Nachtkästchen. Und dann hörte ich den Hans, mit seinem unmöglichen Gequietsche, was beileibe nicht wie ein Käuzchen klang. Eher wie eine Katze, der man gerade auf den Schwanz steigt. Naja. Und dann hab ich dich noch schnell geholt. Den Rest kennst du ja.«

Walli nickte wieder. »Du … du warst großartig, Anton. Ohne dich…«

»Ach, hör schon auf mit dem Blödsinn. Aber … sag mal … was war das denn eigentlich mit den Kartoffeln? Warum hast du die Kartoffeln ins Bett gekippt?«

»Hä? Was denn für Kartoffeln?«, fragte Hans erstaunt.

»Nun, der Walli, naja … also, kurz bevor wir aus dem Fenster gesprungen sind…«, setzte Anton zögerlich an.

»Ja?«, Alois sah gespannt zwischen Anton und Walli hin und her.

»Na ja. Ich hatte doch diese Tasche da … da waren Kartoffeln drin … und die hab ich ihnen ins Bett gekippt…«, antwortete Walli gedehnt.

Hans und Alois prusteten los.

»Du hast was?«, kicherte Hans, »aber wieso das denn?«

»Nun, ich … wollte ja das Armband nicht einfach … klauen. Ich hab es … zurückgekauft. Ich hab's bezahlt. In derselben Währung … wir sind ja schließlich keine Diebe. Das ist dann doch einfach … ausgleichende Gerechtigkeit. Sie hat Mutter schließlich auch nur eine Handvoll dreckiger, alter Kartoffeln dafür gegeben. Na, und die hat sie jetzt zurück!«

Hans und Alois sahen Walli sprachlos an. Dann grinsten sie. Anton ergänzte noch: »Mitten ins Bett hat er sie gekippt!«, auch er musste breit grinsen, »aber jetzt sollten wir hier doch mal abhauen, bevor ihr hier noch weiter rumkichert.«

Anton nickte Alois und Hans zu, die neben ihm standen.

»Wir gehen hier mitten durch, dann müssten wir auf den Waldweg gelangen, auf dem wir auch hergekommen sind, oder?«

»Ja, ich glaube auch«, antwortete Alois. Sie stiegen über Büsche und Gesträuch, Walli ging am Schluss, die Hand fest um das Schmuckstück geschlossen, das in seinen Fingern bereits ganz warm geworden war. Sie erreichten tatsächlich kurz darauf den Waldweg und kamen an die Stelle, an der sie zuvor Brotzeit gemacht hatten. Inzwischen war der Morgen angebrochen. Das diffuse Licht tauchte die kleine Lichtung zwischen den Bäumen in ein weiches Hellgrau. Sie hielten dort an und Walli schien endlich seine Fassung wieder gewonnen zu haben.

Vorsichtig steckte er das Armband in seine Hosentasche und strahlte die anderen glücklich an: »Danke, Anton! Mensch, danke!«

»Ach was, jetzt hör nur wieder auf. Wir haben eben Glück gehabt. Außerdem, wo wir schon hier sind – nach der ganzen Aufregung könnte ich noch eine kleine Stärkung vertragen. Bevor wir den ganzen blöden Weg wieder zurücklatschen müssen!«

»Ja, das machen wir, wir essen noch den Rest auf!«, rief Hans auch freudig.

»Hm, naja … wir haben doch noch ein ganz schönes Stück von unserem Brot«, begann Walli zögerlich.

»Ja, zum Glück, mir knurrt nämlich auch schon wieder der Magen!«, erwiderte Anton.

»Ja, ich finde, das haben wir uns jetzt auch wirklich verdient! Hm … herrlich! Geht's uns gut!«, freute sich Hans.

»Naja … also … ich wollte euch was fragen…«

»Was denn, Walli?«, wollte Alois erstaunt wissen.

»Also, ich hab euch doch von dem netten, alten Mann erzählt, der mir den Weg erklärt hat … und ich hab sein schönes rotes Schnupftuch mitgenommen. Um es ihm zurückzugeben … Und … und … ich dachte…«

»Nein, Walli, oder? Nein, das ist jetzt nicht dein Ernst, oder? Du willst nicht unser Brot…?«, Anton sah ihn finster an.

Walli steckte die Hände in seine Jackentasche und erwiderte Antons Blick. Dann sah er Alois und Hans an. Hans stöhnte und Alois sah zu Boden.

»Nein Walli, alles, was recht ist, aber wir haben alle Hunger und bis wir daheim sind, dauert es bestimmt noch zwei Stunden«, rief Anton.

»Ja ja, das stimmt ja alles. Also gut, dann schneidet euch alle noch mal was ab und vielleicht bleibt ja wenigstens noch ein Eckchen übrig. Das wickle ich dann in das rote Tuch und lege es ihm noch schnell vor die Tür, ja?«

»In Ordnung, so können wir es machen. Wenn du unbedingt deinen Teil abgeben willst, ist das deine Sache«, antwortete Anton.

»Du, Anton«, ergriff nun Alois das Wort, »hast du eigentlich auch … naja … was du da noch eingekauft hast … hast du auch das Tütchen Mehl dabei?«

Verdutzt sah Anton auf und langsam färbten sich seine Ohrspitzen, die unter der Mütze hervorlugten, dunkelrot. Verlegen scharrte er etwas mit den Füßen im Schnee: »Äh, also … äh … ja, hab ich«, antwortete er schließlich und sah Alois grimmig an.

»Na, das ist doch prima! Gut so, Anton!«, rief Alois froh, »das kann Walli doch einpacken! Das können wir jetzt unterwegs sowieso nicht essen. Und um es daheim zu teilen, dafür ist es zu wenig. Das wäre ja für jeden nur ein Löffel voll. Aber so als … Geschenk ist es doch genau richtig, was meint ihr?«

»Oh ja, das wäre prima! Tolle Idee, Alois! Was meint ihr, kann ich es dem Mann schenken oder habt ihr was dagegen?«, fragte Walli die Freunde.

Hans lächelte ihm zu: »Nein, mach nur, das ist wirklich eine gute Idee. Und gut, dass der Anton es gekauft hat!«, er grinste Anton freundlich an.

Der brummte nur etwas vor sich hin und meinte dann auch, das könnten sie, wenn es schon unbedingt sein müsse, vielleicht hergeben. Er packte seinen Rucksack aus und Walli zog vorsichtig aus seiner Hosentasche das rote Tuch hervor. Anton reichte ihm das kleine Papiertütchen mit dem Mehl und schnitt gewissenhaft noch drei gleich große Scheiben von dem Brot ab. Mehr war es auch nicht. Das letzte Stückchen, den Brotkanten, packte Walli auch noch in das Tuch.

»Ich laufe noch schnell zurück und lege es ihm vor die Tür, ja? Ihr könnt ja inzwischen schon Brotzeit machen!«, vorsichtig blickte Walli aus dem Wald und flitzte dann rasch los.

Als er etwas außer Puste kurze Zeit darauf zurückkam, waren seine Freunde noch am Essen. Hans hatte seine Mütze als Unterlage auf den Baumstamm gelegt und darauf lagen drei Stückchen Brot. Erstaunt sah Walli auf die Mütze und dann in die grinsenden Gesichter seiner Freunde. Jeder von ihnen hatte ein Stück von seiner Brotscheibe abgebrochen.

»Wir … konnten nicht mehr … und da haben wir … gedacht, vielleicht hast du ja doch auch noch Hunger…«, meinte Hans grinsend.

»So so, ihr *konntet* also nicht mehr, aha. Ich glaube, das ist uns allen ja schon lange nicht mehr passiert. Aber wenn das so ist … ähm, vielen Dank!«

Nach dem Essen marschierten sie los, Hans sprang und hüpfte fröhlich auf dem Weg herum. Walli sah kurz zur Seite, zu Anton, der neben ihm ging.

»Ich kann es immer noch nicht glauben! Ich kann's nicht glauben: wir haben's wirklich geschafft! Ich hatte eigentlich nicht gedacht, dass wir es schaffen!«

»Nein?«, Anton sah ihn erstaunt an, »dann wären wir ja den ganzen Weg umsonst hergelatscht! Das wäre nun wirklich doof gewesen!«

Walli grinste in sich hinein: »Ja! Ja, das wäre wirklich doof gewesen. Da ist es so schon besser!« Er knuffte seinen Freund in die Seite und sprang vor. Dann machte er einen riesen Satz in die Luft und schrie aus Leibeskräften: »Hurra!«

Der Heimweg kam ihnen bei Tageslicht viel kürzer vor. Sie waren ausgelassen und in bester Stimmung, stellten sich vor, wie die gemeine Bauersfrau sich wundern würde, wie sie das Armband überall suchen würde, wie sie sich ärgern würde, dass sie es verlegt hatte, wie der Bauer mit ihr schimpfen würde, dass sie immer alles verschlampte. Dass er rummaulen würde, warum sie immer das Fenster im Schlafzimmer sperrangelweit offenließ, es würde ja saukalt werden … hab ich ja gar nicht, das warst du selber, du musst es aufgemacht haben, ich hatte es nur gekippt … Unsinn, du hast es aufgemacht, du weißt ja gar nicht mehr, was du machst, kein Wunder, dass du das Armband nicht findest, wahrscheinlich liegt's im Brotkasten … Sie alberten herum, Walli tat so, als wäre er die Bauersfrau, Alois spielte den Bauern, bis sie kichernd und prustend nach Luft schnappten.

Auch auf dem Rückweg mieden sie die Dörfer, um keine unangenehmen Fragen gestellt zu bekommen und schlugen sich teilweise querfeldein durch. Das ging gut, denn nun war es ja hell, sie konnten sich orientieren und kamen gut voran. So kamen sie bereits am späten Vormittag wieder in Zwiesel an. Die Füße taten ihnen zwar allen weh von dem weiten Marsch, aber sie waren unsagbar stolz auf sich, dass sie es geschafft hatten. Am kleinen Steg verabschiedeten sie sich, jetzt galt es, die Mütter zu beruhigen, die wohl schimpfen würden, dass sie sich so früh einfach aus dem Haus geschlichen hatten. Aber das konnte man in Kauf nehmen.

»Und jetzt? Wirst du es ihr gleich geben?«, wollte Hans von Walli wissen.

Walli lächelte: »Nein, nein, ich glaube nicht. Ich werde es Vater geben, wenn er wiederkommt. Er soll es ihr nochmal schenken. Ich werde es gut aufheben … bis er kommt.«

Etwas verlegen standen sie noch kurz herum, dann liefen sie nach Hause.

21.

Am Montagnachmittag waren die vier Buben wieder gemeinsam unterwegs. Anton hatte ihnen in der Schule gesagt, dass nur noch wenig Heu und Stroh für die Kaninchen da war und sie dringend Neues besorgen mussten. Ohne zu murren, hatte Anton es übernommen, die Kaninchen immer auszumisten und den Stall sauber zu halten. Er schien es gerne zu machen. Verlässlich und verantwortungsvoll kümmerte er sich um die beiden. Alois besorgte immer den Gerstenbruch und jeder von ihnen versuchte ab und zu eine alte Rübe oder Ähnliches aufzutreiben und mitzubringen, aber das geschah nur selten. Jeder war selber froh, wenn man einen Kanten altes Brot, eine verschrumpelte Möhre oder einen vertrockneten Lagerapfel abbekam. Es war nicht die Zeit, in der man Tieren einen Leckerbissen zustecken konnte. Die Hasen waren dünn und immer hungrig, aber das waren die Kinder auch. Immer wieder sprachen sie davon, wie schön es werden würde, wenn endlich wieder das Gras wuchs und sie den beiden armeweise Löwenzahn pflücken würden, bis sie ganz satt wären.

Sie wollten zum Ochsenbauern gehen, der Richtung Innenried seinen Hof hatte und dort um etwas Heu und Stroh betteln. Vielleicht konnte man dem Bauern anbieten, die Stallarbeit zu übernehmen und es dafür bekommen. Jedenfalls hatten sie alle ihre Rucksäcke aufgeschnallt und hofften, diese mit Heu gefüllt heimzubringen. Das Wetter war immer noch recht mild, aber es fiel ein beständiger Nieselregen, der die Schneereste durchweichte und sich in großen, matschigen Pfützen sammelte. Überall schien alles zu tropfen und zu fließen.

Gerade als sie durch die Bahnunterführung gingen, um zum Ochsenbauern zu gelangen, rief ein älterer Herr sie an: »He, ihr da, Buben, kommt doch mal her, ja?«

Etwas verwundert sahen die Freunde sich an, bis schließlich Walli als Erster auf den Mann zuging.

»Ja? Was gibt es denn?«

»Du da, du bist doch der Kretschmer-Bub, oder? Von der Flüchtlingsfamilie, die in Lichtenthal wohnt.«

»Ja. Ja, schon. Warum denn?«, Walli sah den Mann misstrauisch an.

»Ich kenn dich schon, du holst doch oft das Brot, beim Müller-Bäcker. Wenn's eins gibt, auf unsre Karten, gell?«, der Mann grinste Walli an, er hatte einen ungepflegten Schnurrbart, unter dem sich während seines schiefen Grinsens einige Zahnlücken und gelbe Zähne zeigten. Er hatte eine blaue, alte Schirmmütze auf, unter der struppige, graue Haare hervorstanden. Der Mann war Walli höchst unsympathisch.

»Ich hab nen Brief, für deine Mutter. Ich trag die Post aus. Is'n guter Nebenverdienst. Aber is' anstrengend zurzeit bei dem nassen Matschwetter.«

Erst jetzt fiel ihnen der Rucksack auf, den der Mann auf dem Rücken trug.

»Dann muss ich nicht raus bis zu euch nach Lichtenthal, du kannst ihn gleich mitnehmen, ja?«

»Ja, ja freilich«, etwas zögerlich ging Walli zu dem Mann, der umständlich seinen Rucksack abnahm.

Er stellte ihn vor sich auf den Weg und bückte sich laut stöhnend. Nach einer Weile zog er ein Kuvert daraus hervor. Walli sah, beinahe angewidert, dass der zu lange, ungepflegte Schnurrbart dem Mann beinahe in den Mund hing, sodass die unteren Barthaarspitzen ganz nass und zusammengeklebt aussahen.

Ein Brief? Walli war erstaunt. Sie bekamen eigentlich nie Post. Gespannt sah er auf den Umschlag, den der Alte ihm reichte. Nachrichten vom Vater?

»Danke – auf ... auf Wiedersehen«, fragend sah Walli den seltsamen Alten an, aber der nickte, schnürte seinen alten ledernen Rucksack wieder zu und richtete sich auf: »Ja, auf Wiedersehen, Burschen!«

Walli steckte das Briefkuvert in seine Jackentasche, damit es nicht nass wurde und die vier Freunde gingen rasch weiter. Sie überquerten die Bahn, und erst als sie außer Sichtweite des Alten waren, fragte Hans leise: »Willst du denn nicht schauen, von wem der ist?«

Walli blieb stehen. Seine Kehle war zusammengeschnürt und es war ihm so, als wäre ihm übel. Er hatte Angst. Er hatte Angst vor dem Brief. Vorsichtig zog er den Brief aus seiner Jackentasche und räusperte sich. Und wenn darin etwas Furchtbares über seinen Vater stand? Er blickte auf die Adresse.

Sie war handschriftlich geschrieben:

Familie Kretschmer
(13b) Zwiesel
Lichtenthal

Das war doch eigentlich ein gutes Zeichen, oder? Offizielle Schreiben von irgendwelchen Ämtern waren sicherlich mit der Schreibmaschine geschrieben.

Als Walli den Absender las, erstarrt er.

»Oh, Mann!«, entfuhr es ihm und er wurde ganz aufgeregt.

»Was ist denn, Walli?«, fragte Anton.

»Na da, schau doch mal von wem der Brief ist!«, Walli hielt den Freunden das Kuvert hin.

Und Anton las langsam und stockend vor:

Dr. Winter
(13b) Deggendorf
Donaustr.23

»He, ist das....«

»Ja, ja genau, das ist der Doktor, bei dem ich war, in Deggendorf!«, Walli war ganz aufgeregt und hüpfte von einem Bein auf das andere.

»Na, das gibt's doch nicht!«, auch Alois war ganz erstaunt.

»Warum schreibt der euch denn jetzt auf einmal? Du hast doch erzählt, dass der eigentlich eher abweisend und komisch war, oder?«

»Ja schon. Der hatte nicht viel Zeit für mich.«

»Ja und warum schreibt er jetzt?«

»Mann, Anton, woher soll ich das denn wissen!«

»Und jetzt, was machst du jetzt?«

»Hm«, Walli starrte das Kuvert an, drehte es um, schüttelte es leicht. Keiner sagte mehr etwas, alle sahen gebannt auf Walli.

»Pfff«, Walli stieß seufzend die Luft aus, er hatte gar nicht gemerkt, dass er sie vor Aufregung angehalten hatte. Eine ganze Weile standen die Jungen beisammen und warteten auf Wallis Entscheidung.

»Weiß auch nicht«, flüsterte er schließlich, »vielleicht ist ihm ja doch noch was eingefallen ... oder ... oder er beschwert sich bei meiner Mutter, dass ich da abends allein bei ihm aufgetaucht bin ... oder ...«

»Hm, wahrscheinlich ist es schon, dass in dem Brief drinsteht, dass du in Deggendorf warst. Und was dann? Was sagst du dann deiner Mutter?«

»Hm. Salamapetsch!«

»Was?«, Alois sah ihn verwundert an.

»Na, Salamapetsch eben«, grinste Hans.

»Hä?«, auch Anton schüttelte etwas genervt den Kopf, überlegte aber dann angestrengt weiter: »Aber vielleicht steht da ja doch was drin, von deinem Vater. Was er dir vielleicht nicht sagen wollte.«

»Oh, Mann. Was soll ich denn machen?«, stöhnte Walli unsicher.

»Tja, wenn du wissen willst, was drinsteht, wirst du ihn aufmachen müssen«, brachte Anton die ganze Sache auf den Punkt.

»Ja, ja schon, aber...«

»Du, Walli...«, meinte Anton nachdenklich, »da steht ja eigentlich *Familie* Kretschmer, oder?«

»Äh … ja.«

»Naja ... Familie – das bist du ja auch. Da steht ja nicht nur ›Frau‘ Kretschmer«, Anton musste grinsen und sah in die Runde.

Auch Hans nickte: »Ja, Walli, los mach ihn auf!«

»Meint ihr wirklich? Und wenn...«, Walli seufzte und sprach nicht weiter.

Er wandte sich an Alois: »Würdest du ihn auch aufmachen?«

Alois überlegte, dann nickte auch er: »Ja, ja ich würde ihn aufmachen. Danach kannst du immer noch überlegen, wie‘s weitergeht. Und es war schließlich ein sagenhafter Zufall, dass der Alte dir den Brief gegeben hat. Und nicht daheim deiner Mutter.«

»Ja, ja genau, da hat der Alois recht. Das war ja ... Schicksal!«, ereiferte sich Anton. Hans musste lachen.

»In Ordnung«, meinte Walli schließlich, »machen wir ihn auf. Aber nicht einfach hier.«

»Ja, kommt, gehen wir zurück in unseren Schuppen!«

»Ja, los, kommt schnell!«

Die Jungen liefen los, zurück über die Gleise, an den Schottwerken vorbei. Bei den Anlagen kamen sie bereits ganz schön ins Schnaufen, aber sie liefen weiter. Anton fiel schließlich zurück, er konnte nicht mehr und schnappte im Gehen nach Luft. Auch die anderen blieben kurz stehen, um zu verschnaufen. Dann gingen sie weiter und kamen in Antons Garten an, schlüpften in ihren Schuppen und ließen sich auf ihre Obstkisten plumpsen.

Hoppel und Brauni kamen neugierig aus ihrem Häuschen, aber heute schien nicht einmal Anton Zeit zu haben, sie zu streicheln. Walli legte den Brief auf ihren kleinen Tisch. Hans nahm ihn vorsichtig und sah sich auf der Rückseite an, wie das Kuvert zugeklebt war.

»Und wie kriege ich den jetzt am besten auf, ohne dass man dann was merkt?«, fragte Walli.

»In Büchern heißt es immer: Man muss es über Wasserdampf öffnen«, meinte Alois.

»Über Wasserdampf? Was soll das denn heißen? Und wo sollen wir bitte Wasserdampf herkriegen?«, fuhr Anton ihn etwas unwirsch an.

»Schon gut, ich meinte ja nur...«

»Vielleicht mit einem scharfen Messer?«, warf Hans dazwischen, »das könnte vielleicht gehen. Kannst du eins besorgen, aus eurer Küche, Anton?«

»Hm, müsste schon gehen. Ich schau mal«, Anton stand auf und ging.

Die anderen Jungen saßen schweigend um ihr kleines Tischchen.

Schließlich meinte Walli: »Ich ... ich hab echt Angst. Vor dem blöden Brief. Wenn...«

»Ja ... ja hätt ich auch. Aber vielleicht weiß er auch wirklich etwas ... und ... und...«, versuchte Hans ihn vorsichtig zu trösten.

Da hörte sie bereits wieder Antons Schritte, er kam zurück. Er öffnete die Schuppentür und zog unter seiner Jacke ein großes Küchenmesser hervor.

»War gerade keiner da. Kein Problem«, meinte er grinsend, »was kuckt ihr denn so bedröppelt? Das werden wir schon aufkriegen!«

»Gib her, Anton, ich probier's selber!«, Walli griff nach dem Messer.

Vorsichtig versuchte er die Spitze unter die dreieckige Klebelasche des Kuverts zu stecken und diese zu lösen. Ein kleines Stückchen gelang es ihm, dann riss die Lasche ein.

»Mist!«, entfuhr es Walli.

Alle sahen ihm angespannt zu, wie er nun weitermachte. Immer wieder riss an dem Klebestreifen entlang das Papier einige Millimeter ein. Es war nicht mehr zu übersehen, dass das Kuvert geöffnet worden war.

»Auch schon wurscht!«, meinte Walli schließlich grimmig. »So, geschafft. Offen wär's jetzt jedenfalls!«

Er zog langsam ein eng beschriebenes Blatt heraus, faltete es auseinander und las still für sich:

Deggendorf, 18. März 1946

Sehr geehrte Frau Kretschmer!

Der Besuch Ihres Sohnes vor zwei Wochen hat mich noch recht beschäftigt und so habe ich meinem Bruder nach Ingolstadt geschrieben und ihn gefragt, ob er etwas von einem Erwin Kretschmer wüsste.
Er hat mir auch gleich zurückgeschrieben, schon heute habe ich seine Antwort erhalten. Er schrieb, dass er in Bad Kudowa einen Erwin kennengelernt habe, in den letzten Kriegstagen, also Anfang Mai 1945. Mein Bruder konnte sich an den Nachnamen nicht erinnern, er wusste eben nur noch, dass dieser Mann Erwin hieß und aus Ratibor kam. Damit haben Sie natürlich keine hundertprozentige Sicherheit, aber es könnte ja vielleicht doch Ihr Mann sein, oder?
Mein Bruder, dieser Erwin und noch weitere deutsche Kameraden haben sich gemeinsam Richtung Westen durchgeschlagen, nachdem ihnen nach Kriegsende gesagt worden war, sie sollten irgendwie schauen, dass sie nach Hause kämen.
Mein Bruder schreibt, sie wären auf Fahrrädern

zunächst gemeinsam aus der Tschechei nach Freiberg in Sachsen, dann nach Chemnitz und schließlich nach Hirschfeld gekommen. Dann jedoch haben sich ihre Wege getrennt und mein Bruder hat nur noch Vermutungen. Er weiß nicht mehr sicher, was weiter aus Erwin wurde. Einige der Kameraden sind in Hirschfeld aufgegriffen worden und kamen dort ins Kriegsgefangenenlager. Mein Bruder glaubt jedoch sich zu erinnern, dass außer ihm noch zwei oder drei weitere Soldaten entwischt wären und vielleicht, wie er, zu Fuß weiter nach Bayern gewandert sind. Er selber, mein Bruder, ist von Hirschfeld aus allein zu Fuß weiter über Regensburg bis Straubing. Von dort aus kam mein Bruder dann an der Donau entlang zu mir. Er glaubt aber sich zu erinnern, dass Erwin gesagt habe, er wolle nach Passau gelangen, um dort auf dem Magistrat nach seiner Familie zu fragen, von der er überhaupt nicht wusste, wo es sie hinverschlagen hatte und ob sie überlebt hatten. Er sei darüber tief bekümmert und in Sorge gewesen. Er hätte erzählt, er wüsste, dass seine Familie vor den heranrückenden Russen geflohen sei, und dass die meisten Flüchtlinge

versucht hatten, so schnell wie möglich über die Grenze in den Bayerischen Wald zu kommen. Deswegen glaube er, sie am ehesten hier zu finden.
In Titttling bei Passau war im Sommer 1945 ein großes Kriegsgefangenenlager, vielleicht hat er sich da gemeldet, um auch seine Entlassungspapiere zu bekommen. Entlassene deutsche Soldaten, die keine Heimatadresse angeben konnten, sind, soviel ich weiß, meist von den Bürgermeistern der Gemeinden hier an einzelne Familien, zumeist an Bauersleute, verteilt worden, um dort gegen Unterkunft und Verpflegung zu arbeiten.
Vielleicht befindet sich Ihr Mann tatsächlich in einem Dorf in der Nähe von Tittling. Ich denke mir, dass Sie vielleicht etwas erfahren könnten, wenn Sie an das Magistrat Passau schreiben. Ich hoffe, dass man Ihnen dort weiterhelfen kann. Grüßen Sie Ihren Sohn von mir.

Gottes Segen und viel Erfolg

Joachim Winter

Langsam ließ Walli das Blatt sinken. Seine Freunde versuchten aus seinem Gesichtsausdruck zu lesen und starrten ihn ängstlich an. Keiner hatte einen Laut von sich gegeben. Walli sah auf, in die besorgten Gesichter seiner Freunde. Ohne etwas zu sagen, hielt er ihnen den Brief hin. Er war ganz durcheinander.

Hans griff rasch nach der Seite und die beiden anderen drängten sich um ihn, um mitlesen zu können. Hans las den Brief für alle leise vor.

Als er geendet hatte, entfuhr es Anton als Erstem: »Mensch Walli, das ist doch klasse! Keine schlechten Nachrichten, sondern sogar vielleicht ... eine Spur von deinem Vater!«

Walli räusperte sich, mehrmals. Er konnte nichts sagen, ein dicker, dicker Kloß saß in seinem Hals. Er spürte die Tränen in seinen Augen und versuchte dagegen anzukämpfen. Mit seinen dicken Fäustlingen fuhr er sich über die Augen und schniefte laut.

»Was ist denn, Walli?«

»Nichts, ich hab Schnupfen. Nichts ist. Hat wer ein Taschentuch?«

Alois zog ein zusammengeknülltes Tuch aus seiner Hosentasche: »Ist aber, glaub ich, schon benutzt...«

»Egal, danke«, Walli schnäuzte sich energisch und versuchte sich möglichst unauffällig über die Augen zu wischen.

Es dauerte einen Moment, dann hatte er sich wieder einigermaßen gefangen. Die drei anderen Buben hatten begonnen, aufgeregt über den Brief zu diskutieren.

»Mensch, prima! Jetzt hat sich der Blödsinn mit Deggendorf ja doch gelohnt!«, Anton sah so zufrieden drein, als wäre er selbst höchstpersönlich nach Deggendorf marschiert.

»Ja, und es hört sich doch auf alle Fälle so an, als hätte Wallis Vater den Krieg überlebt! Und ist vielleicht sogar hier, hier in Bayern, vielleicht ganz in der Nähe! Mensch, Walli!«

Hans war voll ehrlicher Freude für seinen Freund. Er strahlte ihn an. Walli nickte. Langsam schien er zu begreifen.

»Und jetzt, Walli? Was wirst du jetzt machen?«, Alois sah ihn ernst an.

Walli zuckte nur die Schultern.

»Schwierige Sache«, murmelte auch Hans, »wenn er nur nicht geschrieben hätte ›der Besuch Ihres Sohnes‹...«

»Saublöd, echt!«, bekräftigte Anton, »wenn du deiner Mutter den Brief gibst, musst du ihr wohl alles erzählen...«

»Ui! Das gibt bestimmt ziemlich Ärger«, meinte Hans erschrocken.

»Hm, wahrscheinlich schon«, mischte sich endlich auch Walli ein, »aber ich kann den Brief doch auch nicht einfach verheimlichen ... So ein Mist! Saudumm, ehrlich! Was mach ich denn nur?«, fragend sah Walli seine Freunde an.

Es geschah nicht oft, dass Walli wirklich nicht weiterwusste, aber jetzt schien er ratlos.

»Ich muss den Brief doch der Mutter geben. Sie muss es doch auch wissen. Aber ... aber ... vielleicht ist es ja gar nicht mein Vater ... es gibt bestimmt mehrere Erwins aus Ratibor ... und, und es ist ja auch völlig ungewiss, ob er in Passau angekommen ist. Vielleicht ist er ja in dem Gefangenenlager in Hirschfeld. Oder auf der weiteren Flucht ... Wer weiß, Mutter macht sich dann riesige Hoffnungen und letztendlich erfahren wir vielleicht doch wieder nichts. Wenn er gar nicht bis nach Passau gekommen ist, wissen die da am Magistrat auch nichts von ihm. Mutter würde bestimmt gleich losmarschieren wollen, bis nach Passau. Und dann ... wäre vielleicht alles umsonst. Und sie wäre wieder so traurig. Jetzt geht es ihr gerade wieder etwas besser ... Oh, so ein Mist! Was soll ich nur tun?«

»Und wenn du ans Magistrat in Passau schreibst und nachfragst, ob es da eine Namensliste gibt von diesem Gefangenenlager in ... wo war das noch mal?«, Alois griff nach dem Brief und überflog in nochmals, »in ... hier: in Tittling?«

»Ich soll selber ans Magistrat schreiben? Aber wie denn?«, fragte Walli ihn erstaunt.

»Naja ... vielleicht könnte mein Vater dir ja helfen.«

»Ja, das ist doch eine prima Idee«, rief Hans begeistert aus, »dein Vater arbeitet doch im Amt und kennt sich mit so Schreibkram aus!«

»Hm ja, ja, das ist wahrscheinlich am besten«, energisch faltete Walli den Brief zusammen und steckte ihn wieder ins Kuvert.

Dann steckte er es in seine Jackentasche.

»Ja, Alois, ich denke, das wäre am besten. Ich werde, wenn dein Vater mir hilft, ans Magistrat in Passau schreiben. Solange erzähle ich Mutter nichts von dem Brief. Und vielleicht ... vielleicht erfahren wir ja dann tatsächlich etwas. Und wenn nicht, dann kann ich das der Mutter auch gleich sagen, dass Vater nicht nach Passau gekommen ist. Dann macht sie sich wenigstens nicht die ganze Zeit verrückt und keine ... Hoffnungen, die nur enttäuscht werden. Vor allen Dingen, muss sie dann nicht bis Passau gehen. Dann, wenn ich Antwort bekomme, zeig ich ihr den Brief und erzähle ihr alles. Ja, so mach ich's. Puh!«

Walli seufzte. Ihm war immer noch sehr seltsam zumute.

»Glaubt ihr, ihr könntet ohne mich das Heu besorgen? Ich glaub, ich muss jetzt erst mal noch etwas ... allein sein.«

»Klar, machen wir. Kein Problem«, antwortete Hans.

»Ich rede mit meinem Vater, gleich heute Abend. Ich geb dir morgen in der Schule Bescheid!«, sagte Alois.

»Ja, danke Alois. Das wäre prima«, dankbar lächelte Walli ihn an.

Die drei Buben packten ihre Rucksäcke und zogen los.

Walli blieb im Schuppen zurück. Er kniete sich vor den Stall von Hoppel und Brauni, die neugierig heranhoppelten und seine Hand beschnupperten. Er hob Hoppel heraus, setzte ihn auf seinen Schoß und streichelte das warme, weiche Tier, während ihm die Tränen über die Backen liefen.

22.

»Hallo, Walli!«, winkend kam Alois in der Hafnerstadt auf Walli zu.

Es war früher Morgen und sie waren auf dem Weg zur Schule. Der klamme, beständige Nieselregen der letzten Tage hatte endlich aufgehört. Die Morgenluft war klar und frisch und immer wieder blitzte ein hellblauer Himmel durch die vorüberziehenden hellen Wolkentürme, die endlich nicht mehr wie ein grauer, dicker Wollsack über dem Land hingen. Alois schien auf Walli gewartet zu haben und lief ihm nun entgegen.

»Ich hab mit meinem Vater geredet, gestern Abend«, stieß er etwas außer Puste hervor.

»Ja und?«, erwiderte Walli aufgeregt.

Gemeinsam gingen sie den Stadtplatz hoch zur Volksschule.

»Du sollst heute Nachmittag zu uns kommen, so gegen vier. Da ist er dann zu Hause. Dann hat er Zeit und will mit dir darüber reden, wie es am besten zu machen ist. Geht das bei dir, heute Nachmittag?«

»Na und ob das geht! Klar geht das! Prima!«, rief Walli froh und grinste, »vielen Dank, Alois. Das finde ich klasse von deinem Vater, dass er mir helfen will. Ich ... ich bin so gespannt...«

»Ja, ich auch, Walli«, entgegnete Alois und sah ihn aufmunternd an. Die beiden Buben waren stramm den Stadtplatz hochmarschiert und nun vor dem Schulgebäude angekommen. Am Treppenaufgang hielten sie kurz inne.

»Habt ihr denn Heu bekommen, gestern?«, fragte Walli nach.

»Ne, leider nicht. Der blöde Bauer wollte uns nicht mal einen Rucksack voll geben und hat uns nur weggejagt. Aber weißt du was? Die Katja, du weißt schon, die mit den Zöpfen, vom Schlittschuhfahren, die arbeitet beim Ochsenbauern. Wir haben sie getroffen, sie kam gerade mit einer großen Schubkarre Mist aus dem Stall, als wir ankamen. Ich hab mich gewundert, wie sie den überhaupt allein schieben konnte. Na, jedenfalls haben wir sie gefragt, was sie denn da macht – naja, da hat sie gegrinst und gesagt: ausmisten, und ... und…«, beinahe verlegen stotterte Alois etwas herum.

»Ja, und?«, versuchte Walli ihm weiterzuhelfen.

»Na, jedenfalls hat sie gesagt, dass sie da jedes Wochenende arbeitet, bei dem Ochsenbauern. Und dann hat sie uns zu ihm gebracht und wir haben gefragt, wegen des Heus, und ... na dann hat er eben gesagt, wir sollen verschwinden, aber ... aber, die Katja, die stand ja daneben, die hat uns so zugezwinkert, also vielleicht...«

»Vielleicht was?«, Walli wurde langsam etwas ungeduldig.

»Na, vielleicht will sie uns helfen. Ich hatte so den Eindruck.«

»Aha. Du hattest so den Eindruck. Na, wir werden ja sehen. Wir treffen sie ja gleich in der Schule.«

Die beiden stampften sich die Stiefel ab und stiegen die Treppen zur Eingangstür der Schule hoch. Im Inneren hörten sie schon die Stimmen der vielen Schulkinder, die auf dem Weg in ihre Klassenräume waren.

Alois öffnete die Tür und sie wollten gerade den Gang hinter zu ihrem Klassenzimmer gehen, da hörten sie auf einmal leise jemanden rufen: »He, psst, Alois, he!« In einem dunklen Eck im Treppenhaus, fast unter der Treppe versteckt, die in das obere Stockwerk führte, sahen sie in ein fröhlich grinsendes Gesicht, das von dunklen Zöpfen eingerahmt war. Rasch gingen sie zu ihr.

»Hallo, Katja!«, grinste auch Alois.

»Was gibt's?«, fragte Walli.

»Ich hab Heu für euch weggetan, vom Ochsenbauern, du weißt schon, Alois. Ich hab's in einen Kartoffelsack gesteckt, und den hab ich in seinem alten Geräteschuppen versteckt. Da kommt der fast nie rein. Ihr ... ihr könnt euch den Sack heute Nachmittag holen, ja?«

»Mensch, Katja, das ist ja prima! Vielen Dank! Wie hast du das denn hingekriegt? Und ... und wenn er dich dabei gesehen hätte?«, flüsterte Alois.

»Na, hat er aber nicht. Ist schon in Ordnung!«, meinte das Mädchen fröhlich.

»Gut, dass du uns das heimlich gesagt hast, Katja! Manche ... aus unserer Klasse dürfen davon nichts wissen, das ist wichtig!«, meinte Walli eindringlich.

»Sowas hab ich mir schon gedacht ... deswegen hab ich ja auch hier auf euch gewartet«, entgegnete Katja.

»Das war genau richtig. Also … vielen Dank, Katja. Äh ... möchtest du vielleicht mitgehen, das Heu holen? Dann zeig ich dir auch, wofür wir es brauchen«, meinte Alois leise.

»Alois!«, rief Walli aufgebracht, »das ... das ... also, das geht doch nicht!«

»Und warum nicht?«, Alois sah ihn zornig an, »immerhin haben wir es ihr zu verdanken, dass wir wieder Heu für sie haben...«

»Hört mal ihr zwei, wir gehen lieber rein, ja? Ihr ... könnt mir ja in der Pause Bescheid sagen«, Katja wischte aus der dunklen Ecke und ging auf das Klassenzimmer zu.

»Bist du verrückt geworden, Alois?«, zischte Walli, »du kannst ihr doch nicht von den Hasen erzählen! Und wenn sie dann was sagt, in der Schule? Und der Rehmbichler hört es?«

»Jetzt reg dich doch nicht so auf, Walli. Wenn wir ihr die Sache erklären, warum sollte sie dann was sagen? Die Katja ist doch nicht blöd! Die verplappert sich genauso wenig wie du!«

»Phh!«, machte Walli nur entrüstet.

»Und immerhin kann sie uns mit Futter für die beiden versorgen, das wäre doch prima!«

»Das kann sie ja so auch, ohne dass sie was weiß!«

»Na, jetzt hör aber auf, Walli!«, meinte Alois versöhnlich, »wir können ja die anderen noch fragen, in der Pause!«

Damit standen sie nun vor der Tür ihres Klassenzimmers und sahen bereits Herrn Brehm den Gang auf sie zukommen.

»Da kann ich dir aber gleich schon sagen, was die dir antworten werden!«, meinte Walli noch, dann schlüpften sie rasch hinein auf ihre Plätze.

Nach der dritten Schulstunde, als es zur Pause läutete, flitzten alle vier Jungen rasch auf den Pausenhof. Walli hatte Anton und Hans schon während des Unterrichts signalisiert, dass sie in der Pause etwas Wichtiges, Geheimes zu besprechen hätten. Gespannt hatten sie Wallis Kurzfassung der Geschichte über Katja und das Heu angehört und begannen nun zu diskutieren.

»Also, warum denn nicht? Ich finde, es war sehr mutig von ihr, heimlich das Heu zu verstecken. Ich finde, du kannst ihr ruhig die Hasen zeigen, wenn du möchtest, Alois«, flüsterte Hans.

Sie standen in der hintersten Ecke des Pausenhofes und steckten die Köpfe zusammen. Anton und Walli waren beide darüber entrüstet, dass Alois Katja in ihr Geheimnis einweihen wollte, Hans jedoch war auf Alois' Seite. Katja stand mit ein paar Mädchen an der Treppe und sah zu ihnen hinüber.

Als es zum Pausenende klingelte, strömten die Kinder dem Eingang zu. Auch die vier Buben setzten sich langsam in Bewegung, immer noch hitzig aufeinander einredend. Katja schien am Eingang auf sie zu warten. Als sie sie erreicht hatten, verstummten die Buben.

Katja sah sie kurz an, dann meinte sie leise: »Ich kann heute

Nachmittag nicht mitkommen. Und ... und ich ... ihr müsst mir nicht sagen, wofür ihr das Heu braucht. Ich besorg euch trotzdem wieder welches, wenn ihr nochmal was braucht. Es ist schon in Ordnung. Also, servus!«

Etwas verdattert blieben die vier stehen. Dann gingen sie langsam dem Mädchen nach.

Walli räusperte sich als Erster: »Also, na ja, ich glaube, sie ist wirklich ... also, du kannst sie ihr ruhig zeigen, meine ich.«

Hans und Alois grinsten sich kurz von der Seite an.

Als Walli mittags nach Hause kam, war keiner da. Mutter und Helene waren arbeiten und würden erst abends wiederkommen. Walli fiel ein, dass Greta ja heute nach der Schule mit ihrer Freundin Lisa hatte mitgehen wollen. Die beiden Mädchen hatten sich angeboten, einem älteren Junggesellen die Wohnung sauber zu halten und taten dies nun einmal in der Woche. Das Geld, das er ihnen dafür gab, war ein willkommenes Zusatzeinkommen. Mutter war anfangs recht skeptisch gewesen, aber nachdem die beiden Mädchen dort zu zweit hingingen und der Mann zwar ein ältlicher, mürrischer Kauz war, der aber niemandem etwas zu Leide tat, war sie doch einverstanden gewesen. Sie hatten alle lachen müssen, als Greta nach dem ersten Nachmittag schnaubend und sich schüttelnd von der schrecklichen Wirtschaft des Alten erzählte, von stinkenden Nachttöpfen, ganz grauen Bettlaken und schimmelnden Schränken. Die beiden hatten aber den Hausstand mittlerweile ganz gut in Schuss und der Alte schien darüber recht erfreut zu sein. Letzte Woche hatte er den Mädchen sogar zusätzlich ein paar Zwiebeln und Rüben mitgegeben und ihnen nachmittags eine Tasse Eichelkaffee angeboten. Sie hatten sie gerne noch mit ihm getrunken, wussten sie doch, dass sie die Tassen gerade vorhin selber gründlich gespült hatten. Walli dachte an Gretas Erzählungen und hoffte, der Alte würde ihr heute Nachmittag wieder etwas zu essen mitgeben. Er zog sich aus, warf die Schultasche auf die Eckbank und machte sich auf die Suche nach etwas, das seinen schlimmen Hunger stillen würde. Der Ofen war aus und in der Stube war es ungemütlich kalt. Walli überlegte, ob er sich einheizen sollte, aber nachdem er ja am Nachmittag zu Alois Vater gehen würde, wollte er lieber nicht unnütz Holz verschwenden. Am Herd stand ein Topf und Walli hob hoffnungsvoll den Deckel. In einer bräunlichen Brühe schwammen ein paar Rübenschnitze und andere seltsame graue Stückchen, wahrscheinlich Kartoffelschalen. Walli schüttelte es. Zaghaft schnupperte er hinein: die kalte Mischung roch nach Erde und Moder, wie ein alter, ungelüfteter Schrank. Sollte er doch einheizen, um die elende Suppe wenigstens warmzumachen? Kalt war sie völlig ungenießbar, fand Walli. Er setzte den Deckel wieder auf den Topf und ging in die Speisekammer. Dort fand er wenigstens noch ein paar schrumpelige, braune Äpfel, für die er sich entschied. Hungrig biss er in die mehligen, vertrockneten Früchte, die keinen Hauch von Sommer, Saft oder Süße mehr in sich trugen, aber zumindest notdürftig den Magen füllten.

Mutter hatte ihn gebeten, ein Wägelchen Fichtenzapfen und Reisig aus dem Wald zu holen, um so ihren Holzvorrat etwas zu strecken und er beschloss, dies sogleich hinter sich zu bringen. Hausaufgaben hatten sie nicht allzu viel auf, und diese wollte er lieber am Abend machen.

Er hatte keine Lust allein in dem kalten, leeren Häuschen zu bleiben. Walli zog sich wieder an, ging in den Schuppen, holte den kleinen Leiterwagen und stapfte, diesen hinter sich herziehend, in Richtung Wald. Er sah nach oben. Über ihm waren die Wolken aufgerissen und immer wieder sah man ein Stück vom Himmel. Die Luft war mild und würzig, und als er zum Waldrand kam, fiel ihm auf, wie sehr die Vögel am Zwitschern waren. Endlich wieder. Walli blieb stehen und sah einer Schar Spatzen zu. Lautstark schimpfend und pfeifend schienen sie sich durch die Äste zu jagen, andere Vögel saßen auf den höchsten Baumspitzen und sangen so laut sie konnten den Frühling herbei. Es machte ihn froh. Ja, es sah so aus, als würde der Winter sich endlich zurückziehen müssen. Es war Ende März und die Tage deutlich länger und heller. Wie graue Lumpen lagen die Schneereste auf den Wiesen, aber dazwischen kamen immer mehr braune Stellen zum Vorschein. Der Boden war nass und schwer und es würde wohl noch Wochen dauern, bis alles abgetrocknet, bis der Schnee ganz geschmolzen war, bis die Wiesen die letzten Winterreste aufgesogen hatten. Trotzdem meinte man schon, die allerersten grünen Halme zwischen den braunen Büscheln zu erahnen.

Walli überkam eine jähe Sehnsucht nach dem Frühling. Nach Wärme und Sonnenschein, nach gelbem Löwenzahn auf fetten Wiesen, nach frischen, hellgrünen Blättern an den Bäumen. Nach ersten Schmetterlingen, die durch die Wiesen schaukeln. Er wollte ohne seinen schweren, dicken Mantel und ohne die kratzige, lange Hose aus Armeedecken einfach über die Wiesen laufen, am Bach spielen, den ersten Froschlaich entdecken.

Immer noch stand Walli am Waldrand, den Griff des Leiterwägelchens in der Hand, die Stiefel nass, im Schneematsch steckend. Nach einer Weile schien er aus seinen Träumereien zu erwachen, sah die dunklen, grauen Äste, die sich kahl in den Himmel streckten, die schwarzen, nass glänzenden Stämme, die matschige, braune Wiese, die sich den Abhang hinunter verlor. Er seufzte tief auf, zog an dem Wagen und machte sich daran, Zapfen und Äste einzuladen.

Es dauerte ziemlich lange, bis er das Wägelchen einigermaßen voll hatte und wieder nach Hause gehen konnte. Er hoffte, dass es schon langsam spät genug war, und er sich bald auf den Weg zu Alois‘ Vater machen konnte. Zu Hause angekommen, packte er das feuchte Holz so in Kisten in den Schuppen, dass es trocknen konnte, klopfte sich gründlich ab und ging ins Haus.

Kurz nach drei Uhr, zeigte die Küchenuhr an der Wand über dem Ofen. Er musste sich noch etwas gedulden. Sollte er doch noch eben die Hausaufgaben machen? Aber sich jetzt erst die feuchten Sachen alle auszuziehen und nachher alles wieder anzuziehen, darauf hatte er auch keine Lust. Walli beschloss lieber schon loszugehen. Er konnte ja vorher noch bei den Kaninchen vorbeschauen und dann durch die Anlagen gehen. Oder er konnte einfach auch schon etwas früher zu Alois gehen. Vielleicht war er zu Hause. Walli sperrte die Haustüre hinter sich zu, hängte den Schlüssel an seinen geheimen Platz im Holzschuppen und marschierte wieder los.

Er hatte eigentlich keine rechte Lust, sich von Anton ausfragen zu lassen, was er vorhatte und deswegen huschte er einfach schnell am Wohnhaus vorbei in den Garten zu ihrem Schuppen. Er öffnete vorsichtig die Tür und hoffte, niemanden dort anzutreffen. Er wollte jetzt am liebsten allein sein. Anton war tatsächlich nicht bei den Kaninchen, er schien noch an seinen Hausaufgaben sitzen zu müssen. Walli schlüpfte hinein und sogleich hoppelten ihm die beiden Kaninchen entgegen. Brauni richtete sich an dem Holzbrett auf und Walli streichelte über das Köpfchen. Wasser- und Futtertrog waren leer.

»Na, habt ihr wohl Hunger, ihr beiden, wenn ihr gleich herkommt, was? War der Anton heut noch gar nicht bei euch?«

Walli goss etwas Wasser aus der großen Gießkanne, die Anton zu diesem Zweck in einer Ecke stehen hatte und stellte das Wasserschälchen zu den Kaninchen. Gierig steckten sie die Köpfe darüber und schleckten mit ihren kleinen rosa Zungen das Wasser auf. Walli suchte im Regal die Blechkiste, in der normalerweise der Gerstenbruch war, aber diese war leer, bis auf das letzte Bröselchen.

Und der Sack, indem sie Heu und Stroh lagerten war auch leer. Walli seufzte. »Ihr Armen, wir haben nichts mehr für euch. Aber heute Nachmittag gibt's neues Heu. Die Katja hat's für euch besorgt, zum Glück. Einer von uns holt es heut noch, ganz bestimmt. Ich ... ich hab jetzt noch etwas anderes Wichtiges vor, aber nachher schaue ich nochmal zu euch. Vielleicht ist der Anton ja auch schon unterwegs um es zu holen. Und falls es nachher noch nicht da ist, hole ich es, ja?«

Walli stieg über die Bretterwand zu den Kaninchen hinein. Sie drängten sich an ihn und stupsten ihn.

»Ach, ihr habt schlimmen Hunger, was? Es tut mir so leid ... Aber bald, bald kommt der Frühling. Da pflück ich euch jeden Tag einen ganzen Berg voll Gras und Löwenzahn und Klee...«, Walli streichelte den beiden über den Rücken, er konnte die Wirbelsäule direkt unter dem Fell spüren, das schon länger nicht mehr schön glänzend war, »wenigstens sauber machen kann ich euch, hm? Sägespäne haben wir genug«, murmelte er traurig.

Walli mistete das Kloeck aus und brachte eine Kehrrichtschaufel mit den nassen Sägespänen nach draußen. Hinter der Hütte hatten sie sich einen Komposthaufen für den Kaninchenmist angelegt. Danach streute er frische Sägespäne ein, verstaute die Schaufel wieder und ging. Er wollte nicht länger bleiben, es tat ihm leid zu sehen, wie die beiden ihn anbettelten und er nichts für sie hatte.

Walli schlenderte langsam über den Stadtplatz hinunter zu Alois. Er ging vom Stadtplatz noch hinter zum Großen Regen, am Scharfen Eck vorbei und zu dem kleinen Häuschen der Gärtnerei. Gemüseabfälle waren im letzten Herbst dort einfach durch eine Klappe in den darunter fließenden Regen geworfen worden und so manches Mal hatte Walli da unten noch etwas Essbares für daheim gefunden. Gewohnheitsmäßig sah er an der Stelle in den Regen, aber den ganzen Winter über hatte er dort nichts mehr gefunden. Gemüse und Obst würde es wohl erst wieder im Frühsommer geben. Es war erst kurz vor halb vier, aber er hoffte, dass Alois da war und er bei ihm warten konnte, bis sein Vater nach Hause kam.

Walli läutete an der Haustüre und nur einen Moment später öffnete Alois.

»Grüß dich, Alois. Ich ... also, ich weiß, dass ich noch zu früh dran bin, aber...«

»Na, ist doch prima, Walli, komm rein. Ich bin eh allein und ärgere mich nur mit der doofen Mathe-Hausi. Komm nur. Vater wird auch bald da sein.« Alois lächelte ihn freundlich an und winkte ihn rein.

»Hast du Mathe gekonnt?«, fragte er Walli, nachdem dieser sich Jacke und Schuhe ausgezogen hatte und ihm in die Küche folgte.

Auf dem Esstisch waren Alois Schulsachen ausgebreitet.

»Ähm, ich ... ich hab's noch gar nicht angesehen ... ich hab noch gar keine Hausi gemacht.«

Alois sah ihn etwas erstaunt an, erwiderte aber nichts.

»Was haben wir denn eigentlich auf?«, Walli setzte sich und warf einen Blick in Alois Matheheft. Dieser setzte sich neben Walli und zog das Mathebuch heran:

»Hier, Seite 76, die Sachaufgaben, Nr. 3, 4 und 5. *Der Bau eines Pflegeheims hat die Gemeinde 10 500 Reichsmark gekostet. Wie viele einfache Wohnhäuser hätte man dafür bauen können, wenn...*«, Alois las vor und die beiden Buben steckten ihre Köpfe über dem Buch zusammen.

»Das ist ja eine blöde Aufgabe...«, murmelte Walli.

Kurze Zeit später kam Herr Hüttner nach Hause. Er begrüßte die Jungen und setzte sich zu ihnen in die Küche.

»Ja, Walli, Alois hat mir gestern Abend alles erzählt. Natürlich werde ich versuchen dir zu helfen«, er lächelte Walli freundlich zu, »ich habe heute in der Arbeit schon mit einigen Leuten geredet. Ein Amerikaner, mit dem ich zusammenarbeite und der vorher in Deggendorf war, hat mir erklärt, dass von dem Flüchtlingslager in Tittling einige Deutsche, die keinen festen Wohnsitz angeben konnten, in umliegende Höfe verteilt worden sind und dort gegen Essen und ein Dach über dem Kopf mitarbeiten. In die Gemeinde Auerbach wurden 12 Mann gebracht und auf einzelne Familien verteilt. Diese Männer unterstehen weiterhin der amerikanischen Militärbehörde. Namen hatte er keine, da diese Soldaten, die aus dem Gefangenenlager Tittling entlassen wurden, in Passau gemeldet sind. Die Entlassungsscheine und Unterlagen dieser Soldaten werden in Passau aufbewahrt, wie dieser Arzt, der dir geschrieben hatte, schon richtig vermutete. Wenn wir also nach Passau fahren, können wir erfahren, ob dein Vater gemeldet ist und vielleicht tatsächlich hier irgendwo in der Gegend auf einem Hof untergebracht ist. Gut, ehrlich gesagt, die Wahrscheinlichkeit ist nicht allzu groß und vielleicht solltest du dir nicht zu große Hoffnungen machen...«, ernst sah Herr Hüttner Walli an, der ihm mit großen Augen zugehört hatte, »aber versuchen werden wir es auf jeden Fall. Alois hat mir ja auch erzählt, dass dieser Arzt aus Deggendorf wusste, dass sich dein Vater nach Kriegsende hier her in den Bayerischen Wald durchgeschlagen hat, oder?«

»Naja, das ist auch nicht wirklich sicher, ob das tatsächlich mein Vater war ... aber vielleicht eben.«

»Ja - vielleicht. Und das genügt uns erst mal. Wir werden nachforschen, ja? Und deswegen habe ich auch schon mit meinem Chef, mit Major Jones, gesprochen und ihn gebeten, dass ich mir für morgen den Jeep ausleihen kann.«

Alois Vater nickte ihm freundlich zu, als Walli ihn verwirrt ansah.

»Ja, morgen fahren wir mit dem Jeep nach Passau. Um zwei. Du, ich und Alois. Wenn es dir recht ist«, Alois‘ Vater lachte ihn nun vergnügt an.

»Wenn es mir recht ist?«, flüsterte Walli ungläubig, dann grinste er über beide Ohren, »na und ob! Und wie! Mit dem Jeep nach Passau! Also, ...«, Walli strahlte, ». . . also...«

»Gut, abgemacht. Morgen geht die Suche los!«

23.

Als Walli am Morgen aufwachte, konnte er durch das geschlossene Fenster die Vögel singen hören. Er kniete sich auf sein Bett und wischte mit dem Ärmel seines Nachthemds über die beschlagene Fensterscheibe. Durch die feuchte Scheibe blinzelte er nach draußen und sah einen strahlend hellblauen Himmel. Die Morgensonne zauberte ein goldenes Licht über die feucht glänzende Wiese vor dem Haus und ließ das kleine Tal aufleuchten. Walli öffnete vorsichtig das kleine Fenster. Ein Schwall kalter Luft traf ihn und ließ ihn schaudern, sodass er sich rasch seine Bettdecke über die Schultern zog und sich darin einwickelte. Dann atmete er tief die frische Morgenluft ein. Der erste wirkliche Frühlingstag zog herauf. Die Vögel schienen es schon länger zu wissen und begrüßten den sonnigen Morgen voller Freude. Walli merkte, wie gut es ihm tat, dass endlich wieder einmal die Sonne schien. Ihm war ganz froh zumute, leicht und unbeschwert fühlte er sich. Der völlig wolkenlose blaue Himmel versprach einen Tag voller Sonne, die endlich wieder die Kraft hatte, alles zu neuem Leben zu erwecken.

Frohen Herzens stand Walli schließlich auf und zog sich rasch an. Greta drehte sich auch schon in ihrem Bett hin und her. Walli schlüpfte schnell aus der Kammer, er wollte nicht gleich von ihr angegrummelt werden, er hätte sie geweckt. Diesen herrlichen Morgen wollte er zunächst ganz alleine begrüßen. Auch Mutter und Helene schienen noch in ihrer Kammer zu sein. In der Stube war noch niemand. Walli schlüpfte nur rasch in seine Jacke und in die Holzschuhe vor dem Ofen und huschte zur Haustüre hinaus. Es war zwar kühl und frisch, aber dadurch, dass endlich einmal die Sonne schien, kam es Walli gar nicht so kalt vor. Die Sonne blendete ihn und er blinzelte in den hellen Himmel. Er setzte sich auf die Hausbank neben der Tür, lehnte den Kopf an die Hauswand, schloss die Augen und ließ sich die Morgensonne auf die Backen scheinen.

Heute Nachmittag würde er mit Alois' Vater nach Passau fahren. Die Aufregung fuhr ihm in den Magen und er spürte, wie sich dieser zusammenzog. Seine Finger ballten sich in den Jackentaschen zu Fäusten und er atmete tief ein. So viel ging ihm durch den Kopf. Er stellte sich vor, wie er tatsächlich herausfinden würde, dass sein Vater noch lebte, dass er erfahren würde, wo er war. In seinen Gedanken sah er sich heimkommen, zur Mutter gehen – Mama, ich hab eine Neuigkeit für dich. Was denn, Junge? Hast du irgendwoher Brot bekommen? Nein, Mama, noch besser. Fleisch? Nein, würde er lachen und sie anstrahlen – noch besser! Na, nun sag schon, Walli. Er würde grinsen und lachen und um sie herumspringen. Mama, Mama, ich weiß...

Die Haustüre ging auf und Walli wurde jäh aus seinen Träumereien gerissen.

»Ja, Walli, was machst du denn schon hier draußen?«, sprach Helene leise und lächelte ihn von der Türschwelle an, »freust du dich auch über den herrlichen Morgen, hm?«

»Ja, endlich scheint mal wieder die Sonne«, antwortet er ihr »und hör nur, wie die Vögel zwitschern.«

»Die freuen sich auch, wenn endlich der Frühling kommt. Huh,« Helene schüttelte es leicht, »aber trotzdem ganz schön kühl. Ich wollte gerade Holz holen und einheizen. Komm rein, Walli. Du kannst mir helfen, das Frühstück herzurichten.«

Walli stand auf und ging wieder hinein. Er hängte seine Jacke an den Haken hinter der Tür, holte aus dem Schränkchen die kleinen Schüsselchen hervor und stellte sie auf den Tisch. Vom Tellerbord nahm er die Tassen, lauter verschiedene, ein zusammenpassendes Service hatte Mutter nicht mehr. Helene hatte Spänchen und Holz in die Ofenklappe gesteckt und zündete es an. Dann holte sie aus der Speisekammer die Kanne mit dem letzten Rest Milch und goss sie in einen kleinen Topf. Viel war leider nicht mehr in der Kanne und Helene musste die Milch in dem Töpfchen noch mit Wasser verdünnen. Dann gab sie ein paar Löffel grobes Mehl dazu und schob es auf die Herdplatte, um die Grütze aufzukochen.

Das Feuer begann zu knacken und zu prasseln und verbreitete eine heimelige Stimmung in der kleinen Stube. Die untere Klappe war noch auf, damit das anbrennende Feuer genügend Luft bekam, und orangefarbenes, flackerndes Licht leuchtete heraus. Helene stellte die Wasserkanne neben das Töpfchen und suchte in dem kleinen Schränkchen nach dem Glas mit den letzten getrockneten Zichorienwurzeln, um für sich und die Mutter eine Art Kaffee zu kochen.

»Walli, komm und rühr mal hier die Grütze um, damit sie nicht anbrennt«, rief Helene ihm zu, zog sich einen Stuhl heran, und stieg darauf, um besser an die hintersten Gläschen in dem Küchenschrank zu kommen.

»Was suchst du denn, Helene?«, hörten sie auf einmal die Mutter von ihrer Kammertüre.

Noch etwas verschlafen und verstrubbelte stand sie in der

Tür und zog ihre Strickjacke fest um sich. »Guten Morgen, Mama!«, rief Walli ihr zu und rührte fest in der Mehlpampe.

»Guten Morgen, Kinder«, antwortete sie und trat zu Helene, »sag, was suchst du denn?«

»Ich find das Glas mit dem Kaffee nicht«, antwortete Helene mit dem Kopf halb im Schrank. »Welchem Kaffee denn?«, fragte Mutter erstaunt.

»Na, die blöden Wurzeln eben.«

»Die sind alle, Helene. Ich hab gestern die letzten genommen.«

»Oh, schade«, Helene zog ihren Kopf aus dem Schrank, »aber es müssten doch noch die getrockneten Löwenzahnwurzeln da sein. Greta und Walli haben die doch für dich im Herbst ausgegraben und abgebürstet, damit du Kaffee hast.«

»Puh, ja stimmt. Die braunen Flecken sind tagelang nicht von meinen Händen abgegangen. Die müssten ganz oben in der Speisekammer liegen, auf dem Brett«, sagte Walli und zog den Topf weg vom Feuer.

Mutter war schon in die Speisekammer gegangen und kramte dort herum.

»Ich hab sie!«, hörte man sie kurz darauf.

Und sie kam mit einer Rolle Zeitungspapier zurück, in die verschrumpelte längliche Wurzeln eingewickelt waren.

»Stimmt genau, Helene, an die hatte ich gar nicht mehr gedacht. Walli hat mir doch unbedingt Kaffee besorgen wollen, als ich einmal davon gesprochen hatte. Das war lieb, Walli, weißt du noch? Ja, und jetzt freu ich mich darüber. Echten Löwenzahnkaffee heute Morgen, hm!«

Mutter und Helene lachten und Walli musste auch grinsen.

»Guten Morgen«, murmelte Greta verschlafen und kam in

diesem Moment aus ihrer Kammer. Sie hatte sich ihr Wolltuch umgewickelte und stellte sich etwas fröstelnd vor den Ofen, »worüber lacht ihr denn?«

»Über unseren leckeren Löwenzahnkaffee. Und wahrscheinlich einfach, weil heute die Sonne scheint«, antwortete Helene gut gelaunt.

Der Teekessel begann leise zu summen und Mutter nahm rasch ein scharfes Messer und ein Brett, schnitt ein Stück von der getrockneten Wurzel ab, hackte sie klein und gab die Brösel in die Kaffeekanne. Walli stellte das Töpfchen mit der Grütze auf den Tisch und Greta schlüpfte zu Walli auf die Bank. Dann saßen sie alle vier um ihren Küchentisch. In der Küche wurde es langsam warm, der Löwenzahnkaffee verbreitete einen etwas eigenartigen Geruch, aber sie waren alle fröhlich und alberten herum.

»Köstlich«, flötete Mutter, als sie vorsichtig ein kleines Schlückchen von dem heißen Wasser mit Wurzelgeschmack probierte und Helene tat es ihr nach. Mit abgespreiztem kleinem Finger schlürfte sie wie eine vermeintlich feine Dame und Greta und Walli mussten lauthals lachen. Pustend aßen sie langsam die wenigen Löffel heiße Grütze. Schon lange hatten sie nicht mehr so fröhlich zusammengesessen. Walli seufzte glücklich auf. Die Morgensonne schien ihnen allen wirklich gut zu tun. Ach, wenn nur, ja, wenn nur am Nachmittag alles gut gehen würde.

Pünktlich, wie vereinbart, klingelte Walli nachmittags um zwei bei Alois. Er war aufgeregt, hin und her gerissen zwischen freudiger Anspannung und der Angst, maßlos enttäuscht zu werden. Er schwitzte, obwohl er sehr langsam gegangen war.

Er war schon gegen halb zwei Uhr von zu Hause aufgebrochen, weil er es nicht mehr ausgehalten hatte. Die Frühlingssonne schien immer noch von einem wunderbar hellblauen Himmel und Walli war langsam durch die angenehm laue Luft geschlendert. Er hatte minutenlang am Steg ins Wasser des Regens gestarrt und versucht, ein paar der schnell dahinflitzenden Fischlein zu sehen, die man dort unter der Brücke oft entdecken konnte.

Dann war er weiter durch die Anlagen spaziert und hatte unter dem großen Haselnussstrauch nachgesehen, ob schon die ersten Schneeglöckchen herauskommen würden. Leider hatte er noch keine entdeckt, noch nicht einmal kleine grüne Spitzen fand er. Er setzte sich auf eine der Bänke, die um den Schlittschuhweiher herumstanden. Auf dem Weiher trieb noch matschiges, graues Eis, auf dem aber überall schon das Wasser stand. Auch am Rand war schon alles geschmolzen. Er dachte daran, wie sie noch vor kurzem hier rumgealbert und sich mit Katjas Schlittschuhen vergnügt hatten.

Aber er war froh, dass der Weiher nun am Schmelzen war. Er hatte die Nase voll von Eis und Schnee. Und nun hatte er einen Brief bekommen, von dem Deggendorfer Arzt, der ihn darauf brachte, in Passau nachzuforschen. Und heute würde er mit Alois‘ Vater hinfahren. Aber was, wenn er wieder nichts herausfinden würde? Es war seine letzte Hoffnung. Er wusste nicht, wo er dann noch weitersuchen konnte. Es gab keine weiteren Ansatzmöglichkeiten. Wie sollte er nur herausfinden, ob Vater wirklich aus Polen hatte fliehen können, nach Kriegsende? Wer konnte ihm sagen, ob er nicht in russische Gefangenschaft gekommen war? Und wenn, wo hatten die Russen ihn dann wohl hingebracht? Das wusste niemand, niemand erfuhr, in welche Lager die Russen alle gefangenen Deutschen gebracht hatten und ob sie sie wieder frei lassen würden.

Er wusste ja nicht einmal, ob Vater das Kriegsende wirklich überlebt hatte. Oder ob er auf seinem Weg von Polen in Richtung Bayern nicht von irgendeinem anderen Soldaten...

Walli spürte, wie ihm die Tränen in die Augen stiegen. Er hatte es die ganze Zeit vermieden, daran zu denken. Er hatte sich verboten, sich vorzustellen, Vater könnte tot sein. Erschossen. Er blinzelte und versuchte krampfhaft an etwas anderes zu denken. Aber die schrecklichen Bilder drängten in seinen Kopf. Sein Vater, der ihn auf seinen Schultern hatte reiten lassen, der mit ihm einen Drachen gebaut hatte, der mit ihm rumgealbert hatte, der ihm zugezwinkert hatte, wenn Mama geschimpft hatte, sie würden zu viel Unfug machen. Sein Vater, im Schneematsch, im Dreck, in irgendeinem Schützengraben, verwundet, verblutend, auf irgendeinem Schlachtfeld, an der Front, liegengelassen, erschossen. Walli stand auf und warf einen herumliegenden Ast weit auf den Weiher hinaus. Es platschte und das matschige Eis schaukelte sacht. Er sah sich um und sammelte noch weiter Stöcke, die er mit aller Kraft über den Weiher warf. Langsam beruhigte er sich. Er ging wieder zurück auf den Stadtplatz, von wo aus er die große Kirchturmuhr sehen konnte. Acht Minuten vor zwei. Endlich. Langsam machte er sich auf den Weg zu Alois‘ Haus. Seine Hände waren feucht und sein Magen hatte sich zu einem kleinen, harten Ball zusammengepresst.

Alois‘ Vater öffnete gleich nach dem ersten Klingeln und lächelte ihn freundlich an. Das tat Walli gut und er merkte, dass er erleichtert tief ausatmete.

»Hallo Walli, da bist du ja. Dann kann es gleich losgehen. Den Jeep können wir beim Rathaus abholen, die Karte und etwas Wegzehrung hat Alois schon zusammengepackt. Bist du soweit, Alois?«

Er wandte sich etwas um und rief in die Wohnung hinein.

»Ja ja, ich komme schon. Grüß dich Walli!« Alois kam aus der Küche heraus und hatte einen kleinen Rucksack in der Hand.

Er lächelte Walli zu und zog sich rasch an. Walli schluckte. Für Alois war es wohl nichts anderes als ein tolles, großes Abenteuer. Mit einem Jeep einen Ausflug machen! Auch Alois' Vater hatte sich schon angezogen und schon traten die beiden aus der Wohnung.

Während Herr Hüttner noch zusperrte, lächelte er Walli wieder zu: »Ein tolles Wetter haben wir, für unser Unternehmen, was?«

Walli nickte und versuchte zurück zu lächeln. Alois' Vater sah ihn ruhig an und packte ihn dann an der Schulter. Er drückte ihn und nickte ihm aufmunternd zu.

»Keine Sorge, Walli. Wir finden etwas heraus, ja?«

Walli konnte wieder nur nicken. Er hatte einen dicken Kloß im Hals und befürchtete gleich loszuheulen. Er räusperte sich und sprang schnell die Treppen hinunter.

Auf dem Weg zum Rathaus plapperte Alois fröhlich vor sich hin. Er fragte seinen Vater über den Jeep aus, wollte wissen, wie schnell dieser fahren konnte, erzählte von Herrn Brehmer, der heute so heftig das Mathebuch auf sein Pult geklatscht hatte, dass alle vor Schreck beinahe von den Stühlen gefallen wären. Und das nur, weil der Rehmbichler das schriftliche Dividieren um die Welt nicht kapieren konnte.

Walli war froh, dass Alois so viel erzählte und er nichts sagen musste. Er vermied es, ihn anzusehen, aber er hörte den beiden zu und wurde dabei endlich etwas ruhiger. Als sie angekommen waren, verschwand Herr Hüttner kurz im Inneren des Gebäudes, während die beiden Jungen draußen warteten. Alois war taktvoll genug und überspielte das etwas unangenehme Schweigen, indem er erzählte, dass er schon gestern mit seinem Vater hier gewesen war und von einem schwarzen Soldaten einen Kaugummi geschenkt bekommen hatte. Er versuchte Walli zu erklären, was das war und machte dabei so lustige Grimassen, die an eine Kuh auf der Weide erinnerte, dass Walli grinsen musste.

Herr Hüttner kam heraus und hielt triumphierend einen Schlüssel in die Höhe.

»Es kann losgehen, Burschen!«, rief er fröhlich.

Er führte sie in den Hinterhof, wo der Jeep geparkt stand.

»Alles einsteigen meine Herrschaften, die Fahrt kann beginnen.«

Die beiden Buben schlüpften auf die Rückbank und Alois' Vater startete den Wagen. Alois sah Walli aufgeregt an und drückte ihm kurz die Hand. Seine Vorfreude war ansteckend und auch Walli fing an, sich auf die Fahrt in dem tollen Ami-Jeep zu freuen.

»Meine letzte Fahrt mit einem Jeep war nicht ganz so bequem...«, flüsterte er Alois leise zu.

Dieser grinste ihn an.

»Na, und diesmal fährst du hoffentlich auch wieder mit uns zurück, oder?«, flüsterte Alois ebenso leise.

Walli schmunzelte, dann fuhren sie bereits aus dem Hof

und langsam den Stadtplatz hinunter. Alois hatte sein Fenster etwas hinuntergedreht und sah hinaus.

»Ach, wenn uns nur jemand sehen könnte!«, rief er.

Herr Hüttner fuhr gemütlich und ruhig aus Zwiesel hinaus, durch die Wälder, Hügel und Täler des Bayerischen Waldes und die beiden Buben genossen die Fahrt. Zunächst ging es über Schweinhütt nach Rinchnach, dann weiter nach Kirchberg. Dort verließ Herr Hüttner die Hauptstraße und bog in eine kleinere Straße ein. Ein hölzerner Wegweiser zeigte an, dass diese nach Lalling führte.

»Ich dachte mir, wir fahren etwas über die kleineren Sträßchen und Wege Richtung Passau, wenn es euch recht ist«, wandte Herr Hüttner sich an die beiden Jungen, indem er ihnen im Rückspiegel zulächelte, »für unseren Geländewagen dürfte das ja kein Problem sein, und dann sieht man doch mal etwas mehr von der Gegend hier. Und bei dem schönen Wetter heute hab ich auch richtig Lust, etwas herumzukutschieren, ja?«

»Ja gerne, Papa, also«, Alois sah kurz zu Walli, »wegen mir gerne. Ich finde es toll, mit dem Jeep herumzufahren.«

Walli nickte. Ihm war es auch ganz recht, wenn er noch etwas Aufschub hatte. Sie fuhren an kleinen Höfen vorbei, an Weilern, durch dunkle Waldstücke und immer wieder warf Herr Hüttner einen Blick auf die Armeekarte und murmelte vor sich hin: »Wir müssten uns etwas mehr nach Osten halten ... hm ... da vorne müsste eigentlich eine Wegkreuzung kommen.«

Sie rumpelten gerade über eine Art Feldweg, als Herr Hüttner stehen blieb, den Leerlauf einlegte und etwas stirnrunzelnd wieder auf seine Karte sah.

»Eigentlich hätten wir jetzt auf eine etwas größere Straße kommen müssen ... ich dachte, wir sind jetzt ungefähr hier ... aber ... Der nächste größere Ort, durch den wir jetzt eigentlich hätten kommen müssen wäre Utting...«

Etwas Hilfe suchend sah Herr Hüttner links und rechts aus den Fenstern, aber um sie herum waren nur Wiesen und bewaldete Hügel.

»Ach wir fahren hier einfach mal weiter, der Weg muss ja irgendwo hinführen.«

Energisch legte er den Gang ein und fuhr wieder an. Der Weg schlängelte sich ständig an den Wiesen entlang, aber endlich sah man nach einer Kurve ein größeres Gehöft am Hang und eine kleine Straße, die daran vorbeiführte.

»Na, da schauen wir mal, ob wir ein Ortsschild oder so etwas finden.«

Der Feldweg mündete endlich in die kleine Teerstraße ein und Herr Hüttner fuhr auf den Hof zu, der etwas oberhalb der Straße lag.

»Seht, da ist gerade jemand am Arbeiten, da frage ich mal eben, wo wir sind!«

Herr Hüttner wies auf den Innenhof, wo gerade ein Mann Säcke auf einen Karren lud. Ein Ochse war davor gespannt, der still und ergeben dastand, während der Mann zwischen Scheune und Wagen hin und her ging und Säcke heranschleppte. Herr Hüttner fuhr an der Straße bis zur Einfahrt des Hofes heran und ließ dann den Jeep am Straßenrand stehen.

»Ich frag dann mal eben, ja?«, rief Alois' Vater und stieg aus dem Wagen.

Der Mann neben dem Ochsen war stehengeblieben und blickte etwas verwundert zu dem Jeep hinunter. Alois' Vater ging die etwa fünfzig Meter von der Straße die Einfahrt hoch zu dem Hof, auf den Mann zu. Die Sonne stand hell hinter dem Bauernhof am Himmel und Walli musste die Augen etwas zu zwicken, um gegen die Sonne den beiden Männern zuschauen zu können. Alois' Vater schien den Mann begrüßt zu haben, dieser nickte und begann dann mit seinem Arm in die Richtung zu weisen, aus der sie gekommen waren. Er deutete auf unterschiedliche Hügel, beide Männer schienen zu lachen und sich zu unterhalten. Walli kurbelte das Fenster hinunter. Er konnte nicht verstehen, was die beiden redeten, nur immer wieder drang ein kurzes, freundliches Lachen zu ihnen hinunter. Alois' Vater hatte sich auch umgewandt und deutete auf den Jeep. Vielleicht wollte er dem Mann erklären, wo sie herkamen. Angestrengt blinzelte Walli nach oben, sah den beiden Männern zu, Alois' Vater, der jetzt nicht mehr vor dem Mann stand und ihn verdeckte, sondern neben ihm und noch immer mit ihm redete. Der Mann lehnte an seinem Ochsenkarren, den Ellbogen auf den Karren gestützt und nickte immer wieder. Langsam fasste Walli nach dem Griff der Autotür und öffnete sie vorsichtig.

»Was ist Walli?«, frage Alois, »willst du auch hochgehen?«

Walli nickte nur und starrte weiter auf die beiden Männer dort im Innenhof. Als er ausstieg, fühlten sich seine Beine ganz seltsam an und er spürte kurz ein unangenehmes Sausen in den Ohren. Alois schien noch irgendetwas zu ihm zu sagen, aber er hörte ihn kaum. Er schaute zu den Männern nach oben und ging langsam auf sie zu. Jeder Schritt schien ihm schwerer zu fallen und wieder war sein Magen nur ein kalter, harter Muskel, der sich schmerzhaft zusammenzog. Walli legte seine Hand auf den Bauch und stöhnte kurz auf.

Er blieb stehen und konnte nun Alois‘ Vater verstehen, der gerade sagte: »Ja, und deshalb konnte ich mir auch den Jeep heute ausleihen und mit den Buben etwas herumfahren.«

»Ihre Söhne?«, fragte der Mann an dem Ochsenkarren.

»Einer davon, ja. Der andere ist ein Freund von ihm. Ach, da kommt einer schon. Ist ihnen wohl zu langweilig geworden im Auto«, Alois‘ Vater winkte Walli kurz zu, der auf halber Strecke stehengeblieben war und nun mit einem beinahe entsetzten Gesichtsausdruck auf den Mann blickte. »Walli? Walli ist irgendetwas?«, rief ihm Herr Hüttner etwas besorgt zu.

Walli reagierte nicht und machte nun wieder einige Schritte auf den Mann zu. Dieser blickte nun auch ernst auf den schmalen Jungen, der ihn ängstlich anstarrte. Walli nahm in nur einem Augenblick alles in sich auf: Der Mann neben dem Ochsen war groß, aber sehr dünn. Die blaue Arbeiterjacke war ihm an den Armen zu kurz und hing an seinem mageren Oberkörper herunter. Unter der offenen Jacke sah man die Hosenträger, die die viel zu große blaue Hose hochhalten mussten. Am Oberhemd waren die beiden oberen Knöpfe geöffnet und die Knochen des Schlüsselbeins traten deutlich aus der Brust hervor. Sein Gesicht war hager und Bartstoppeln schimmerten grau auf seinen Wangen. Das Auffallendste an dem Mann waren seine klaren blauen Augen, die verwundert in die von Walli blickten. Langsam richtete der Mann sich auf, löste seinen Ellbogen von dem Karren, machte einen Schritt auf Walli zu und blieb mit hängenden Armen wieder stehen.

Herr Hüttner sah völlig verwirrt von einem zum anderen und bemerkte, dass Walli ganz blass geworden war. Er wollte gerade auf ihn zueilen, als Walli wieder stehenblieb und, unverwandt den Mann ansehend, heiser flüsterte: »Vati?«

Die blauen Augen des Mannes sahen ruhig und ernst in die von Walli. Er sah den großen Buben vor sich lange an, dann nickte er. Walli ging die letzten Schritte auf den Mann zu, sein Hals war wie zugeschnürt. Hinter sich hörte er eine Autotür zuschlagen, Alois schien auch ausgestiegen zu sein. Walli räusperte sich, mit unsicherer Stimme sagte er schließlich leise: »Guten Tag, Vater.«

Der Mann beugte sich zu dem Knaben herunter und antwortet ebenso leise: »Ja guten Tag, Walli.«

Walli zögerte noch einen kurzen Moment, da breitete der dünne, magere Mann, den er beinahe nicht mehr erkannt hatte, seine Arme aus und Walli warf sich hinein. Er schluchzte laut auf und klammerte sich an den Hals seines Vaters. Wie ein Ertrinkender klammerte er sich an ihm fest, und als er endlich sein nasses Gesicht vom Hals des Vaters löste, blickte er in den blauen Frühlingshimmel über sich.